계간 미스터리

2021 여름호 | 통권 제70호

표지 그림 ⓒ 최지욱 〈부동산 미스터리〉
디지털을 매체로 다양한 분야에서 그리는 일을 하고 있다.
주로 이질적인 풍경을 화면 안에 옮기는 작업을 한다.

계간 미스터리

2021 여름호

2021년 6월 4일 발행 통권 제70호

발행인	이영은
편집인	김현경
편집장	한이
편집위원	윤자영 조동신 홍성호 한새마 박상민 김재희 한수옥
교정	오효순
홍보마케팅	김소망
디자인	여상우
제작	제이오
인쇄	민언프린텍

발행처	나비클럽
등록번호	마포, 바00185
등록일자	2015년 10월 7일
출판등록	2017. 7. 4. 제25100-2017-0000054호
주소	(04031) 서울 마포구 동교로22길 49, 2층
전화	070-7722-3751 팩스 02-6008-3745
이메일	nabiclub17@gmail.com

ISSN 1599-5216

ISBN 979-11-91029-25-3 03810

값 15,000원

※본지는 한국문화예술위원회의 문예진흥기금에서 원고료(일부)를 지원받아 발행합니다.

2021 여름호를 펴내며

가장 섬세하고 치밀하게
욕망의 미스터리를 그려낸다는 것

　　작년 여름부터 가장 화제가 된 드라마는 역시 〈펜트하우스〉가 아닐까 싶습니다. 폭행, 납치, 감금, 살인 등 온갖 자극적인 요소를 다루었고, 시종일관 분노와 고성이 오가는 연기로 막장 드라마라는 꼬리표가 따라붙었지만 시즌 3까지 제작되며 승승장구하고 있습니다. 특히 지상파 채널을 외면해오던 20~30대 시청자들의 시선까지 사로잡았다는 점이 대단해 보입니다. 아마도 우리 대부분이 갖고 있는, 혹은 감추고 있는 욕망의 민낯을 처절하리만치 낱낱이 드러내 보여주고 있기 때문일 것입니다.

　　현실에서도 펜트하우스는 존재합니다. 이번 호 특집에서는 현재 대한민국의 욕망이 가장 들끓는 곳. 그리하여 온갖 죄악과 탐욕의 민낯이 부

덮히는 곳. 부동산의 미스터리를 파헤쳐보았습니다. 〈2020 부동산 대해부
-계급이 된 집〉 기사로 '한국기자상'을 수상한 김동현 기자는 르포르타주
〈그래서 집값은 누가 올렸나〉에서 가상의 캐릭터를 통해 수십 번의 대책
발표와 시행에도 불구하고 '벼락거지'와 '깡통전세'를 양산한 진범을 추적
합니다. "게임의 규칙은 정부가 정하는 거잖아요. 정부가 만든 룰을 어기지
않고 이겼다고 하면 잘한 거 아닌가요?"라고 항변하는 수영의 말이 유난히
마음에 박힙니다. 〈재건축의 신 in 펜트하우스〉를 제작한 MBC 〈PD수첩〉
김경희 PD는 신반포1차 재건축 조합장인 한형기 씨를 취재하면서 있었던
일을 풀어냈습니다. 온갖 대출과 영혼을 끌어 모아도('영끌') 들어갈 수 없
는 강남 재건축 현장에서 만난 사람들에게서 "느와르, 스릴러, 블랙코미디,
액션 장르"를 느낄 수 있었다는 그는, "돈이 모인 곳에 양보는 없었고 전쟁
터 앞에 도덕적인 영웅은 존재하기 힘들어 보였다"고 털어놓았습니다. 아
파트 재건축을 위해서라면 어느 정도의 편법과 탈법은 유능함으로 변질되
는 세계가 그곳에 있습니다.

어느 고승高僧은 자신이 낳은 자녀에게 불필不必이란 이름을 지어줄
정도로 욕망을 끊으셨다고 하나, 평범한 우리들에게는 돈, 물질, 이득, 권
력, 먹고 마시는 것, 성性, 교육 등 다양한 것들에 대한 욕망이 펄펄 끓고 있
습니다. 그 욕망이 반드시 갖고자 하는 탐욕으로 변질될 때 죄가 태어납니
다. 오래된 경전에 있는 구절이 생각납니다. "오직 각 사람이 시험을 받는
것은 자기 욕심에 끌려 미혹됨이니 욕심이 잉태한즉 죄를 낳고 죄가 장성
한즉 사망을 낳느니라." 저는 이 과정을 가장 섬세하고 치밀하게 보여주는
장르가 추리소설이라고 생각합니다.

이번 호에 실린 한새마의 〈윌리들〉은 SNS로 대변되는 요즘 세대의
욕망을 그립니다. 겉으로 보이는 모습에 집착하는 세태가 탐욕과 만날 때
어떤 악의를 잉태하는지 섬뜩하게 표현하고 있습니다. 김세화의 〈백만 년
의 고독〉은 또 다른 욕망의 대상인 성性을 주제로 삼고 있습니다. 현직 언
론인답게 사회적인 이슈를 추리소설적 구성으로 풀어냈습니다. 특별 초청
작인 류성희의 〈악마는 꿈꾸지 않는다〉는 어린이 유괴를 소재로 하고 있는

데, 돈과 성공에 대한 욕망이 인간을 어디까지 악마로 만드는지 묵직한 울림을 줍니다.

　　미스터리는 이미 그 어떤 장르와도 이종교배가 가능하다는 것이 증명되었습니다. 따라서 이번 호부터 타 장르에서 두각을 나타내고 있는 작가들을 초빙해 미스터리와의 장르 혼합을 시도하려고 합니다. 여름호에는 《사천당가》, 《대사형》 등의 작품으로 여성향 무협이라는 장르를 개척한 진산의 〈협탐(俠探): 고양이는 없다〉라는 작품을 실었습니다. 좌백과 함께 펴낸 《애견무사와 고양이 눈》 단편집을 연상케 하는 작품으로, 사라진 고양이를 찾아달라는 의뢰를 수락한 협탐의 활약이 펼쳐집니다. 김종일은 《몸》, 《손톱》 등으로 알려진 한국 공포문학 1세대 작가인데, 먹방을 소재로 한 〈키모토아 엑시구아〉를 등재했습니다. 먹방으로 인기를 끈 인기 유튜버가 결국 자신의 욕망에 어떻게 '먹히고' 마는지 라이브 방송으로 그려집니다.

　　욕망의 제도화가 계급사회를 만드는 것이 아닌가 하는 생각을 종종 합니다. 백휴는 〈추리소설은 국가의 정치체제를 닮는다〉에서 중화권 작가들(쯔진천, 무추차, 위우, 찬호께이)의 대표작을 읽고, 작품이 어떻게 그들이 속해 있는 체제를 은연중에 옹호하고 있는지 분석합니다. 같은 중화권이라고 해도 중국, 홍콩, 대만으로 속해 있는 곳이 나뉘면서 작품의 방향성이 어떻게 극명하게 갈리는지 흥미로운 해석을 내놓고 있습니다. 류삼의 〈비열한 거리를 걷는 남자〉는 하드보일드를 대표하는 레이먼드 챈들러의 작품을 리뷰하면서, 하드보일드의 탄생이 어떻게 지배체제 순화적인 고전 추리소설에 대한 노동계급 남성들의 반발과 관련이 있는지 설명합니다.

　　그 외에도 한국 최고(最古)의 미스터리 커뮤니티인 〈하우미스터리 howmystery〉에 대한 소개와 양형조사관으로 일하면서 꾸준히 묵직한 작품들을 내놓고 있는 홍성호의 〈작가의 방〉, 재기발랄함과 톡톡 튀는 센스로 신인상을 거머쥔 김창현의 〈주리〉와 같은 다양한 읽을거리를 실었습니다.

　　사방에서 브레이크 없는 욕망이 춤을 춥니다. 집은 계급을 나누는 지표가 된 지 오래됐고, 초등학교 아이들마저도 친구를 아파트 브랜드 앞

글자를 따서 '휴거지'라 부르거나, 부모의 소득에 따라 '전거지'(전세거지), '월거지'(월세거지), '이백충', '삼백충'이라 부른다는 충격적인 이야기도 들립니다. 어쩌면 우리는 이미 불교에서 말하는 탐욕스러운 자들의 지옥인 아귀도餓鬼道에 빠져 있는지도 모르겠습니다. 그래도 우리는 여전히 추리소설을 읽습니다. 추리소설이야말로 시초부터 브레이크 없는 욕망의 끝에 무엇이 있는지 끈질기게 탐구해왔기 때문입니다. 부디 《계간 미스터리》와 함께 속 시끄러운 욕망의 악다구니에서 잠시 벗어나 편안한 저녁을 맞으시길. 악몽이 펼쳐진다면 그 또한 기껍게 받아들이시길….

계간 미스터리 편집장
한이

르포르타주
그래서 집값은 누가 올렸나

김동현

.

한국외국어대학교 행정학과를 졸업했다. 2006년부터 〈서울신문〉에 입사해 편집부, 사회부, 서울시, 국토교통부, 기획재정부, 금융위원회, 서울중앙지검 등을 출입하며 기자생활을 하고 있다. 2018년 〈어떻게 사법이 그래요〉로 한국기자협회 이달의 기자상을 수상하고 같은 해 〈서민금융기획〉으로 씨티대한민국언론인상 최우수상을 받았다. 또 2020년에는 〈부동산 계급 대해부〉로 이달의 기자상과 한국기자상과 씨티대한민국언론인상 대상을 수상했다.

2026년 8월 31일 오후 5시.

서울 성동경찰서 수사과.

"그래서 본인은 죄가 없다는 거요?"

맞은편에 앉은 사람은 불퉁한 표정으로 고개를 끄덕였다.

경제2팀장 최원우 경위의 표정이 일그러졌다.

전세금 반환 문제로 고소를 당한 사람이 오늘 아침 정부 발표로 사기 사건 피의자가 됐다. 정부 지침이니 실적을 올리면 승진에도 유리할 터이고, 무엇보다 최 경위는 '부동산 투기꾼'이라면 이가 갈리게 싫었다. 지난 몇 년 동안은 뛰는 전세금을 올려주느라 속을 태우더니 지금은 전세금을 돌려받지 못할 것 같아 걱정이었다. 팀장인 그가 직접 심문에 나선 이유였다. 하지만 앞에 앉은 김수영은 생각보다 만만치 않은 사람이었다.

아무래도 장기전이 될 모양이었다. 저녁 시간 전인데도 시장기가 느껴졌다.

"잠시 쉬었다 가시죠. 식사라도 하고 오세요."

최 경위가 볼펜을 내려놓고 자리에서 일어나며 말했다.

"네."

수영이 짧게 대답하며 조사실 밖으로 나갔다.

경찰서를 나온 수영은 가까운 냉면집에 들어가 냉면과 수육 한 접시를 시켰다. 든든하게 속을 채워야 싸울 힘도 생긴다. 소주 한 잔 생각이 간절했지만 술기운에 자칫 말실수라도 하면 큰일인지라 새우젓을 찍은 고기만 씹어 삼켰다.

'아니 전세금을 못 돌려줬다고 사기죄에 무관용 원칙을 적용한다니…'

한숨이 비어져 나왔다.

머릿속으로 아직 전세금을 돌려주지 못한 십이 얼마나 되는지 계산해봤다.

'일곱 집.'

대략 9억 원 정도가 모자랐다. 갑자기 입안의 수육이 뻑뻑한 종이를 씹는 것처럼 느껴졌다. 몇 년 전이라면 쉽게 조달할 수 있는 돈이었다. 하지만 이번에는 괜찮은 아파트 두 채를 내놨는데도 버거웠다. 물건을 보러 오는 사람이 없었다. 호황일 때만 해도 뻔질나게 전화해서 계약 물건을 달라던 부동산 사장은 아파트 두 채를 던져줬는데 전화도 제대로 받지 않고 있었다.

이번 정부도 지난 정부에 이어 부동산 정책 실패의 원흉을 찾고 있었다. 다른 점은 예전에는 하루가 다르게 오르는 아파트 값을 잡는 데 실패했다면, 지금은 떨어지는 집값과 전세 값이 문제가 되고 있다는 점이다.

지난 정부에서 지목한 집값을 올린 범인은 '투기꾼'이었다. 정부의 부동산 정책에는 아무런 문제가 없는데 투기꾼들이 집값을 올리고 서민들의 등을 쳤다며 검찰에 경찰, 국세청도 모자라 지방자치단체 특별사법경찰관까지 동원했다. 하지만 실패했다. 당시 정치인 출신의 국토교통부 장관은 자신이 1가구 2주택인 사실도 모르고 집이 두 채 이상이면 모두 투기꾼이라고 몰아붙였다. 그는 서울에 주택 공급이 부족한 것이 아니고 투기꾼이 집값을 올린 것이라며 득달같이 세금을 올렸다. 세금이 늘어났는데도 잡으려던 서울 아파트 값은 안 잡히고 중산층 표심만 잃었다. 심지어 그 정치인 출신 장관의 주변에는 강남 다주택자가 득실거렸다. 한 고위직 인사는 "모두가 강남에 살 필요는 없다"고 했다가 "너는 왜 거기 사느냐"는 핀잔을 듣기도 했다.

집값이 잡힌 것은 아이러니하게 이번 정부가 들어서면서부터였다. 집값을 낮추겠다며 전 정부가 쏟아낸 신주택이 이번 정부 들어서 입주가 가능해졌기 때문이다. 한번 기세가 꺾이자 사람들은 더 이상 집을 사지 않았다. 10억 원을 훌쩍 넘겼던 서울 외곽 신도시 30평대 아파트 가격이 절반으로 뚝 떨어졌다.

신정부는 처음에는 자신들의 업적이라며 자랑했다. 하지만 집값이 떨어지면서 깡통전세가 속출하고, 급기야 전세금을 돌려주지 못하는 사태가 발생하자 갑자기 말을 바꿨다. 무리하게 전세를 끼고 집을 사들인 투기꾼 때문에 벌어지는 일이라는 것이다. 그리고 마침내 오늘 아침에 '긴급조치'를 발표했다. 전세금을 돌려주지 못하는 집주인에게 일괄적으로 사기죄를 적용하겠다는 것이다.

'어디서부터 꼬였지…?'

빽빽한 수육을 냉면 육수로 넘기던 수영은 필사적으로 생각을 정리했다.

전세금 사기 사건의 진짜 범인을 밝히지 못하면 꼼짝없이 잡혀가게 되고, 그렇게 되면 10년 넘게 개고생하며 만든 금쪽같은 재산도 순식간에 날아가게 될 것이다.

오후 7시 30분.

식사를 마친 수영은 다시 최 경위 앞에 앉았다.

"자, 다시 한번 정리해봅시다. 지금 김수영 씨한테서 전세금을 돌려받지 못한 사람이 일곱 명이고, 피해 금액이 9억 2500만 원입니다. 맞죠?"

최 경위가 서류를 뒤적이며 물었다.

"네. 전세금 돌려주려고 다른 집을 내놨습니다. 그거만 팔리면 바로 빼줄 수 있습니다."

수영이 대답했다.

"오늘부터 전세금 반환 제대로 안 하면 형사처벌 받을 수 있다는 뉴스 보셨죠?"

"봤어요. 그런데 이게 소급 적용이 되는 건 아니지 않나요? 발표 이후에 제가 돌려주지 않은 전세금은 없습니다."

"세부 적용 지침은 저희도 봐야 알아요. 그러니까 왜 투기로 집값 올리고, 나중에 돌려주지도 못할 정도로 전세금을 뺑튀기해 받으셨어요?"

최 경위가 비아냥거렸다.

수영은 순간적으로 치밀어 오른 화를 간신히 삼켰다. 이성을 잃으면 상대편의 페이스에 말려들 뿐이다. 몇 년 전만 해도 어떻게 해야 부동산으로 돈을 벌 수 있는지 알려달라고 알랑거렸을 인간들이 이제 대놓고 무시하고 있었다.

"오해가 있으신 모양인데 집값도 전세 값도 제가 올린 게 아닙니다. 저는 그냥 부동산 시장이 움직이는 방향대로 따라갔을 뿐입니다."

"그 부동산 시장을 미치게 만든 게 당신들 같은 투기꾼이잖아."

최 경위가 거칠게 말했다.

2013년 처음으로 서울 서대문구에 아파트를 샀던 최 경위는 2018년에 집을 팔았다. 당시 서울 송파구와 강동구 쪽에 신축 아파트 입주가 많아지면서 전세 값이 떨어지자 아내는 '아이들 교육을 위해서라도 이사를 가야 한다'라며 설득했다. 때마침 정부도 부동산 가격을 잡겠다고 나서고 있었다. 그런데 어찌된 일인지 그가 집을 파는 날부터 집값은 한 달에 적게는 수백만 원에서 수천만 원씩 올랐다. 2020년 전세 계약이 끝나고 집을 다시 사려고 알아보니, 자신이 판 집은 2년 전보다 3억 원이 더 올라 있었다. 주변 동료들이 분양으로 집을 사서 연봉의 몇 배나 되는 돈을 벌었다는 이야기가 귀에 들어왔다. 사람들이 말하는 '벼락거지'가 자신이라는 것을 알았을 때 깊은 분노가 치밀었다.

수영은 최 경위의 거친 말투에서 오히려 안도감을 느꼈다.

'이 사람도 집이 없군….'

피식 웃음이 났다.

'그래, 이 위기만 넘기면 된다. 그러면 저런 놈은 다시 내 앞에서 잘 보이려고 안달이 나겠지.'

묘한 자신감과 함께 냉면집에서 생각한 전략대로 되고 있다는 생각이 들었다.

"내가 집값 올린 진범을 알고 있는데…."

"진범? 김수영 씨 같은 투기꾼이 범인이지. 다시 부동산 시장이 어쩌고 하는 이야기라면 꺼내지 마쇼."

수영은 말과 다르게 최 경위의 눈에서 본능적인 호기심을 읽을 수 있었다. 그에 대해 조사했으면 지방 출신에 나이도 비슷한데 어떻게 그렇게 많은 집을 소유할 수 있었는지 궁금할 수밖에 없을 것이다.

"나도 한때 하우스푸어 소리를 들었어요."

수영이 이야기를 시작했다.

수영이 집에 관심을 갖게 된 것은 20년 전부터였다. 2006년과 2007년 하루에도 수백만 원씩 뛰던 서울 아파트 값은 '부동산 불패', '강남 불패'라는 신화를 증명하는 듯했다. 아파트 값뿐만 아니라 주식도 미친 듯이 올랐다.

대기업 출신의 부자 정치인은 "국민들을 부자로 만들어주겠다"는 약속으로 대통령이 됐다. 코스피 3000 시대를 열겠다고 큰소리쳤지만 대통령이 되자마자 세계적인 초대형 악재가 터졌다. 2008년 서브프라임 모기지 사태였다.

금융위기로 알고 있는 이 사건도 사실 부동산에서 시작됐다. 미국은 자본주의의 큰형님답게 부동산 투자에서도 실력이 남달랐다. 주택담보대출을 받아 집을 사는 것이 대부분의 나라에서 하는 부동산 투자 방법이다. 하지만 미국은 그보다 한 발 더 나아가 자신들이 빌려준 주택담보대출을 금융상품으로 만들어 팔았다. 당시 미국은 주택 경기가 워낙 좋았기 때문에 주택담보대출이라고 하면 강아지 이름으로도 대출을 해줄 정도였고, 집을 담보로 한 이 대출상품을 투자상품으로 만드는 것이 사람들에게는 꽤 안정적으로 보였다. 주택 가격이 급등하는 상황이 발생하자 집값과 비슷하거나 그보다 더 많은 돈을 대출해주는 '서브프라임 모기지론'까지 나오게 됐고, 그중에는 세계적으로 유명한 금융 회사도 끼어 있었다.

그러다가 빵 터져버렸다. 미친 듯이 오를 것 같던 주택 가격이 떨어지기 시작하자 은행들은 빌려줬던 돈을 갚으라고 독촉해댔다. 어느새 주택 가격이 거품 논란에 휩싸이기 시작했고, 높은 가격 때문에 대출이 연체되어도 경매로 넘어가지 않던 집들이 법원 경매에 등장했다. 하지만 '떨어지는 칼' 꼴이 된 집을 사려는 사람은 없었고 집값은 폭락했다. 이 과정에서 주택담보대출을 바탕으로 설계된 상품도 줄줄이 부실화됐고 결국 미국의 주요 투자은행들이 휘청거리게 됐다.

자본주의의 중심 미국이 휘청거리자 세계 금융시장도 혼돈에 빠졌다. 2000포인트를 넘어 3000포인트로 올라갈 것이라던 코스피는 1000포인트도 지켜내지 못했다. 돈이 되는 집을 사기 위해 눈이 시뻘게졌던 사람들이 겁에 질렸다. 불패라고 하던 강남 재건축 아파트가 수천만 원씩 떨어지기 시작하더니 억대로 떨어졌다. 2005년 말 3500 대 1이라는 최고 경쟁률을 보였던 경기도 판교 아파트는 2008년 세계 금융위기 때는 하우스푸어를 양산하는 화수분이 됐고, 사람들은 '망교'라는 별명을 붙였다.

전문가들이 부동산의 시대는 갔다고 말하기 시작했다. 자신을 기자 출신의 경제 전문가라고 불러달라던 이는 앞으로 아파트 값이 반 토막이 날 것이라며, 인구가 점점 줄고 있다는 것을 근거로 들었다. 그리고 우리 경제가 일본과 비슷하다며 일본의 부동산 거품 이후 하락한 주택 가격을 보라며 공포를 부채질했다.

"맞아, 저때 집 사면 미친놈이라고 했죠."

수영이 한참 이야기를 하고 있는데, 최 경위가 말을 끊었다. "그때 제가 집을 샀어요. 빚을 70퍼센트 넘게 내서." 수영이 말을 이었다.

수영은 2010년이 부동산 시장의 바닥이라고 생각했다. 한국에서 아파트 값이 3년 이상 떨어지는 것은 불가능하다고. 하지만 그때는 몰랐다. 1층 아래 지하가 있고, 지하도 2층, 3층 계속 내려갈 수 있다는 것을…. 2008년 위기 이후 주택 가격이 5년 넘게 떨어지자 사람들은 매매는 제쳐두고 전세만 찾았다. 덕분에 아파트 값은 떨어지고 전세 값은 오르면서 주택 가격 대비 전세 가격을 나타내는 전세가율이 90퍼센트를 넘는 곳도 생겼다.

집값이 떨어지자 곳곳에서 아우성이 터졌다. 처음에는 집값 하락으로 자산이 줄어든 사람들이 난리를 쳤다. 하지만 그들의 난리는 아무것도 아니었다. 주택 경기가 장기간 얼어붙자 이와 관련된 산업에서 일자리가 사라졌다. 건설사들이 아파트를 짓지 않자 새벽 인력시장에서 일거리를 구하지 못하는 사람이 늘어갔다. 이사하는 사람이 줄어들자 부동산 중개업자와 이삿짐센터, 인테리어 업자들의 일거리도 끊어졌다. 지독한 내수 경기 침체가 이어지자 정부는 모든 것이 부동산 시장이 침체했기 때문이라며 주택시장 부양 정책을 펴기 시작했다.

2013년 정부는 '4·1 서민 주거 안정을 위한 주택시장 정상화 종합대책'을 내놓았다. 하우스푸어와 렌트푸어를 위한 대책을 전면에 내세웠지만 뒤에는 신규·미분양 주택을 사거나 1가구 1주택자가 보유한 집을 사면 5년간 양도소득세를 면제해주는 내용이 주택시장 거래 정상화를 위한 방안으로 포함됐다. 여기에 수직 증축 리모델링과 다주택자 양도세 중과 폐지와 단기보유 중과에 대한 세율도 완화해주는 내용이 들어갔다. 그해 7월에는 '7·24 대책'을 통해 정부가 민간이 공급하는 주택 공급량을 조절하기 시작했고, 8월 '8·28 대책'으로 취득세율을 영구 인하하고, 연 1퍼센트대 초저금리 수익·손익 공유형 모기지 상품을 내놓았다. 그리고 그해 12월에는 공공 임대주택인 행복주택 공급량을 20만 가구에서 14만 가구로 3분의 1가량을 줄였다.

이때 수영은 우연히 강형수를 만났다.
다른 회사에 다니지만 업무 때문에 접촉이 잦았던 형수는 만날 때마다 집을 새로 샀다고 자랑했다. 그는 4·1 부동산 대책이 나오자 "지금부터 집을 사야 한다"며 매주 낡은 자동차를 끌고 아파트를 보러 다녔다. 어떤 날은 서울 노원구에, 다른 날은 경기도 분당에 집을 샀다고 자랑처럼 이야기했다. 수영은 만날 때마다 집이 한 채씩 늘어가는 형수를 보면서 어디서 돈을 조달하는지 궁금했다.
어느 날 술자리에서 수영이 궁금한 점을 물었다.
"전세를 끼고 사면 아파트 한 채에 3천만 원도 안 들어요. 심지어 전세 계약을 새로 할 때는 집 산 가격보다 전세 값이 더 높아요. 정부가 바닥인 집값을 올리려고 추가 대책을 계속해서 내놓을 거예요. 그러니까 수영 씨도 집을 사려면 지금 알아봐요."
형수가 웃으며 대답했다.

하지만 수영은 이해가 안 갔다. 전세 값만 껑충껑충 뛸 뿐 매매 가격은 여전히 제자리걸음을 하고 있는 상황에서 집을 사들이다가 망하면 어떻게 하느냐는 걱정이 들었다. 그런데 정말 강형수의 말대로 정부는 부동산 대책을 계속해서 쏟아냈다. 2014년에는 연간 2천만 원 이하의 임대소득에 대해서는 기존 수입과 별도로 세금을 부과하겠다고 해 사실상의 면세 혜택을 줬다. 그리고 2014년 7월 새 경제부총리가 부동산 정책을 맡으면서부터는 더 파격적인 혜택을 제공했다. 새로 임명된 경제부총리는 빚을 내서 집을 사라면서 주택담보대출 규제를 대폭 완화했다. 지역과 보유한 주택 수에 따라 다르던 주택담보대출은 일제히 70퍼센트로 올라갔고, 재건축 연한 규제는 최장 40년에서 30년으로 줄었다. 수도권 청약 1~2순위를 통합하고 1순위가 되는 기간을 2년에서 1년으로 줄였다. 또 준공공 임대주택 활성화를 위해 임대 의무 기간을 10년에서 8년으로 줄이고 양도소득세 감면 등 파격적인 혜택을 줬다.

이때부터 수영도 본격적으로 아파트를 사기 시작했다. 2013년 미분양 아파트를 매입하면 5년간 양도소득세를 면제해주겠다는 정부의 약속을 믿고 아파트 한 채를 분양받았다. 정부가 세금을 덜 걷겠다고 해서인지 미분양 아파트는 무섭게 팔려나갔다. 미분양이 있는 아파트 모델하우스를 찾아가면 수영과 같은 사람들이 길게 줄을 서 있었다. 신문과 방송에서는 정부 대책이 효과를 내면서 2013년 3157가구나 됐던 서울의 미분양 아파트가 2014년에는 1356가구, 2015년에는 494가구로 줄었다는 뉴스를 내보냈다. 정부는 사람들이 집을 사기 시작하면 당시 문제가 됐던 전세 값이 잡힐 것이라고 했다. 하지만 집값이 오르는 것보다 전세 값이 더 빨리 뛰었다.

"왜 그런 거요?"

최 경위가 수영의 말을 끊고 삐딱하게 물었다.
"집을 지어도 안 팔리니까 2008년 이후로 건설사들이 아파트를 안 지어서죠. 들어가서 살 집은 부족한 상황인데 아직 집값이 오른다는 확신이 없었죠. 집을 사려는 사람보다 전세로 들어가려는 사람이 더 많으니까 집값보다 전세 값이 더 빨리 오른 거죠."

미분양 아파트를 사서 재미를 본 수영은 집이 달리 보이기 시작했다. 지방에서 서울로 올라와 맨손으로 시작한 그에게 부동산은 인생 역전의 기회였다. 2013년 그가 산 미분양 아파트는 2년 동안 1억 원이 올랐다. 결혼하고 아내와 함께 몇 년을 아껴도 모으지 못한 돈이었다.

첫 번째 아파트 투자가 성공하자 그는 빠르게 집 수를 늘려가기 시작했다. 분양받은 아파트로 이사하면서 집을 담보로 필요로 하는 돈보다 많은 금액을 대출받았다. 초과 대출을 받은 돈으로 전세를 끼고 아파트 한 채를 더 샀다. 그렇게 산 아파트 전세 값은 불과 6개월 만에 집값만큼 뛰었다. 오른 전세금으로 재개발 지역의 입주권을 하나 더 샀다. 그리고 재개발로 집이 철거에 들어갈 때 나오는 이주비 대출을 받아 부산과 경기도에 전세 낀 아파트를 또 샀다.

처음이 힘들지 한번 시작하니 수영의 집 사기는 갈수록 가속도가 붙었다. 어떤 때는 한 달에 한 채, 어떤 때는 한 달에 두 채를 사기도 했다. 새 집을 사는 돈은 이전 집의 전세금을 올려 받아 충당했다. 사람들은 이를 갭 투자라고 불렀다. 수영도 자신의 욕망이 점점 팽창하고 있음을 느꼈다. 어딜 가나 사람들의 부러워하는 시선이 꽂혔다. 겉으로는 아니라고 하지만 사람들은 누가 부자인지 가난한지를 쉽게 알아챘고, 부자에게 좀 더 호의적으로 대했다. 회사 동기와 같은 날 결혼식을 올린 수영은, 직원들 대부분이 호텔에서 하는 부자 동기의 결혼식에 참석했다는 것을 나중에 알게 됐다. 자신의 결혼식에 온 참석자들 대부분은 자신이 관리했던 신입 사원들뿐이었다. 경기도에 신접살림을 차렸다고 말했을 때도 돌아오는 시선은 참 힘들게 산다는 안쓰러움이었다.

그런 경험 때문일까, 수영은 악착같이 집을 사모았다. 퇴근후에는 매일 자신이 보유한 아파트의 현재 가격과 전세 가격을 확인하고, 새로 사고 싶은 아파트를 찾는 데 대부분의 시간을 보냈다. 사람들이 불로소득이라고 손가락질을 했지만, 그는 엄청난 시간과 노동, 자본이 투입되는 투자라고 받아쳤다. 주말마다 아이를 데리고 모델하우스를 찾아다녔고, 부동산 시장이 앞으로 어떻게 움직일 것인지 알아보기 위해 매일 공부에 매진했다. 어지간한 부동산 중개업자도 수영의 지식에 비할 바가 못 되었다. 불과 4년 사이에 수영의 집은 마흔 채가 넘었다.

부동산 경기가 살아나자 경제도 활기가 돌았다. 건설사들이 아파트를 분양하면서 건설 경기가 회복됐고, 이사를 가는 사람이 늘면서 소비도 증가했다. 정부는 부동산 경기 활성화로 인한 경기 회복을 홍보하기 바빴고, 사람들은 빚을 내서 집을 사라는 경제부총리의 말을 듣지 않은 것을 후회했다. 건설업자, 부동산 관계 협회, 정부, 집주인들이 모두 웃었다.

그러는 사이 정권이 바뀌었다. 전 대통령은 자신의 친구에게 나랏일을 맡기고 자잘한 이권까지 줬다. 대통령의 친구는 청와대를 마음대로 드나들며 김밥까지 싸달라고 호기를 부렸다. 국가 최고 권력기관 중 한 곳이 놀이터가 되자 사람들은 촛불을 들었고, 2017년 대통령이 바뀌었다. 수영도 그때 아이와 함께 나가 촛불을 들었다. 수영은 자신을 흔히 이야기하는 '깨시민'이라고 생각했다. 하지만 대통령이 바뀌고 불과 석 달이 지나지 않아 그는 자신이 적폐라는 사실을 알게 됐다.

새 대통령은 국회의원 3선인 여성 의원을 국토교통부 장관에 앉혔다. 프레젠테이션 형식으로 진행된 취임식에서 신임 장관은 단호하게 "서울에 집이 부족해서가 아니라 투기꾼 때문에 집값이 오르는 것"이라면서 투기꾼과의 전쟁을 선포했다. 장관은 취임 한 달 만에 '6·19 대책'이라는 부동산 정책을 내놨다. 주택 가격을 안정시키기 위해 부동산 규제 지역을 확대하고, 이들 지역에서는 집을 담보로 받을 수 있는 대출 금액을 축소했다.

이어서 8월에 전 정부 최악의 부동산 대책이라고 불리는 '8·2 대책'을 내놨다. 대책의 내용은 서울과 수도권을 투기 지역과 투기 과열 지구로 지정하고 재개발·재건축 규제를 강화한다는 것이었다. 또 최고 42퍼센트인 양도소득세 최고세율을 2주택자에게는 10퍼센트포인트, 3주택자에게는 20퍼센트포인트 올리기로 했다. 더불어 집을 사는 돈이 어디서 나왔는지를 신고하게 하고, 특별사법경찰제를 부동산 거래에도 도입했다. 그러면서 주택 임대 신고를 하게 하고, 주택 임대사업자에게 전월세 인상 폭을 연 5퍼센트로 제한하는 대신, 임대 신고를 한 주택은 양도소득세와 보유세, 종합부동산세를 빼주겠다고 약속했다. 심지어 개인이 부동산 규제 지역에 아파트를 살 때는 주택 가격의 40퍼센트까지만 대출을 받게 해주면서 임대사업자에게는 70퍼센트를 받을 수 있게 했다. 정부는 이 대책을 내놓으면서 앞으로 부동산 시장이 꺾일 것이라고 호언장담했다.

수영에게 어느 지역의 집을 사야 하냐고 물었던 사람들이 집을 사도 되냐고 물었다. 수영은 "저렇게 멍청한 정책을 내놓는 것을 보니 집값을 잡기는 틀렸다"고 대답했다. 그리고 계속해서 집을 사들였다. 그는 정부가 풀어놓은 임대사업자라는 놀이터를 말 그대로 즐겼다. 서울 아파트 값은 정부가 바뀐 뒤 더 뛰기 시작했고, 2017년 6억 원대였던 서울 아파트 중위 가격은 2020년에 9억 원을 넘겼다. 집을 사지 못한 사람들은 자신이 '벼락거지'가 됐다며 울분을 토했다.

최 경위가 불쑥 물었다.

"당신 같은 사람들이 집을 여러 채 사는 바람에 집값이 올라 서민들이 그렇게 힘들어했는데 미안하지도 않습니까?"

"제가 미안할 이유가 있나요? 대한민국은 부동산 시장을 컨트롤하기로 했고, 그 게임의 규칙은 정부가 정하는 거잖아요. 정부가 만든 룰을 어기지 않고 이겼다고 하면 잘한 거 아닌가요? 심지어 제가 부모에게 유산을 받아서 집을 산 것도 아닌데…."

수영이 당당하게 말했다.

수영은 세입자에게 좋은 집주인이었다. 재계약 시 세입자에게 제시하는 인상안은 아무리 높아도 5퍼센트 내외였다. 자질구레한 일로 세입자를 닦달하지도 않았다. 세입자들은 2년에 한 번 연락하는 전세 값 안 올리는 집주인으로 그를 기억했다.

하지만 당시 정부의 입장은 달랐다. 2018년과 2019년 대통령이 나서서 부동산 투기와의 전쟁을 선포했다. 하지만 부동산 정책보다 정치에 더 관심이 있었던 국토부 장관은 2018년 '9·13 부동산 대책'과 2019년 '12·16 부동산 대책'을 내놓는 과정에서 자신의 아이디어를 제시하지 못했다. 정부는 종부세와 재산세를 높이는 방식으로 다주택자를 압박하는 한편 수도권 그린벨트를 풀어 신도시를 만들 겠다는 계획을 발표했다. 또 기존에 주택 임대사업자에게 줬던 혜택을 대부분 빼앗았는데, 이를 이전에 사업을 하던 사람에게도 소급 적용해 정책의 일관성을 훼손했다는 비판 도 받았다.

여기에 더해 임대차3법이라는 것을 만들었는데, 좋은 뜻으 로 만든 법인데도 집주인과 세입자 양쪽에서 욕을 먹었다. 정부가 주택 공급을 제한해 서울과 수도권에 새로운 물량 이 공급되지 않을 때 법이 시행되면서 전세 값이 급등했기 때문이다.

부동산 정책이 효과를 제대로 발휘하지 못하고 있는 상황 에서 세계적으로 역병이 돌자 정부는 경제를 살린다는 명 분으로 돈을 풀었고, 그렇게 풀린 돈은 또 부동산과 주식, 가상화폐 등으로 쏟아져 들어갔다. 사람들은 지금이라도 뭔가를 사야 한다는 패닉 상태에서 집을 사들이기 시작했 고, 서울 아파트는 위치를 막론하고 가격이 뛰었다.

"그때 멈췄어야 하는데…."
한참 이야기를 풀어놓던 수영이 이야기를 끊으며 한숨을 내쉬었다.
"무슨 말이요?"
"그때라도 멈췄어야 하는데, 당시엔 나도 사람들도 그냥 이 성을 잃었던 것 같아요."
수영이 조사실 천장을 올려다보며 말을 이었다.
계속되는 부동산 정책이 먹히지 않자 사람들은 정부를 질 타했다. 설상가상으로 신도시 개발을 주관하던 공기업의 비리 문제가 터지자 대통령의 인기는 날이 갈수록 떨어졌 고, 여당에서는 지금 상황에선 정권 재창출이 불가능하다는 이야기까지 나왔다. 결국 여당은 서울시장 보궐 선거에서 참패를 면치 못했다. 선거에 진 여당은 종부세 기준을 낮추고 재산세를 정하는 공시 가격 기준도 손보겠다고 했다.

시장에 정부가 KO패를 당한 것 같았다.

수영은 통쾌한 심정으로 정부와 여당을 바라봤다. 추가 대책은 없다고 생각한 수영은 마치 자기가 사람들을 이끌고 정부와 투쟁을 벌여 승리를 거둔 것 같은 느낌까지 들었다.

하지만 그때가 그의 마지막 전성기였다.

2020년과 2021년, 2022년은 대한민국 서울의 아파트 값이 가장 많이 오른 해였다. 하지만 수영은 자신이 갖고 있던 아파트를 한 채도 팔지 못했다. 2013년부터 이어진 계속된 승리에 그는 자신이 부동산 시장에서 진다는 생각을 해본 적이 없었다. 수영에게 아파트는 어느새 단순 자산이 아닌 자식 같은 존재가 되어버렸다. 자식을 내다파는 부모가 어디 있단 말인가.

2년이 지나 2024년이 되자 부동산 시장은 탐욕이 아니라 공포를 이야기하게 되었다. 서울과 경기도에서 새 아파트가 공급되기 시작했고, 역병으로 인한 경기 침체를 이기기 위해 낮춰졌던 금리는 다시 오르고, 풀린 돈도 다시 거둬들여졌다. 실적 없이 부풀려졌던 자산들의 가격이 폭락하면서 사람들의 비명소리가 들려왔다. 첫 비명은 암호화폐에서 나왔다. 돈이 된다는 말에 청년들이 월급을 갈아 넣어 투자한 암호화폐는 5천만 원에서 3원으로 떨어졌다. 주식시장에서는 신성장 동력이라는 이야기를 듣던 기업들의 부실이 드러나면서 두 번째 비명소리가 들렸다. 투자금을 잃은 사람들이 소송을 한다는 뉴스와 함께 절망을 이기지 못해 스스로 목숨을 끊은 사람들의 소식이 들려왔다.

가장 많은 자산이 투입된 부동산에서는 제일 늦게 비명이 터져 나왔다. 하지만 그 비명소리는 더 크고 치명적이었다.

집값이 하락하면서 사람들이 우울해졌다는 이야기가 들리더니, 늘어난 주택 공급에 집주인이 전세금을 돌려주지 못해 세입자와 갈등을 빚다 폭행당했다는 뉴스가 나왔다. 수영의 집도 예외가 아니었다. 수영을 찾아온 세입자들은 이제까지 고마웠지만 전세금을 돌려받지 못하면 새로 입주하는 신도시 아파트에 들어가지 못한다며 울어댔다. 수영은 통장과 아파트를 하나씩 정리했다. 한때 100채였던 그의 아파트는 40채가 됐고, 천억 원이 넘던 부동산 자산 규모도 지금은 400억 원으로 반 토막이 났다. 날아간 반 토막에는 그가 받은 세입자들의 전세금도 들어가 있었다.

"그럼 지금 있는 집을 처분하면 전세금은 모두 돌려줄 수 있어요?"
수영의 이야기를 다 들은 최 경위가 물었다.
"아뇨. 지금은 다 팔아도 안 돼요. 이미 그런 상황이 됐어요."
"배 째라는 거요?"
최 경위가 들고 있던 볼펜을 책상 위로 내동댕이쳤다.
"경위님, 얘기 끝난 김에 한번 물어봅시다. 제가 집을 사고 전세를 주는 과정에서 나라에서 만든 법을 어긴 것이 있나요? 없습니다, 없어요…. 저는 장관들이 다 했다는 위장전입을 한 적도 없고, 취득세, 재산세, 종부세 뭐 하나 빼놓지 않고 정부가 하라는 대로 다 냈어요. 집값이 오르내리는 것을 제가 마음대로 결정한 것도 아니잖아요. 제가 그렇게 대단한 사람이면 대체 대통령은 왜 있고, 장관은 뭐 하러 있는 겁니까?"
수영의 항변이 끝나자 최 경위가 다시 물었다.
"그래서 집값을 올린 진범이 누구라는 거요?"

〈PD수첩〉 제작기
'재건축의 신 in 펜트하우스'

김경희

MBC 시사교양 PD. 〈PD수첩〉, 〈금요와이드〉, 〈오늘아침〉 등 연출.

누군가 왜 〈재건축의 신 in 펜트하우스〉라는 프로그램을 제작했는지 묻는다면 한마디로 '파도 파도 끝이 없기 때문'이었다.

2020년이 얼마 남지 않았을 때, '집값 상승 연일 최고치', '25번째 부동산 대책 발표' 등 제목만 봐도 머리가 지끈거리는 기사들에 파묻혀, 젊은 세대의 내 집 마련은 '부모 찬스' 외에는 없는 것인가 생각하고 있던 차에 선배와 함께 〈PD수첩〉 신년 특집 프로그램을 제작할 기회가 생겼다. 프로그램 주제는 지금도 뜨거운 이슈인 부동산 문제였다.

당시 프로그램을 위해 우리나라 아파트 값의 천태만상을 취재하면서 유난히 서울 반포 일대의 기형적인 시세 형성이 머릿속에 남았다. 그리고 그 중심에 있는 인물이 '평당 1억의 신화', '재건축의 신'이라 불리는 한형기 신반포 1차 재건축조합장이었다.

"이제 평당 1억 5천 찍고 2억 가야죠. 능력껏 사는 거예요, 능력껏. 어떻게 모든 사람들이 다 강남에 살 수 있도록 해 줘요?"

〈2020 PD수첩 신년특집 1부 - 우리가 아파트를 살 수 없는 이유〉에 나왔던 한형기 조합장의 말이다.

'어떤 조합장이기에 저런 말을 거리낌 없이 하지?'

강남의 한 재건축 단지 조합장이 전국을 누비며 설명회를 하고 있는 기이한 현상. 그의 말 한마디에 교주의 은혜처럼 열광하는 재건축 조합원들. 그리고 한 조합장의 말대로 이뤄지는 재건축 현장들. 정부의 부동산 규제들을 가볍게 피해가는 한 조합장의 재건축 단지들. 알수록 놀랍고 궁금해졌다. 나는 한형기라는 인물을 통해서 재건축 시장을 파헤쳐보기로 결심했다.

#강남 재건축, '영끌'해도 들어갈 수 없는 세계

우리나라 아파트 재건축 목적에는 분명 '공공성'이 포함돼 있다. 일대일 재건축을 제외하고 일반 재건축의 경우 대부분 아파트 세대 수, 층수 및 평수가 늘고 부대시설이 새로 들어선다. 특히 한강변에 위치한 서울 강남 재건축의 경우 단지가 한강부지와 연결돼 있고 교통과 편의시설 및 수려한 리버 뷰를 누릴 수 있어 일반 재건축과 달리 따라오는 혜택이 어마무시하다. 따라서 커뮤니티 시설들은 지역 주민이 함께 이용할 수 있다는 전제 아래 공사를 진행한다.
2000년도 중반 정도만 하더라도 강북의 새 아파트들이 강남보다 2억 이상 비쌌다. '빚을 내서라도 집을 사라'던 초이노믹스 시절 이후, 강남의 집값이 심상치 않아졌고 3.3제곱미터 기준 뉴욕의 아파트보다 반포 아크로리버파크 아파트가 비싸지게 됐다. 갭 투기도 어렵고 온갖 대출과 영혼까지 끌어 모아도, 그곳에 원래 아파트를 보유하고 있거나 금수저가 아닌 이상 우리는 강남 재건축판에 들어갈 수 없게 된 것이다.
그래서일까? 반포 일대 재건축을 취재하며 만난 사람들에게서 나는 느와르, 스릴러, 블랙코미디, 액션 장르까지 느낄 수 있었다. 돈이 모인 곳에 양보는 없었고 전쟁터 앞에 도덕적인 영웅은 존재하기 힘들어 보였다.

#펜트하우스에 사는 조합장

반포 아크로리버파크 펜트하우스는 38층에 위치한 약 100평 규모로 호가는 200억 원 가까이 된다. 여의도 불꽃축제를 펜트하우스 마당에서 볼 수 있으니 드라마 〈펜트하우스)의 장면이 현실에 있다고 보면 된다. 이 펜트하우스의 주인이 바로 한형기 조합장이다.

이미 재건축업계에서는 누구보다 유명인인 그는 건설업계에 종사하다 건설사업관리construction management라는 다소 생소한 분야에서 일했고 이후 신반포 1차 재건축 사업 조합장이 됐다.

"우리나라에서 저만큼 재건축에 대해 아는 사람은 없습니다. 제가 유일무이해요."

한형기 조합장을 처음 만났을 때 직접 들은 말이다. 그는 재건축 조합 설립 인가부터 입주와 조합 청산까지 수십 년이 될 수도 있고 10년 안에 끝날 수도 있다며, 모든 것은 조합장이 누구냐에 달려 있다고 호언장담했다. 그는 물리적인 폭력을 앞세워서라도 전체 재건축 기간을 단축시켰고 그 점에 대해 조합원들에게 박수를 받고 있을 거라고 확신했다. 나는 한씨와 그의 지지자들을 보며 펜트하우스에 입주하는 대가는 우리가 상상하는 것 이상일지도 모르겠다는 생각이 들었다.

그런데 한형기 조합장은 멈춤이 없었다. 옆 단지도 그 옆 단지에도, 반포 일대뿐만 아니라 40여 군데가 넘는 재건축 현장에도 그의 목소리와 설명회는 이어졌고, 한씨의 말대로 그는 강남 집값 시세를 좌지우지하는 사람이 됐다.

#A부터 Z까지, 합법이라 말할 수 있는가

지난 몇 달 동안 취재하며 궁금했던 내용들을 정리해 한형기 조합장과 인터뷰를 했다. 인터뷰는 점심시간 직후에 시작해 저녁에야 끝났다. 그만큼 물을 게 많았고 그도 대답할 게 많았을 것이다.

인터뷰를 진행하며 놀라움의 연속이었던 것은 '지금 이런 발언을 하는 것이 한 조합장에게 괜찮을까?'라는 생각이 여러 차례 들 정도로 재건축 시장 형성의 기형적인 수법을 너무나 세세하게 밝혔기 때문이다.

그중 1차에서 미분양된 아크로리버파크를 인근 공인중개사들과 언론사들을 통해 분양가를 올리고 성공리에 마칠 수 있게 '플레이'했다고 발언한 부분, 그리고 이것이 실제 있었던 일임을 취재를 통해 알게 됐을 때, 어떻게 이런 행위들이 법망을 피할 수 있었는지 의문이 들었다. 그리고 신반포 1차 인근 상가 상인들과 재건축 사업 진행 과정에서 마찰이 생겼을 때, 조합원들과 분쟁이 있었을 때 한 조합장의 폭력적인 행동이 담긴 CCTV와 영상들을 보며, 심지어 전과7범이 사회생활에 지장이 없다고 인터뷰하는 그를 보며 재건축판에 왜 소송전이 난무하는지 짐작할 수 있었다. 그에 더해 재건축 시장 서면 결의서의 맹점, 심지어 총회의 위조 논란이 있었고, 그것이 고스란히 방송에 공개됐음에도 한 조합장은 여전히 조합원들을 상대로 설명회를 하고 그를 반대하는 세력을 '비대위'라 부르며 조합원 제명을 무기로 휘두르고 있다.

그뿐 아니라 한씨가 조합장으로 있는 신반포 1차와 조합원으로 있는 신반포 3차 경남아파트 재건축 사업에서 설계, 수전, 음식물 쓰레기 업체, 건설사업관리 용역업체 등이 모두 동일한 업체라는 점도 확인할 수 있었다. 당시 계약 과정에서 불법과 편법이 있었다며 문제 제기가 있었음에도 불구하고 아무런 조처 없이 현 조합이 유지되고 있다.

한형기 조합장이 여러 채널을 통해 자식처럼 자랑했던 아크로리버파크 펜트하우스의 창호 곰팡이까지 사진으로 직접 보여주며, 특정 독일산 창호를 달아야 한다고 외치고 있는데도 대부분의 조합원들은 이상함을 못 느꼈을까? 아니면 계속되는 잡음에 재건축 기간이 연장될까 봐 편법이 의심되지만 그저 눈감고 넘어가려 하는 걸까? 취재하며 조합원들의 심정을 들었지만 그 누구도 깔끔한 해답을 주지는 못했다.

#부동산 투기를 멈추지 못한 이유 - 지자체와 건설사들 그리고 법

재건축의 황제, 재건축의 신이 강남 재건축 판도를 좌지우지할 때 해당 구청과 서울시는 어떤 일을 하고 있었을까? 서초구청은 서초구민이 사용할 목적으로 만들어진 아크로리버파크 커뮤니티 시설이 '반포동 주민에 한해서'로 변경되도록 허가해줬다. 한강변과 어우러지게 재건축의 여러 부분을 완화해주는 '특별건축구역' 지정 여부를 담당하는 서울시는 서초구청의 보고를 통해 관리감독이 이뤄지고 있었다. 특별건축구역 지정으로 설계 용역비가 배로 늘어도 어떻게 예산이 늘어나고 공사비가 증액됐는지 제대로 된 감찰은 없었다. 작년 총회 책자에 예비비로 잡혀 있던 것들이 올해 현실화되며 증액되어도, 조합에서도 지자체에서도 각 항목의 액수가 늘어난 이유를 조목조목 따지며 감사 역할을 수행한 곳은 없었다.
'도시 및 주거환경 정비법'은 어디까지 어떻게 적용해야 하는지 애매모호하고 약하다. 분양가 상한제, 재건축 초과이익 환수제도 등의 시행 시점까지 계산하며 재건축 사업에 속도전을 내는 사람들에게 부동산 대책들은 무용지물이다. 법망을 피해갈 수 있는 편법이 존재하는 한 앞으로도 부동산 투기는 계속될 것이다.

한형기 조합장이 신반포 3차 경남아파트 재건축 조합원들에게 이렇게 외쳤다.

"2023년 입주? 죽어도 그건 사수해야 됩니다. 차라리 중단할 바에는 여기 빨리 입주하고요. (평당) 1억 5천 가면 팔고 압구정 가세요!"

한강변에 살면서도 한강을 못 보는 설계와 상대적으로 크지 않은 창호 사이즈로 매일같이 구청을 들락날락거리는 조합원들을 향해 그가 한 말이었다. 어쩌면 그의 말대로 신반포 3차 경남아파트는 평당 1억 5천만 원 이상이 될 수도 있다. 한형기 조합장은 본인의 행보에 법적으로 아무 문제가 없다고 얘기한다. 〈재건축의 신 in 펜트하우스〉 1부 방송 당일, 신반포 2차 조합과 맺은 연간 고문료 계약을 개인의 사정이라며 무효화했던 것처럼, 한 조합장은 재건축 시장과 법을 속속들이 꿰고 있는 사람이다. 현재 그는 압구정 여러 단지들에 설명회를 다니며 영역을 넓혀나가고 있다.

서울시장이 바뀌고 재건축 단지들의 집값은 연일 상승하며 최고치를 갱신 중이다. 건설업계 사람들의 표현에 따르면 이런 시장 분위기 때문에 제2의 한형기, 제3의 한형기가 재건축 시장에서 활발히 활동 중이라고 한다.

강남 아파트 재건축 사업은 전국의 집값과 바로 연결된 매우 중요한 사안이다. 몇 달에 걸쳐 취재해왔으나 재건축 시장의 기이한 생태계를 바로잡을 수 있는 명확한 해법은 보이지 않는다. 채워질 수 없는 일그러진 욕망의 펜트하우스, 거기에 사는 사람들이 재건축을 무기로 교묘하게 법망을 피하며 투기를 부추기는 일이 합법적으로 통용되는 행태가 사라지는 그날이 되어서야, 우리나라 부동산의 미스터리가 풀릴 것이다.

당선작

심사평

당선 소감

주리

김창현

1

멍하니 앉아 먼 산을 바라보는데 아빠가 내게 말했다.

"주리야, 개는 말이야 자신에게 밥 주는 인간을 믿고 따르는 법이지."

고개를 돌리자 이름도 없는 커다란 검은 개의 밥그릇에 사료를 붓고 있는 아빠가 보였다.

"그런데 그건 인간도 마찬가지야. 인간도 자신에게 밥을 주는 인간만을 믿고 따르지."

아빠의 말을 들으며 검은 개 앞으로 다가서자 아빠는 나의 머리를 매만지며 이어 말했다.

"그래도 개와 인간은 달라. 인간은 배신을 하지만 개는 절대 그러는 법이 없어. 개들은 말이야. 제 목숨 날아가는 한이 있더라도 주인은 물지 않지. 그러니까 나도 이 일을 할 수 있는 거야. 나는 사람을 믿지 않거든."

이번에는 이름 없는 갈색 개 밥 그릇에 힘겹게 사료를 부으며 말했다.

"사람들은 나보고 개장수네 뭐네 하며 욕하지만 이보다 좋은 직업은 없어. 사람은 멀리해야 해. 그게 가장 좋아."

아빠는 허리가 뻐근했는지 사료를 바닥에 내려두고 기지개를 켜며 흐린 하늘을 한참 동안 바라봤다.

"주리야, 곧 눈이 올 것 같구나."

그 말에 나는 고개를 들어 하늘을 바라봤다.

'눈이 온다면 검은 눈이 쏟아지지 않을까?'라는 생각이 들었다. 술에 취한 아빠가 벽을 향해 재떨이를 던지면 흩날리는 담뱃재 같은.

"아빠는 말이야, 눈이 좋아."

아빠의 입에 어느새 담배가 물려 있었다.

"눈이 오면 사람들은 이런 시골까지 찾아오기 힘들지. 내 말뜻을 알겠니, 주리야? 오늘은 술 한 잔 마시고 두 발 뻗고 잘 수 있어. 불안에 떨 필요 없이 말이야…."

내 얼굴을 향해 아빠는 담배 연기를 내뿜으며 이어 말했다.

"도시에는 적이 너무 많아."

아빠는 몸을 돌려 집으로 향했다.

나는 우리 안에 갇힌 이름 없는 개들에게 인사를 한 뒤 서둘러 아빠의 뒤를 쫓았다.

2

한바탕 쏟아진 눈 덕분에 자동차가 앞으로 나아가지 않았다.

"세상에 두 가지를 믿지 마라. 사람과 시골 날씨."

어린 시절 술만 취하면 할아버지가 내게 했던 말을 내뱉으며 조수석에 있는 파일을 펼쳤다.

그러곤 파일에 꽂힌 사진 한 장을 바라봤다.

의욕 없는 눈동자. 그리고 그 아래로 녹아 흘러내릴 듯한 처진 눈꼬리와 빨갛게 상기된 얼굴색에 반해 유난히도 검은 입술. 이런 별 볼 일 없게 생긴 인간이 5년 전에 살인을 했다니 믿기지 않았다.

나는 그 사진 한 장을 코트 안주머니에 챙긴 뒤 창밖을 바라봤다.

그칠 기미가 보이지 않는 눈을 바라보다 차 문을 열고 밖으로 나섰다. 몰아치는 눈바람에 코트 깃을 세우고 앞으로 나갔다. 어지간하면 차 안에서 하루를 보내고 눈이 그칠 때쯤 움직이고 싶었지만 이런 일은 서두를수록 좋다. 사람을 죽이는 일은 변수가 많다. 한번 기회를 놓치면 두 번째 기회는 좀처럼 다시 오지 않는다.

"행동은 신속할수록 좋다."

처음 이 일을 시작할 때 오너가 내게 했던 말을 되새기며 나는 몸속으로 파고드는 빌어먹을 추위를 내쫓았다.

3

개 짖는 소리에 눈을 떴다.

창문으로 다가가 귀를 기울이자 바람 소리 사이로 개 짖는 소리가 희미하게 들려왔다.

묘한 불안감이 가슴을 닦달했다. 가만히 있으면 안 될 것 같았다.

아빠 방으로 달려가 방문을 밀었지만 열리지 않았다. 나는 필사적으로 방문을 두드렸다.

나오지 않는 목소리를 내어보려 애썼지만 소용없는 일이었다. 목구멍에서는 공기 빠지는 풍선 같은 소리만 맥없이 흘러나올 뿐이었다. 방문을 손톱으로 긁어도 봤지만 문은 여전히 굳게 닫혀 있었다. 그때 현관 손잡이가 돌아가는 소리가 들렸다. 나는 부엌에 있는 식탁 아래로 서둘러 몸을 숨겼다. 현관문이 조심스레 열리고 닫히는 소리가 들렸다. 집 안의 정적은 구둣발 소리 앞에 무너져 내리기 시작했다. 나는 몸을 더욱 웅크리고 전방을 응시했다.

거대한 검은 구두가 내 앞을 지나 아빠 방 앞에서 멈췄다. 그러곤 순식간이었다. 방문이 열리고 곧 나를 찾는 아빠의 비명이 들리기까지는.

"주리야!"

나도 모르게 몸을 움찔했다.

"주…이…주우…."

조금씩 옅어지던 아빠의 목소리가 완전히 사라지자 피비린내가 코끝을 찔렀다. 아빠의 피일 것이다. 나도 모르게 몸을 떨었다.

"주리? 젠장!"

남자의 굵은 목소리가 들리더니 검은 구두가 내 눈앞에 나타났다.

아무래도 나를 찾고 있는 것 같았다.

아빠와 함께 보던 영화가 떠올랐다. 살인자를 피해 식탁 밑에 숨어 있던 여주인공의 모습이.

그때 아빠는 내게 이렇게 말했다.

'개를 키웠어야지. 그랬으면 저 사이코 자식 발이라도 물어뜯었을 텐데.'

4

아무도 없다.

그렇다면 저 자식이 숨넘어가기 직전에 애타게 부른 주리라는 이름은 누구일까?

가족 사항에 아내와 딸이 있다는 사실은 확인했지만, 이름까지는 미처 확인하지 못했다. 나의 명백한 실수였다. 만약 '주리'라는 이름이 아내나 딸이라면 녀석의 비명을 듣고 곧장 집밖으로 뛰쳐나갔겠지. 그렇다면 이미 경찰에 신고했을지도 모를 일. 서둘러 사라지자.

산길에 차를 세워두고 왔다.

만에 하나 경찰이 길가에 세워진 내 자동차를 본다면….

"있어서는 안 될 일이지."

창밖으로 매섭게 쏟아지는 눈을 바라보며 중얼거렸다.

'경찰도 빨리 오지는 못할 거야. 서둘러야 해.'

다급한 마음에 걸음을 재촉하는데 식탁 아래서 미세한 떨림을 느꼈다.

걸음을 멈추고 식탁 아래를 노려보며 오른손에 쥔 주머니칼을 곤두세웠다. 천천히 식탁을 향해 두 걸음 정도 이동했을 때쯤 식탁 아래서 조그마한 꼬마 녀석이 뛰쳐나왔다.

5

내 선택은 실수였다.

어느 누구라도 칼날이 목을 겨누고 있는 지금 상황을 보면 이렇게 말할 수밖에 없을 것이다.

'주리, 너의 선택은 실수였어. 이 가여운 것 같으니라고.'

위아래로 훑어보던 그의 작고 날카로운 두 눈은 내 목에 깊게 새겨진 상처를 더듬거렸다.

"너 혹시 벙어리냐?"

몸부림치는 나를 단단히 붙잡고 목에 있는 상처를 유심히 바라보던 그가 이번에는 목에 걸린 목걸이를 매만지며 말했다.

"주…리…?"

목걸이에 새겨진 나의 이름을 읽더니 그가 주머니칼을 바닥에 내려놓으며 물었다.

"네가 주리냐?"

대답은 하지 않고 몸만 부들부들 떠는 나를 달래듯 그의 다부진 턱이 다시 움직였다.

"경찰에 신고할 일은 없겠군. 게다가 벙어리라… 그런데… 널 어쩐다?"

날 바라보는 남자의 날카로운 눈이 흔들렸다.

"오너가 현장에 살아 있는 것은 모두 죽이는 게 원칙이라고 그랬는데."

곧 바닥에 놓인 주머니칼이 그의 눈동자에 새겨졌다. 서슬 퍼런 칼에 나도 모르게 몸을 떨자 그의 눈동자에 나의 얼굴과 그의 두려움이 차오르기 시작했다.

6

실수일지도 몰랐다.

이 녀석을 보고 오너는 뭐라고 할까? 버리라고 하면 그나마 다행이지만 죽이라고 하면 어떻게 해야 할까? 내가 죽일 수 있을까? 몇 시간 전에도 죽이지 못한 녀석을?

"왜 그랬어?"

보조석에 앉아 곤히 잠자는 녀석을 힐끔거린 후 곧 오너가 내게 할 질문을 중얼거리며 그에 대한 대답을 생각해보았다.

'분명 주머니칼로 최대한 빨리 고통스럽지 않게 이 작은 녀석을 잠재워주려 마음 먹었던 것 같아요. 그런데 이 녀석이 아니… 이름은 주리라고 합니다. 어쨌든 주리 가 내 앞에서 몸을 떠는데… 그게… 두려웠다고 해야 할까요…? 이 녀석을 잠재우 는 게?'

오너가 날 이해해줄까?

주차하기 위해 핸들을 꺾는 두 손이 떨렸다.

'두려움을 아는 킬러는 킬러가 아니야.'

오너가 내게 했던 말이 떠올랐다.

"두려웠을까?"

문득 떠오른 생각을 입 밖으로 내뱉으며 주리를 바라봤다.

"네 두려움이 내게 달라붙었을까?"

나는 주리의 머리를 매만졌다.

7

머리를 매만지는 손길에 눈을 떴다.

고개를 들자 아빠가 아닌 턱이 다부진 남자가 나를 내려다보고 있었다.

나와 눈이 마주친 남자는 당황스러운 표정을 짓곤 차 문을 열고 밖으로 나가 한 참을 서성이다 보조석 문을 열고 말했다.

"내려."

남자의 목소리에 어젯밤 일이 떠오르자 나도 모르게 몸이 얼어붙었다.

그런 모습이 마음에 들지 않았는지 남자는 한숨을 내쉬며 거대한 체구를 보조석 안으로 밀어 넣은 뒤 나를 들어 올렸다.

앞으로 성큼성큼 걸음을 옮기며 남자가 말했다.

"몇 가지 주의를 줄게. 첫째, 들어가서 아무 말도 하지 마. 물론 넌 벙어리라 말 못 하겠지만 말이라는 것이 꼭 입에서만 나오는 건 아냐. 몸으로도 하는 거지. 특히 너 같은 꼬맹이는 말보다 행동이 앞서는 법이지. 다행히 너는 벙어리라 행동만 조심하면 돼. 알겠어? 둘째, 내가 널 사무실에 두고 오너와 일대일 면담을 할지도 몰라. 그 때 사무실에 있는 놈들이 너에게 무슨 짓을 하려고 하면 어젯밤처럼 식탁 밑에 숨는 바보짓은 하지 마. 그러면 누구든지 널 만만하게 볼 거야. 오너 명령 없이 그 누구도 섣불리 행동하지 않아. 그러니 멋대로 사무실에서 피를 보려는 놈은 없을 거야. 그래도 혹시 네게 시비 거는 놈이 있으면 있는 힘을 다해 놈들과 싸워. 몸으로 들이받건 입으로 물어뜯건 마음대로 해."

남자의 걸음이 멈춘 것을 느끼고 고개를 들어 올렸다. ⟨Jazz Bar⟩라 새겨진 낡은 전광판이 보였다.

숨을 한 번 내쉰 남자가 어깨로 문을 밀었다.

8

"왔어? 그런데 그건 뭐야? 죽은 거야? 왜 시체를 사무실로 가져와? 오너의 특별한 명령인가? 아니면 급하게 오다가 뺑소니라도 친 거야?"

가게로 들어서자 대걸레로 바닥을 닦고 있던 박수민이 주리를 보며 질문을 쏟아 부었지만 나는 그의 질문을 무시하고 물었다.

"오너는 나왔어요?"

"그럼 당연하지. 오너가 결근할 일이 없지. 내 살아생전에 그렇게 부지런하고 성실하신 분은 뵌 적이 없는걸."

그의 대답을 뒤로하고 사무실 문을 발로 두 번 두드리자 문 너머로 들어오라는 탁한 목소리가 들려왔다.

"뜨개질."

그의 물음에 "목도리"라고 대답하자 사무실 문이 열렸다.

"품속에 안고 있는 그 물건은 뭐야?"

문이 열림과 동시에 이수환이 내게 주머니칼을 겨누며 말했다.

"물건 아닌데요."

"그럼 뭔데? 살아 있는 거야?"

이수환의 주머니칼이 주리와 가까워지자 내가 그의 손목을 붙잡으며 대답했다.

"이러지 말아요."

"손 치워, 새끼야."

나는 손을 치우지 않았다.

그러자 이수환이 가래침을 바닥에 뱉으며 말했다.

"우리 식구들 빼고 이 사무실에 살아 있는 것들은 절대 반입 금지야. 그게 룰이야."

"이 꼬마가 사고라도 칠 것 같아요?"

"사고를 치건 안 치건 이곳에 오면 누구든 룰을 지켜. 정계 거물도 돈 많은 재벌도 이곳에 오면 이곳 규칙을 따라. 그런데 그깟….”

"무슨 일이야?"

오너의 목소리에 이수환의 손을 놓고 어깨너머로 시선을 옮기자 둥근 테 안경을 닦고 있는 사내가 보였다.

"오너. 이 자식이 자꾸 헛소리를 해서요."

이수환이 탁한 목소리로 말했다.

"무슨 헛소리?"

오너가 여전히 안경을 닦으며 물었다.

"안 된다고 해도 자꾸 저걸 데리고 들어온다고 고집을 부리잖아요."

이수환의 대답이 끝나자 오너는 안경을 쓰고 내 품에 있는 주리를 바라봤다.

"뭐야, 그거?"

오너가 묻자 나도 모르게 뻣뻣한 자세로 대답했다.

"현장에서 죽이지 못해서 일단 데리고 왔어요."

나의 대답에 이수환은 물론이거니와 사무실에 있던 직원들이 경악스러운 표정을 지었다. 나는 그들의 부담스러운 시선을 받아내며 천천히 입을 열었다.

"오너. 죽이지 못했는데 두고 올 수는 없잖아요? 현장에 있는 것들은 죽이는 게 룰인데…. 그런데 죽이질 못했으니 일단… 데리고 오는 수밖에… 없잖아요."

"어이가 없군."

"이리 줘. 내가 죽여줄게."

"마침 심심해서 장난감이 필요했는데."

이수환의 탁한 목소리를 시작으로 쏟아지는 사무실 직원들의 성난 목소리에 나는 주리를 꽉 움켜잡았다.

"시끄러워!"

오너의 고함에 다들 입을 다물었다.

"그거 저기 소파에 잠깐 내려놓고 내 방에서 이야기 좀 하자."

"하지만 오너."

"괜찮으니까 내려놓고 따라와."

오너가 두 번 말했다. 그렇다면 별일은 없을 거야.

나는 주리를 소파에 찬찬히 내려놓고 등을 토닥이며 말했다.

"조금만 기다려."

"왕자님 납셨구먼."

이수환의 빈정거림을 무시하고 오너 뒤를 따라가면서도 나는 몇 번이나 고개를 돌려 주리를 바라봤다.

9

이수환은 모든 게 마음에 들지 않았다.

항상 저 개자식을 감싸는 보스도, 강아지처럼 그 뒤를 졸졸 따르는 저 자식도, 그리고 소파에 있는 저 물건도.

"우리 말고 살아 있는 것이 이곳에 있을 줄이야."

애꾸눈 형식이 말했다.

"그런데 여자아이야? 남자아이야?"

애꾸눈 옆에 있던 일성이 물으며 소파를 향해 다가갔다.

일성은 소파에 있는 물건을 내려다보며 말했다.

"조금만 기다려…. 넌 내가….'

물건이 고개를 들어 자신을 위협하는 녀석을 노려봤다. 일성은 쉽사리 겁을 먹지 않는 상대의 태도에 잠시 당황한 듯했지만, 곧 평정심을 되찾고 마주 노려봤다.

이수환은 도통 마음에 들지 않았다.

겁을 주는 일성도, 그에게 겁을 먹지 않는 저 물건도.

그는 재빠르게 일성에게 달려들어 뒷덜미를 잡아 바닥에 내동댕이친 후 소리쳤다.

"오너의 명령이 떨어지면 이 물건은 내가 처리한다!"

사무실 직원들을 노려보자 다들 고개를 숙이거나 피했다. 이수환은 만족스러운 미소를 내보이며 물건을 내려다보았다. 그런데 이 물건은 이수환의 눈을 피하지 않았다.

이 건방진 물건에게 세상이 호락호락하지 않다는 교훈을 알려주기 위해 주먹을 들어 올리던 그때 그는 옆구리에 극심한 통증을 느끼며 바닥으로 나동그라졌다.

10

"어쩌려는 거야?"

"그게 오너….'

"뭐 같이 살기라도 하려는 거야?"

우물쭈물 말을 내뱉는 나의 모습에 오너가 언성을 높였다.

"안 될 것도 없지 않을까요?"

"나 참…. 네 손으로 죽인 사람의 가족을 키우겠다는 게 말이 돼? 저 나이대 아이에게 아빠라는 존재가 어떤 의미인지나 알아?"

"그냥 뭐… 먹여주고 재워주고….'

나의 대답에 오너는 어이없다는 듯 한숨을 내쉬며 말을 이었다.

"저 나이 꼬마들에게 아빠란 신 같은 존재야. 그런데 넌 그 신을 죽여버린 사람이라고."

"혹시 모르잖아요. 주리에게 그 신이 빌어먹을 신이었을지도."

"그렇다면 너는 그 빌어먹을 신에게서 주리를 구해준 구원자고?"

나는 고개를 끄덕였고, 오너는 고개를 흔들었다.

"젠장…. 너도 알다시피 우리 집에도 저 나이대 귀여운 꼬마 악마 녀석이 있잖으냐? 그런데 그 꼬마 악마는 말이야, 한없이 부족한 나 같은 아빠라도 좋아서 어쩔 줄 몰라. 아무리 빌어먹을 사람이라도 쟤들에게 아빠는 아빠야. 세상 그 자체라고.'

"네, 오너.'

순순히 대답하는 내게 오너가 낮은 목소리로 물었다.

"네가 저 아이 아빠가 될 수 없다는 걸 알았으면 이제 어떻게 해야 하지?"

"그게 이제… 제 손으로… 저 아이를….'

"보내줘야지."

"네, 맞아요. 오너. 보내줘야 해요."

"그런데?"

"네?"

"표정이 왜 그래?"

"그게…."

"뭐… 네가 힘들다면… 대신해줄 사람이야 많아. 지금도 밖은 난리야."

오너의 말에 고개를 돌리자 주리를 향해 주먹을 치켜든 이수환이 보였다. 나는 재빨리 사무실에서 뛰쳐나갔다.

11

거친 숨을 내뱉으며 자리에서 일어난 이수환은 옆구리를 부여잡으며 입을 열었다.

"이런… 젠장. 너 이게 무슨 짓이야?"

하지만 그는 이수환은 안중에도 없었다. 그의 관심은 오로지 주리에게 쏠려 있었다. 그는 주리를 들어 올리며 말했다.

"괜찮니?"

그 모습에 더욱 열이 받은 이수환은 품속에서 주머니칼을 꺼내 녀석에게 들이밀며 소리쳤다.

"이 새끼야! 지금 뭔 짓이냐고!"

"죽이려고 했잖아요."

"그게 뭐?"

"그게 뭐라니요?"

"죽이는 게 뭐? 우리가 누굴 죽이는 게 한두 번이야?"

"이 아이는 못 죽여요."

"뭐?"

"주리는 못 죽인다고요."

"그건 네가 아니라 오너가 선택하는 거야."

이수환의 말이 끝나자 모든 시선이 일제히 오너에게로 향했다.

12

"오너, 제 가족이에요."

나는 주리를 꼭 끌어안으며 말했다. 날 바라보는 오너의 눈이 흔들렸다.

그 순간 오너의 입에서 무슨 말이 나올지 알게 된 나는 주리를 왼손으로 받쳐 들고 안주머니에서 주머니칼을 꺼내 오른손에 쥐었다.

"둘 다 죽여."

오너의 말이 끝남과 동시에 나는 옆에서 품속을 뒤지던 일성의 목을 그었다. 피가 솟구쳤다. 그 솟구치는 피를 뚫고 이수환이 모습을 나타냈다.

그와 두세 번 칼을 맞부딪히다 몸을 틀어 사무실 문을 향해 뛰었다. 주리를 품속에 넣고 문을 향해 온몸을 던졌다.

"저 새끼 잡아!"

걸걸한 이수환의 목소리와 함께 바닥을 닦던 박수민이 내게 밀대를 휘둘렀다.

서둘러 등을 돌려 밀대를 막아내자 무언가 끊어지는 소리가 들렸다.

내 척추라도 끊어진 건가 싶었는데 다행스럽게도 밀대가 끊어지는 소리였다. 나는 곧장 주머니칼로 박수민을 찔러 무력화한 뒤 건물 밖에 있는 자동차를 향해 달렸다.

보조석에 주리를 내려놓고 시동을 건 뒤 힘껏 액셀을 밟았다.

녀석들이 앞을 가로막았지만 나는 핸들을 꺾지 않고, 오히려 가속 페달을 더 힘차게 밟았다. 백미러로 확인하니 녀석들은 바닥을 나뒹굴고 있었다.

나는 주리의 머리에 손을 올리며 말했다.

"괜찮아. 놀랄 것 없어. 이건 어른들의 놀이야."

13

"확실해? 집으로 들어갔다고?"

이수환이 되묻자 수화기 너머로 심드렁한 목소리가 들렸다.

"그렇다니까. 방금 들어갔어."

"녀석이 확실해?"

"확실해. 어울리지 않게 귀여운 녀석을 품에 안고 들어가던데? 녀석이 그런 취향이었나?"

"그런 건 나도 몰라. 하여튼 녀석이 확실하다 이거지?"

"확실하다니까. 너희 오너 연락 받고 쭉 여기서 잠복하고 있었다고. 너도 알다시피 우리 형사들이 잠복 하나는 끝내주잖아."

"알았어."

"이봐 수고비는…."

상대의 말을 끝까지 듣지 않고 전화를 끊은 이수환이 오너를 바라보며 말했다.

"녀석이 집에 들어갔다고 합니다."

"집?"

오너의 물음에 이수환이 고개를 끄덕이며 대답했다.

"네, 오너. 확실히 들어갔다고 합니다. 제가 당장 사무실 애들 몇 놈 추려서…."

"데려가려고? 이런 얼빠진 새끼!"

오너의 고함에 이수환이 흠칫 몸을 떨었다. 바짝 다가온 오너의 입술이 천천히 움직였다.

"내 사업을 망가뜨릴 생각이냐? 대낮부터 애들 우르르 끌고 가서 사람 죽이면 뒷수습은 네가 할래?"

오너는 검지로 이수환의 이마를 툭툭 때리며 이어 말했다.

"머리 좀 굴려라, 수환아."

"네, 오너."

"너 혼자 가서 처리해."

"네?"

"너도 명색이 사람 죽이는 일로 먹고사는 놈이잖아? 왜 혼자서는 자신 없어? 그 자식이 무섭기라도 한 거야?"

두려워하는 눈동자의 기색과 달리 이수환의 일그러진 입술이 제멋대로 움직이기 시작했다.

"전혀요. 혼자 다녀오겠습니다. 그 두 녀석은 제가 처리하고 오겠습니다."

14

"이런 거 좋아하지?"

나는 그릇에 담긴 소시지를 주리 앞에 내려놓으며 말했다.

"영화에서 본 적 있어. 너희 같은 꼬맹이들은 이런 걸 좋아하던데."

내 말이 끝나기도 전에 주리는 그릇에 코를 박았다.

"천천히 먹어."

물을 따라 주리 옆에 놓으며 말했다. 하지만 주리는 배가 몹시 고팠는지 허겁지겁 먹어댔다.

"네 나이대 애들한텐 뭘 먹여야 좋을까? 누구에게 물어봐야 하지?"

여전히 그릇에 코를 박고 있는 주리의 머리를 쓰다듬으며 말했다.

"꼬마야, 제발 좀 천천히 먹어라. 체하겠어."

혹시나 하는 마음에 구급함에 있는 소화제를 떠올리며 혼잣말을 했다.

"으음. 먹여도 될까? 저 꼬마에게?"

고개를 돌리자 주리와 눈이 마주쳤다.

쑥스러운 듯 내 눈을 피한 주리는 다시 그릇에 코를 박았다.

꼬마 맞은편에 앉아 그에게 말했다.

"난 항상 혼자 살았어. 이런 원룸에. 사실 좀 더 큰 집에서 살고 싶기는 하지만…. 그냥 나는 쓸데없는 낭비는 좋아하지 않아. 그 뭐더라…? 음… 그래, 근검절약. 근검절약이 몸에 배어 있거든. 그건 고아원에서 배웠어. 고아원이 뭐 하는 곳인지 알아? 아빠 엄마가 없으면 가는 곳이야. 부모가 없다라…. 사춘기에 시달리는 꼬마는 천국이라고 소리칠지도 모르지만, 애초부터 부모가 없는 아이들에게는 지옥 같은 곳이지…. 사춘기 꼬마들도 거기 가면 부모를 애타게 찾을 거야. 왜냐고? 아주 지루하고 형편없는 곳이기 때문이지. 왜 있잖아, 좋아하는 야구팀의 에이스 투수 선발 날 큰맘 먹고 야구장에 갔는데 그 자식이 개처럼 털리는 경기를 표 값이 아까워 9회까지 꼼짝없이 앉아서 보는 기분이랄까? 그런 기분을 십몇 년 동안 경험하면 모두 그곳에서 나오고 싶어 안달이 나지. 내가 왜 그곳에 갔냐고? 난 태어날 때부터 아빠가 없었거든. 엄마는 있었는데 없는 것보다 못했지. 성질이 아주 고약했거든. 그 여자는 내게 도둑질을 시키기도 했고 가끔 소주라는 것을 먹이기도 했어. 소주 알아? 쓰고 맛없는 건데 웬만한 녀석들 주먹보다 강해. 난 사람에게 맞아서 기절한 적은 없는데 소주를 먹고 기절한 적은 있어."

"말 못하는 애새끼 앞에서 뭘 그렇게 주절거려?"

낯익은 목소리에 고개를 돌리자 이수환이 실실거리며 나를 노려보고 있었다.

"어떻게 들어왔어요?"

내가 묻자 그가 활짝 열린 창문을 가리켰다.

"배관 타고 창문으로 들어왔어요?"

내가 어이없다는 표정으로 물었다.

"응."

"뭘 그렇게까지 해요?"

"그러면 나 지금 가니까 문 열어두라고 전화라도 해?"

"아뇨. 그쪽이랑 전화하는 일은 불편해요. 하지만 벨 누르면 열어줄 생각은 있었죠."

"애초에 도망갈 생각이 없었나?"

"네."

"왜지?"

"도망가는 거 지치지도 않아요?"

"무슨 헛소리야? 우리는 도망가지 않아. 도망갈 필요가 없는 사람들이야. 도망 다니는 놈들을 잡는 사람이지. 그런데 도망가는 거에 왜 지치겠어?"

"아뇨. 우리는 도망자예요."

나는 자리에서 일어나 그를 마주 보며 이어 말했다.

"누군가를 죽인 뒤 그다음 죽음으로 도망치잖아요. 그게 우리예요."

"너 머리가 어떻게 됐구나?"

그의 말을 깨끗이 무시한 나는 혼자 떠들어댔다.

"어릴 적부터요. 내 주변 사람들은 항상 도망쳤어요. 아빠는 엄마가 싫어서 도망쳤대요. 엄마는 그런 아빠에 대한 원망 때문에 날 미워했죠. 그리고 내가 견딜 수 없게 미워졌을 때 목에 밧줄을 걸고 내 곁에서 도망쳤어요. 그렇게 내 가족은 모조리 내게서 도망쳤어요. 그런데 나도 도망치는 일을 하고 있다니 참 아이러니하지 않아요?"

하품을 하며 주머니칼의 날을 손수건으로 닦는 그를 바라보며 나는 계속 말했다.

"그런데 주리는 도망가지 않았어요. 두려워서 부들부들 떨면서도 내게서 도망가지 않았어요. 자신의 아빠를 죽인 내 앞에서요. 이 아이는요, 뭐랄까… 참… 따뜻하고 착한 녀석이에요. 맞아. 굿 보이죠. 굿 보이요. 영화에서 그렇게들…."

"시끄러워!"

소리치며 내게 달려드는 이수환을 향해 조금 전까지 앉아 있던 의자를 집어던졌다. 뒤로 고꾸라진 그의 얼굴을 짓밟아주기 위해 달려들었지만, 날아오는 주머니칼을 피하기 위해 오른쪽으로 몸을 던졌다.

바닥에 쓰러져 이수환의 눈을 집어삼킬 듯 노려보는데 그의 눈동자가 서서히 움직이기 시작했다. 그리고 곧 그의 눈동자에 주리가 담겼을 땐 온몸에 닭살이 돋기 시작했다.

나는 얼어붙었고 그는 재빨랐다.

주리를 향해 뛰어가는 그의 뒷모습을 보고 정신을 차렸을 때는 이미 주리를 가슴팍에 안고 있었다.

"왜 겁먹은 개 같은 표정이 되셨나?"

'개 같은 표정이 뭘까?' 하고 생각하는 내게 그가 수수께끼를 냈다.

"잘 생각해봐. 이제 네가 뭘 해야 할지. 왜 말이 없어?"

"뭘 바라요?"

"바람이 차네."

그의 말에 창문을 바라봤다.

"창문 닫아줄까요?"

"뛰어내려."

"네?"

"뛰어내리라고. 그게 깔끔할 것 같아."

나는 창문으로 다가가 밖으로 머리를 내밀었다.

"여기를 올라오다니 대단하네요."

"너 같은 덩치들은 오르기 힘들겠지만 나한테는 식은 죽 먹기야."

"여기서 뛰어내리면 묵사발 되겠는데요?"

내게 다가오는 이수환의 발소리가 들렸다.

"맞아. 완전히."

이수환의 말이 끝나기도 전에 난 재빨리 몸을 돌려 녀석의 멱살을 양손으로 잡아 바짝 끌어당긴 뒤 엉덩이를 창틀에 올렸다.

"뭐 하는 거야? 내 품에 이 녀석 있는 거 안 보여?"

난 놈의 말을 무시했다.

"난 덩치가 커서 오르기는 힘들어도 떨어지기는 쉬워요."

"이 자식이!"

이수환은 몸부림치며 나의 무게에 저항했지만 소용없는 일이었다.

"이대로 가면 네 꼬맹이도 죽어!"

"그건 아래 도착해봐야 알죠."

"진짜 이 자식이!"

내가 창문 밖으로 몸을 기울일수록 이수환은 집 안을 향해 버텼다. 하지만 학창 시절 과학 시간에 잠만 잤을 법한 이 녀석도 자신의 목숨이 위태로워지자 무게중심의 원리를 스스로 깨우쳤는지 주리를 손에서 놓았다. 그리고 내 얼굴을 향해 주먹을 퍼부었다.

원래부터 잘생겼다는 소리는 못 들었으니 얼굴이 어떻게 되든 상관없었다.

저 아래로 떨어지면 어차피 묵사발이 될 얼굴이었다.

지금 내게 제일 신경 쓰이는 것은 식탁 아래로 뛰어가는 주리였다.

"놓으라고, 이 자식아!"

나는 주먹을 퍼부으며 소리치는 이수환에게 말했다.

"가자, 같이."

그리고 몸을 뒤로 넘겼다.

멀어지는 창틀을 보며 나는 그곳에 머물러 있을 주리를 생각했다.

안녕 굿 보이.

15

담배를 피우며 곤죽이 된 멸치와 덩치를 내려다보는데 이 형사의 목소리가 들렸다.

"팀장님. 집에 별다른 건 없었습니다. 이 건물 사람들도 하나같이 501호 청년은 조용하고 예의 바른 사람이었다고 하네요. 그런데 501호에서⋯."

말을 하다 말고 머뭇거리기에 몸을 돌려보니 웬 강아지 한 마리를 품에 안고 있는 이 형사가 보였다.

"그거."

강아지를 가리키며 말하자 이 형사가 대답했다.

"이 아이요? 501호에 있던 강아지예요. 그런데 이상한 게 입주민들은 하나같이 501호 사람은 강아지를 키우지 않았다고 하네요."

"주리."

"네?"

"거기 강아지 목줄에 쓰여 있잖아. 강아지 이름 같은데?"

이 형사가 주리의 목을 살폈다.

"아 여기 쓰여 있네요. 주리라… 예쁜 이름이네요. 어, 이건?"

"뭐야?"

"팀장님, 여기 좀 보세요."

이 형사가 강아지 목을 내게 내보이자 그곳에 새겨진 깊은 상처가 보였다.

"꽤 깊은 상처야. 이 녀석 짖지 않고 얌전한 이유가 있군."

"목을 다쳐 소리를 못 내니까 입주민들이 501호에 강아지가 있다는 사실을 몰랐던 모양이군요."

"그랬을지도 모르지."

"이 강아지… 아니 주리는 어떻게 할까요?"

"뭘 어떻게 해?"

이 형사에게 대답하려던 나는 주리의 눈동자를 보곤 멈칫했다.

"팀장님?"

이 형사의 목소리에 정신을 차린 나는 목이 기괴한 각도로 꺾인 덩치로 가득한 주리의 눈동자를 바라보며 대답했다.

"일단 경찰서로 데려가. 보낼 곳 없으면 경찰서 뒷마당에서 키우지 뭐."

김창현
추리소설을 좋아해 추리소설을 쓰기 시작한 추리소설 덕후.
2016년 《괴물의 그림자》. 2017년 《젠가게임》이 전자책으로
출간됐고 현재 네이버 오디오클립에서 '추리소설 읽는 남자'라
는 추리소설 서평 팟캐스트를 기획/진행하고 있다.

심사평
장르적 매력을 갖춘 킬러 스릴러

《계간 미스터리》 신인상 심사위원

　이번 신인상 응모작들은 전형적인 추리소설에 국한되지 않고 소재나 형식 면에서 다양한 시도들이 엿보여 좋았다. 심사하는 내내 한 사람의 독자로서 즐거운 시간이었다. 그만큼 개성 있고 수준 높은 응모작이 많아 당선작을 뽑는 데에 고민이 많았다.

　〈누구나 거짓말을 한다〉는 결말이 궁금해 책장을 계속 넘기게 만들었던 작품이다. 흔치 않은 군 미스터리 장르에다 르포르타주 기법을 곁들여 끝까지 긴장감을 이어나갔다. 군대 내에서 발생한, 그것도 하극상의 폭력 사건을 두고 가해자와 같은 내무반 군인들이 제각각 다른 시각으로 진술하는 점이 흥미로웠다. 다만 중요한 부분인 조현병과 관련된 내용이 설득력과 현상력에서 미흡하다는 지적이 있었다.

〈말뚝〉은 일제강점기 일본군에 의해 우리나라 곳곳에 박힌 말뚝을 뽑는 남자의 이야기다. 주인공 캐릭터가 참신하다는 장점이 있지만 주인공의 그런 남다른 활동(?) 때문에 와해되는 가족 공동체를 그렸다는 게 추리소설보다는 순수소설에 가깝다는 의견이 다수였다.

〈가려진 시간 사이로〉는 전직 국과수 법의관이면서 아내의 죽음에 얽힌 불행한 과거를 가진 탐정 캐릭터가 상당히 매력 있었다. 그리고 인간 복제를 다른 SF 미스터리라는 점도 참신하다. 다만 이러한 캐릭터에 어울리는 하드보일드한 문체를 썼다면 하는 아쉬움이 컸다. 그리고 사건의 내막을 파헤치는 과정이 관계자들의 진술에만 의존하고 있는 것도 단점으로 꼽혔다.

〈누구나 거짓말을 한다〉와 〈주리〉 두 작품을 놓고 마지막까지 심사위원들 간의 치열한 논의 끝에 〈주리〉를 당선작으로 뽑았다.

〈주리〉는 응모작들 중에선 보기 드문 킬러 스릴러다. 사람을 잔인하게 죽일 순 있지만 동물은 죽이지 못하는 마음 약한 킬러가 주인공으로 등장한다. 가볍고 쉽고 재밌게 읽을 수 있다는 장점이 크다. 다만 추리적 재미를 위한 트릭이 쉽게 간파된다는 단점이 있다. 하지만 전반적으로 재미가 있다. 그리고 이것이야말로 장르문학의 가장 큰 매력이 아닌가 한다. 작가의 다음 작품이 기다려진다.

응모하신 모든 분들에게 감사와 격려의 말씀을 드린다. 더 좋은 작품으로 다시 뵙기를 바란다. 그리고 다음 호 신인상 공모에도 이번 호와 같이 다양하고 풍성한 미스터리 장르 작품들이 많았으면 하는 바람이다.

당선 소감
힘들었던 20대를 버티게 해준 추리소설,
위안을 주는 작가가 되겠다

김창현

어린 시절부터 책을 좋아하던 아이는 아니었습니다.

성인이 되고 나서 우연히 접한 추리소설 덕분에 책에 빠져들게 되었고 여러 장르의 책을 읽기 시작했습니다. 그중에서도 추리소설에 대한 애정은 남달랐습니다. 본격 추리소설을 시작으로 사회파는 물론 스릴러까지 다양한 하위 장르를 경험하자 추리소설이 더욱 좋아졌습니다.

그렇게 추리소설에 점점 빠져들며 나도 모르는 사이에 추리소설가를 꿈꾸고 있었습니다. 하지만 무엇부터 시작해야 할지 몰랐습니다. 정말 아무것도 몰랐던 저는 무작정 닥치는 대로 추리소설을 읽으며 습작을 시작했습니다. 그러나 여전히 막막하게만 느껴졌습니다.

꿈을 향한 여정은 막막했지만, 추리소설을 읽고 쓰는 행위는 언제나 행복한 일이었습니다. 좋은 추리소설을 만나는 날이면 며칠이 행복했고, 좋은 소재가 떠올라 자판을 두드리며 소설을 쓸 때는 어디에도 얽매이지 않은 자유로움을 느끼기도 했습니다. 이렇게 행복한 일이라 여태껏 읽고 쓰며 작가를 꿈꿀 수 있었습니다.

좋은 추리소설을 만나는 날이면 며칠이 행복했고, 좋은 소재가 떠올라 자판을 두드리며 소설을 쓸 때는 어디에도 얽매이지 않은 자유로움을 느끼기도 했습니다. 이렇게 행복한 일이라 여태껏 읽고 쓰며 작가를 꿈꿀 수 있었습니다.

그리고《계간 미스터리》신인상 수상이라는 기적이 찾아와 추리소설가로서 첫발을 내디딜 수 있는 기회를 부여받은 오늘을 아마 평생 잊지 못할 것 같습니다. '이제부터 시작이다'라는 마음으로 더욱 열심히 쓰겠습니다.

20대에 만난 추리소설은 당시 힘들었던 제 삶에 큰 힘이 되어줬습니다. 그리고 꿈을 꾸게 해주었습니다. 생각해보니 저는 추리소설에게 늘 받기만 했던 것 같습니다. 이제 추리소설가로서 출발점에 설 기회를 갖게 되었으니 누군가에게 제가 받았던 그 위안을 돌려줄 수 있으면 좋겠습니다. 좋은 작품을 목표로 열심히 달려 더 많은 독자들이 한국 추리소설에 관심을 갖는 데 기여하고 싶습니다.

추리소설가로서 출발점에 설 기회를 만들어준《계간 미스터리》심사위원들께 감사드리고, 마지막으로 늘 저의 꿈을 응원해준 아내에게 사랑한다는 말을 전하고 싶습니다.

협탐俠探: 고양이는 없다

키모토아 엑시구아

월리들

백만 년의 고독

협탐俠探: 고양이는 없다

진산

1

검의 시대는 끝난 지 오래다.

정확히는 검으로 적을 타파하고 강산을 피로 물들이던 시대가 숨을 거뒀다.

10대 고수와 아홉 문파와 열두 방파 간의 오랜 싸움이 종지부를 찍으면서, 100년의 숙적이 서로 화해를 하고 영원한 적수가 당파를 넘어 손을 잡았다.

천하는 태평성대라는 꿀 항아리에 몸을 담그고, 강호는 유혈의 옷을 벗어버렸다.

그런 시대라, 나는 협탐이 되었다.

협탐侠探은 협을 찾는 사람, 즉 탐정이다.

기묘한 일의 진상을 밝혀내고, 억울한 일을 순리대로 풀어내며, 혼란스러운 일의 시시비비를 가린다.

꽤 큰 도성의 유흥가 뒷골목이 나의 점포로, '협탐'이라는 글자가 적힌 때 묻은 깃발 하나를 꽂아놓고 종일 손님을 기다린다.

벌이는 그리 좋지 못하다.

다소는 시절 탓이었다. 요새는 기묘한 일도 억울한 일도 혼란스러운 일도 흔치 않다.

하지만 벌이가 시원치 않은 대부분의 이유는, 나 자신에게 있다.

나이 들고 못생긴 데다 내담자를 홀릴 만한 신묘한 지혜나 하다못해 싹싹한 접객 솜씨도 없으니 잘될 리 만무하다. 그게 이유의 전부도 아니다.

이런 사정이라 나는 일을 가릴 형편이 못 됐다. 그러니 그 일이 내게로 온 것은 어찌 보면 필연이다.

* * *

"아줌마가 협탐인가요?"

열 살쯤 되어 보이는 소녀였다. 입성은 나쁘지 않았고, 머리도 곱게 땋아 비단 댕기를 드리웠다. 좀 사는 집 애다.

"그래, 맞다."

귀찮은 표정을 숨기지도 않고 대답했다. 몇 달째 손님은 없고, 딱 이런 꼬맹이들이 찾아와서 짓궂은 질문이나 하는 게 다였다.

"협탐도 무림인이죠? 아줌마도 무림인이에요?"

"아녀영웅전의 십삼매, 자객 섭은낭, 월녀검 이야기도 못 들어봤니? 원래 여자도 무술 한다."

"헤에, 그래도 아줌마는 너무 늙었는데."

이게 확. 에휴 참자.

한 대 쥐어박으려고 팔을 들어 올리다 도로 내렸다. 솔직히 말하자면 배가 고파서 어린애 쫓을 힘도 없었다.

"아직 서른 살밖에 안 먹었다. 그리고 결혼도 안 했다. 됐지? 다 물어봤으면 가라."

하지만 소녀의 용건은 아직 끝나지 않았다.

"협탐은 무슨 일을 해요?"

이번에야말로 내쫓으려다가 한 번 더 참기로 했다. 혹시 이 꼬맹이가 어른들한테 말이라도 잘해주면 일거리가 들어올지도 모른다.

"돈만 주면 뭐든 한다. 잃어버린 물건도 찾아주고, 사람도 찾아주고."

"사람을 대신 해쳐주기도 하나요?"

소녀가 벽에 기대어둔 내 검을 힐끔 보며 물었다. 이 아이를 내쫓으려면 겁을 좀 줘야겠다는 생각이 들었다. 나는 일부러 씩 웃으면서 검집을 툭툭 두드렸다.

"원래 그게 주업이지."

소녀는 움찔했지만, 쉽게 물러나지 않았다. 당돌한 녀석.

"내가 사람 죽일 일이 있으면 좀 더 젊고 힘 잘 쓸 것 같은 자객을 고용할 거예요.

아줌마는 싸움을 잘할 것 같진 않아요."

"그럼 자객 찾아가든가."

"무공으로 치면 저기 무당파 도사님들이 훨씬 뛰어날걸요. 그분들은 신선처럼 수행이 깊어서 더러운 일은 절대 안 한다니까 사람을 죽여주진 않겠지만."

"아, 그러세요."

나는 팔짱을 끼고 더러운 골목의 벽에 등을 기댄 채 눈을 감았다. 저 꼬맹이랑 입씨름을 하느니 낮잠이라도 자는 게 배가 덜 고플 것 같았다.

"근데 시간은 아줌마가 더 많을 것 같네요."

안 들려, 안 들려.

"그래서 말인데, 아줌마한테 맡겨야겠어요."

쨀랑. 동전 소리가 들렸다. 내 눈이 저절로 번쩍 뜨였다. 소녀, 아니 손님께서 작은 염낭을 흔들며 말했다.

"내 고양이를 찾아주세요."

2

사람을 해치는 게 주업이라는 말이 말짱 거짓은 아니었다.

협탐은 억울한 일을 대신 해결해주는 것이 본업이다. 그러다 보면 피도 보기 마련이다. 하지만 요즘 영 벌이가 시원치 않아 그런 피비린내 나는 일 말고 자질구레한 일도 기꺼이 맡을 셈이긴 했다.

아무리 그래도 그렇지. 고양이 찾아주는 일까지 해야 하다니. 어쩐지 처량한 기분이 들었다. 그러나 그 기분보다 더 처량한 것은 아랫배에서 들려오는 꼬르륵 소리다.

"제대로 이야기해봐라."

나는 구슬픈 목소리로 그렇게 말했다. 뭐, 오늘 저녁 끼니를 해결할 돈만 받을 수 있다면 나쁘지 않은 일이다.

"어떤 고양이냐? 이름은? 나이는? 털 색깔은?"

"우리 고양이는 아주 대단한 고양이예요."

소녀가 자랑스러운 표정으로 대답할 때부터 예감이 좋지 않았다.

"이름은 금동이고요."

얼씨구.

"나이는… 아마 다섯 살 넘었을 거예요."

소녀가 손가락을 하나하나 꼽아보더니 애매한 대답을 했다.

"털 색깔은요, 아주 고운 황금색인데요, 진한 금색 줄무늬가 있어요. 왕후장상이 입는 능라처럼 고귀한 기상을 풍기는 그런 털색을 가졌죠."

"노란 고양이구나."

그냥 뒀다가는 언제까지 찬사가 이어질지 몰라 거기서 끊었다.

"언제부터 보이지 않았지?"

"어제요."

실종이라기엔 시간이 너무 짧다. 어디 눈에 안 띄는 곳에서 낮잠이라도 자고 있는 건 아닐까? 뭐, 상관없다. 설령 고양이가 잠깐 마실 나간 거라 해도 찾아주기만

하면 저 당돌한 꼬마 손님의 돈은 내 거다. 이건 손안의 떡을 먹는 것만큼 쉬운 일이다.

"식구들한테 물어는 봤니?"

되바라지게 잘도 대답하던 소녀가 어쩐지 그 순간에는 좀 머뭇거렸다.

"…아무도 못 봤다고 했어요."

요것 봐라? 좀 이상한 생각이 들었지만 일단 넘어가기로 했다.

"동네 주변은 찾아봤고?"

"갈 만한 곳은 다 찾아봤는데 없어요."

"정말 다 찾아본 건지는 모를 일이지."

나는 일어나 깃발과 검과 등짐을 주섬주섬 챙겼다.

"뭘 하는 거예요?"

"직접 가서 찾아야지. 협탐의 일은 원래 발로 뛰는 거다."

내가 성큼성큼 앞서 걷자 소녀가 종종걸음으로 따라붙으며 신기하다는 듯 물었다.

"우리 집이 어딘지 알고 그렇게 가요? 나 아직 말 안 해줬는데."

"알고 있다."

"어떻게요?"

"네 옷을 보면 가난한 집 아이는 절대 아니지. 점잖은 집 아이라고 하기에는 말투가 되바라졌고. 장사하는 집 아이라고 보는 게 제일 맞겠지."

소녀가 오오, 하며 눈을 동그랗게 떴다.

"몸에서 기름 냄새가 풍기는 걸로 봐서는 음식 파는 노점일까? 아니, 코끝을 간

질이는 이 향기는 술 냄새가 분명하구나. 술과 음식을 같이 파는 곳일 거다. 객잔이나 반점, 아니면 기루겠지. 그중에서도 이 독특한 향기는 30년 묵은 노주老酒의 향기라고 볼 수밖에 없다. 그런 명주를 직접 빚어 파는 곳은 내가 알기로 한 곳밖에 없지. 금전루 말이다."

성안에서 가장 유명한 객잔의 이름을 대자, 소녀가 비로소 존경이라고 부를 만한 눈빛으로 나를 우러러봤다.

사실은 다 뻥이다. 나는 이 애가 금전루의 딸이라는 걸 처음부터 알고 있었다. 오며 가며 언뜻 봤거든.

휴, 세상의 모든 손님들이 이 아이만큼 속아 넘기기 쉽다면 나도 제법 이름을 날릴 수 있을 텐데.

3

금전루는 오늘도 변함없이 성업 중이었다. 근본은 숙박업소지만, 안 파는 것이 없다. 차도 팔고 술도 팔고 음식도 팔고 사람도 판다. 물론 그만큼의 금전을 낼 수 있는 사람에게만.

이 가게에서 파는 차 반 잔의 값도 내게는 일주일치 생활비라 엄두도 낼 수 없는 곳이다. 그러니 금전루의 명성이 아무리 높다 해도 언제나 먼발치에서 침이나 삼키고 지나갈 수밖에 없었는데.

"어서옵…쇼?"

정문 앞에 나와 있던 호객 점소이가 기세 좋게 외치다가 내 행색을 보고는 눈알을 아래위로 굴렸다.

"손님으로 온 건 아닐세. 여기 이 꼬마 아가씨가."

나는 내 등 뒤에 숨은 소녀를 잘 볼 수 있게 옆으로 한 걸음 옮겼다. 점소이는 아아, 하고 표정을 풀었다.

"아가씨, 언제 나가셨더랬어요? 마님이 아까부터 찾으시던데. 이분은 왜 모시고 왔습니까? 혹시 나가서 무슨 말썽이라도 부리셨나요?"

점소이가 물었지만 금전루의 작은 아가씨, 소녀는 콧방귀를 뀌며 외면했다. 둘이 사이가 안 좋은 모양이다.

"고양이를 잃어버렸다며 찾아달라고 의뢰를 해서."

내가 대신 정황을 설명했다. 그러자 점소이의 눈이 커졌다가, 불안하게 좌우로 굴렀다.

"어… 고양이…요? 아, 그…."

뭐지, 이 반응은? 마치 전혀 예상 못한, 혹은 예상하고 싶지 않았던 일을 들은 표정인데.

"어, 예! 이, 일단 안으로 드시죠!"

복층으로 된 금전루 내부는 맛있는 냄새와 현란한 등불, 그리고 무엇이건 기꺼이 지불할 용의와 능력이 있는 손님들로 가득했다.

그런 곳에 들어가니 나는 붉은 자수를 놓은 금색 비단에 묻은 더러운 회색 얼룩 같았다. 다행히 점소이는 나를 외진 방으로 얼른 데려갔다. 손님이라기엔 애매한 나 같은 사람을 위한 장소인 듯, 금전루의 명성에 어울리지 않게 초라하고 좁은 단

칸이었다.

"여기 잠깐 앉아 계시죠. 곧 마님을 모시고 오겠습니다."

얇은 벽 너머로 바깥의 흥청망청하는 소음과 음식 냄새가 풍겨와 기다리는 시간은 고역이었다. 그나저나 이렇게 상시 사람의 눈이 많은 곳이라면 고양이가 어디 숨어 있기도 쉽지 않을 텐데. 가게 밖으로 나간 건가? 아니면 어딘가 눈에 안 띄는 구석에 숨어 있을까? 건물이 이거 하나만이 아닐 테니 찾으려면 꽤 품이 들겠군.

생각보다 좀 시간이 지나서야 금전루의 마님이 나를 만나러 왔다. 나보다 서너 살 젊은 여인이었는데 넉넉한 옷자락 아래 부른 배를 보니 임신부였다. 댁의 따님이 고양이를 찾아달라고 하여 왔습니다, 사정을 설명했더니 황망한 표정이다.

"어린 여식의 치기로 귀찮게 해드려서 송구할 따름입니다."

"아닙니다."

덕분에 오늘 저녁엔 밥을 먹을 수 있을 것 같으니 제가 다행이지요. 그런 뜻으로 마주 머리를 숙였는데.

"우리 아이가 어려서부터 길가의 가련한 동물들에게 관심이 많았습니다. 아무리 그래도 세상 모든 길 잃은 동물을 네가 거둘 수는 없다고 잘 타일렀지만 아직 어려서 통 고집을 꺾지 않는군요. 지금까지 상대해주신 것만으로도 충분히 폐를 끼쳤으니 부디 귀한 시간을 아끼십시오."

…이것 봐라?

"지금 말씀하신 뜻은?"

금전루 마님은 숙였던 이마를 들며 차분한 투로 말했다.

"고양이는 없습니다."

머리가 띵했다. 나한테 굴러들어온 일이니 시시껄렁할 거라고 예상이야 했지만,
그래도 그렇지 애초에 고양이가 없다니?

"저희 금전루에선 고양이를 키우지 않습니다. 행여 손님들 드실 음식에 고양이
털이라도 들어가면 안 되니까요."

아, 예.

금전루 마님은 몸가짐이 우아하고 말투도 차분했다. 아무리 어이없는 말을 해도
믿을 수밖에 없는 그런 인상을 주는 사람이다. 딸과는 여러모로 대조적이다.

"고양이 있어요!"

아니나 다를까. 어머니가 들어온 순간부터 내 뒤에 숨어 눈치 보던 소녀가 더는
참을 수 없다는 듯이 빽 소리를 질렀다.

"내 고양이는 있다고요! 금동이는 분명히 있었어요! 근데 온데간데없이 사라졌
다고요!"

세상 억울하다는 표정이다. 그러고 보니 처음 저 소녀가 식구들이 고양이를 '아
무도 못 봤다고 했다'고 할 때 표정이 애매했었지.

"얘아, 손님 앞에서 그러면 안 돼."

금전루 마님은 버르장머리 없는 딸내미 때문에 곤란해하면서도 품위를 잃지 않
고 좋은 말로 타일렀다. 나 같으면 꿀밤부터 먹였을 텐데.

"다들 바보야. 거짓말쟁이야. 금동이는 있었어! 분명히 있었어!"

소녀가 눈물을 흘리고 발을 구르며 고집을 부리자, 금전루 마님은 하는 수 없이

점소이를 불러 떼쓰는 딸아이를 내보냈다. 소녀가 물러가고 나니 방 안이 급격히 조용해졌다.

"송구합니다. 우리 아이가 허언증이 좀 있어서."

어색한 침묵을 깨며 금전루 마님이 부끄러운 듯 말했다.

"허언증이요?"

"원래부터 그런 아이는 아니었습니다. 동생이 곧 태어날 거라 마음이 불안했던 모양입니다."

근심 어린 표정으로 금전루 마님이 탄식을 뱉었다.

"객점과 주루가 많은 곳입니다. 남은 음식을 먹으려고 모여든 도둑고양이들이 아주 많지요. 그런 짐승들에게 종종 밥을 주곤 했습니다. 고양이를 키우고 싶다고도 했지요. 하지만 아까 말씀드린 이유로 허락해줄 수가 없었답니다. 계속 조르기만 하다가 결국 망상까지 하게 된 모양입니다."

그런 이야기인가. 하긴 동생이 태어나면 쏟아지던 관심과 애정을 잃을 것이고, 그게 불안하다 보니 허언증까지 생겨 강짜를 부렸을 수는 있다. 무엇보다 이토록 멀쩡한 부인이 고양이가 없다고 하는데 딱히 따질 도리도 없다.

"알겠습니다. 홑몸도 아닌데 근심이 많으시겠군요."

금전루 마님은 배를 쓰다듬으며 수줍으면서도 자랑스러워하는 미소를 지었다.

"이번에는 분명히 아들일 거라고 산파도 말했답니다. 드디어 대를 잇게 되어 조상님 뵐 면목이 생기는군요. 보는 것도 조심, 듣는 것도 조심하고 있습니다."

"부디 몸조리 잘하십시오. 그럼 저는 이만…."

"저런, 차라도 한 잔 드시지 않고요."

기분 탓일까. 금전루 마님의 입가에 떠오른 미소가 접객용이 아니라 진심으로 안심한 것처럼 보인다.

"아, 그럴까요?"

예의상 건넸을 말을 나는 덥석 붙잡았다. 내가 도로 의자에 엉덩이를 붙이자, 금전루 마님은 잠시 어색한 미소를 짓더니 아까 그 점소이를 불러 차를 시켜주었다.

좋은 차인 것 같지만 빈속에 쓸데없는 사치라 배만 더 고파졌다. 기왕 대접할 거면 차가 아니라 밥이었으면 좋았을 텐데. 억지로 반 잔쯤 마신 다음, 그동안 머릿속에서 굴린 생각을 입 밖에 꺼냈다.

"괜찮으시다면, 그래도 주변을 좀 찾아보고 갔으면 합니다."

"어째서인가요?"

이유를 묻는 금전루 마님의 말끝이 살짝 날카롭다.

"어린 아가씨가 아직 고집을 꺾지 않고 있으니, 이대로 돌아가면 납득하지 못할 것입니다. 다른 곳에 가서 똑같은 이야기를 할지도 모르지요. 관청이라도 찾아가던가요. 무엇보다 어린아이가 허언증이라 해도 마음의 병을 앓고 있다는 점이 걱정됩니다. 마음의 병은 억누르는 것보다 잘 달래서 고쳐주는 편이 좋습니다. 그러니 제가 고양이를 함께 찾아주며 실제로 고양이가 없었다는 걸 잘 알아듣게 해주면 오히려 마음의 병이 가라앉을 수도 있습니다."

그러자 금전루 마님은 잠시 생각하더니 누그러진 표정으로 고개를 끄덕였다. 뭐가 저 고상한 부인의 마음을 바꾸게 했을까? 딸아이의 마음의 병을 억누를 게 아니라 고쳐주는 게 좋다는 말? 아니면 관청에 찾아갈지도 모른다는 말?

"그도 옳은 말씀입니다. 그럼 사람을 불러 안을 둘러볼 수 있도록 안내해드리겠습니다."

막 몸을 일으키는 금전루 마님에게, 나는 얼른 말했다.

"그건 그렇고, 안내받기 전에 먼저 식사를 좀 할 수 있을까요?"

고양이가 애초에 없었다면 사례금을 받을 가능성도 날아가 버린다. 대신 밥이라도 챙겨 먹어야겠다. 내 머릿속에는 오직 그 생각밖에 없었다.

5

금전루의 음식과 노주는 과연 명불허전이다. 오랜만에 좋은 음식으로 배를 채우자 세상이 내 것 같고 자신감도 솟구쳤다. 고양이야 있건 없건 무슨 상관인가. 나는 밥값만 하면 된다.

"한 가지 물어볼 게 있는데."

나는 그릇을 치우러 온 점소이에게 말을 걸었다.

"아, 예, 예. 하문하십시오."

"마님께서 이미 그렇게 말씀하시긴 했지만, 정말 금전루에는 고양이가 없는 건가?"

"그럼요. 고양이는 절대 키우지 않습니다."

점소이는 '절대'라는 말을 굵은 붓으로 쓴 것처럼 단호히 말했다. 망설이는 기미조차 없었다. 좀 지나칠 정도로.

"그렇군. 그럼 댁의 작은 아가씨를 불러다 주게."

"예? 그냥 한번 둘러보고 가시는 것 아니었습니까? 아가씨는 또 왜요?"

"나 혼자 둘러봐서 무슨 소용이 있겠나. 그 아가씨가 나와 함께 둘러보며 고양이가 없다는 걸 납득해야 허언증이 고쳐질 거야."

점소이는 못마땅한 표정이었지만 마님에게 미리 들은 바가 있었는지 군소리 없이 금전루 작은 아가씨를 불러왔다.

소녀는 아까 엉엉 울어서 퉁퉁 부은 눈으로 달려와 나를 보고 눈을 반짝거렸다. 어머니의 말에도 불구하고 내가 굳이 남아 고양이를 찾아주려 한다고 믿는 모양이다.

"자, 우선 네 고양이가 살던 곳을 보여다오."

점소이와 함께 우리는 금전루 뒤뜰을 지나 주인장 가족이 사는 살림집으로 갔다. 손님들로 시끌벅적한 앞쪽과 달리 안채는 절간처럼 조용했다. 물을 뿌려 깨끗하게 비질해놓은 마당은 금전루 마님의 성품처럼 깔끔해 보였다.

"여기예요."

소녀가 마당 한쪽을 가리키며 말했다. 나는 주변을 둘러보았다. 아무것도 없었다.

"고양이 밥그릇이랑 물그릇은 어디 있지?"

고양이가 이슬만 먹고 사는 짐승도 아니고, 가출하면서 물그릇 밥그릇을 챙겨갔을 리도 없다. 그러니 반드시 남아 있어야 할 텐데.

"그게… 원래 있었는데, 없어졌어요."

소녀가 울상을 지으며 말했다. 내가 아무 말 없이 물끄러미 쳐다보자 소녀는 주먹을 불끈 쥐고 외쳤다.

"진짜예요! 분명히 있었다고요."

"그래, 그래."

고양이는 살아 있는 짐승이다. 이곳에 살았다면 분명히 흔적을 남겼을 거다. 게다가 고양이는 특히 흔적을 많이 남기는 짐승이다.

나는 안내를 받아 소녀의 방을 포함해 안채의 몇몇 방을 둘러봤다. 고양이는 없었다. 고양이의 흔적도 없었다.

"고양이는 털이 잘 빠지는 법이지."

문지방을 손으로 한 번 쓸어본 뒤, 내 손바닥을 소녀에게 보여주었다.

"그런데 고양이 털이 전혀 없구나."

"엄마가 대청소를 해서 그래요. 어제 밤새도록 했다고요."

"고양이 털은 아무리 치워도 완전히 없앨 수 없어."

"어젯밤만 아니라, 아까 아줌마 온 뒤에도 일꾼들 불러다 청소시켰을걸요. 분명해요."

왜? 나 같은 협탐에게 고양이 털투성이인 집을 보이기 싫어서? 아무리 깔끔한 성격이라고 해도 그렇게까지 한다는 말이 믿을 만할까? 아니면 네가 허언증이 있다는 말이 더 믿을 만할까?

나는 그 말을 굳이 입 밖에 내지 않았지만, 표정만으로 누설이 됐는지 소녀가 몹시 억울한 표정을 지었다.

"저 담 너머는 어딘가?"

나는 소녀가 또 빼액 울기 전에 얼른 점소이에게 마당 한쪽을 가리키며 물었다. 담벼락 너머에 한층 화려하게 꾸며진 정원이 보였다.

"저쪽은 특별한 손님들이 묵는 별채의 후원입니다."

"혹시 고양이가 저쪽으로 넘어갔을 가능성은 없나?"

"어휴, 설마요. 저렇게 담벼락이 높은걸요."

손사래를 치던 점소이가 표정을 바꾸더니 단호하게 말했다.

"일단 애초에 고양이가 없기도 하고요."

그렇지. 애초에 고양이가 없었다면 담을 넘어갈 수도 없었겠지. 하지만 만약 고양이가 있었다면, 담벼락이 아무리 높아도 문제는 되지 않았을 것이다. 고양이의 길은 수평이 아니라 수직으로 뻗는 법이니까.

"여기 봐요! 털 있잖아요!"

혼자 마당 여기저기를 뛰어다니던 소녀가 환호를 내지르며 나를 불렀다. 가보니 담벼락 돌들 사이를 가리킨다. 거기에 확실히 고양이 털로 보이는 것이 끼어 있었다. 이런, 고양이는 있었나?

"아아, 그건 가끔 이 근처를 어슬렁거리는 도둑고양이의 것입니다. 보십시오. 털이 까맣지요?"

어깨 너머로 넘겨다보던 점소이가 끼어들었다. 확실히 그 말도 맞았다. 고양이 '금동이'는 금빛 털에 고귀한 능라 같은 갈색 줄무늬… 하여튼 노란 고양이라고 했으니까.

"도둑고양이 아니거든요. 까망이는 금동이 친구예요."

소녀는 여전히 포기하지 않았다.

"금동이가 가끔 까망이한테 밥을 나눠주곤 했기 때문에 이 안에까지 들어왔던 거라고요. 도둑질도 안 하는데 왜 도둑고양이예요?"

고양이의 명예를 위한 항의에, 점소이는 난감하다는 표정으로 웃으며 나를 쳐다봤다. 마치 이렇게 말하는 것 같았다. 우리 작은 아가씨 허언증, 정말 못 말리죠?

양쪽이 시선으로 압박하며 나를 쳐다보니 골치가 아팠다.

"고양이는 영역을 지키는 동물이라 어딜 갔어도 멀리 가진 않았을 거다. 일단 집부터 시작해서 근처를 찾아보지."

나는 얼른 움직였다. 고양이는 어둡고 좁은 장소를 좋아한다. 그럴 만한 모든 곳을 뒤져봤다. 마루 밑, 지붕 아래, 장롱 밑, 나무옹이 속. 어디에도 고양이는 없었다. 어디서도 고양이 소리는 들리지 않았다. 여러 가지 색의 고양이 털과 고양이 똥이 간혹 발견되기도 했지만 털색이 여러 종류라 '금동이'의 것인지는 확실치 않다.

"그건 노랑이 털이에요."

개중 비슷해 보이는 노란 털을 골라 이게 금동이 털이냐고 물어봤지만 소녀는 고개를 저었다.

"까망이만큼은 아니지만 걔도 가끔 밥을 얻어먹으러 와요."

소녀가 시무룩하게 말한 것과 반대로 점소이는 그것 보라는 표정이다.

"고양이는 없다니까요."

이젠 인정할 수밖에 없나. 이렇게까지 뒤졌는데 고양이 흔적이 없다면 애초에 고양이가 없었다는 걸 인정하는 게 낫다. 나라면 그럴 텐데, 소녀는 아직 그럴 기세가 안 보인다.

"여긴 다 봤다. 아무래도 금전루 쪽을 봐야겠는데."

손님들도 계시는데 뒤지고 다니는 건 곤란하다며 점소이가 난색을 표했지만 아랑곳하지 않고 왔던 길을 되밟아 흥청망청하는 그 별천지로 돌아갔다. 하지만 바로 고양이를 찾아다니지 못했다.

"이게 누구야?"

가장 고급 손님을 모시는 3층으로 올라가는 계단에서, 짙은 남색 장포를 입은 사내가 나를 보고 걸음을 멈췄다.

아, 젠장. 하필 여기서 저 작자를 만나다니. 있는지 없는지 모를 고양이처럼, 나는 어디론가 사라지고 싶었다.

6

"오랜만이오, 사저."

"아, 그래."

"그간 통 소식을 못 들었는데 여기 있었구려."

"사제야말로 아직 사부님 곁에 있을 줄 알았는데."

"하산한 지 몇 년 됐소. 지금은 유랑 중이지."

유랑 좋지. 돈 많은 유랑은 더 좋고.

"여기 금전루 별채에 묵고 있소. 사저는?"

있는지 없는지 모를 고양이나 찾아다니는 나보다는 훨씬 너답구나. 몸에 걸친 옷도, 잘 먹어서 좋은 혈색도 나오는 생판 다른 사제가 나를 의미심장한 눈으로 훑어보더니 혀를 찼다.

"그런데 장사가 신통치 않은 모양이오. 신색이 안 좋구려."

"너도 알다시피 내가 재주가 신통치 않아서."

그래, 너 잘났다. 그러니까 괜히 아는 척하지 말고 그냥 갈 길 가지 그러냐.

"사매의 무재가 뛰어나서 사부님의 총애를 독차지하더니, 역시 세상살이가 단순하지 않구려. 이렇게 만난 것도 인연인데 내 술이나 한잔 사리다."

"아, 말은 고맙지만 지금 일하는 중이라서 말이지."

내가 사양하자 사제는 의외라는 표정이었다. 호기심에 찬 표정으로 우리 둘을 쳐다보던 소녀가 냉큼 대답했다.

"내 고양이를 찾아주고 계세요."

사제의 표정이 묘하게 일그러졌다. 웃음을 참는 모양이다.

"이런, 협탐의 일로 바쁘구려. 하는 수 없지. 그럼 다음 기회로 미룹시다. 여기 별채로 찾아오시오."

사제는 매우 흡족한 얼굴로 거들먹거리며 가던 길을 갔다. 소녀가 냉큼 물었다.

"아는 사이예요?"

"그래."

"와, 아줌마가 저런 사람도 알고 있었어요? 우리 천룡 손님인데."

"천룡 손님?"

"특실도 급이 여럿 있거든요. 제일 좋은 별채를 쓰는 손님을 천룡 손님이라고 해요."

아까 본 담 너머 별채가 사제의 거처인가. 별로 알고 싶지 않은 사실이다.

"그렇구나."

시큰둥하게 흘렸는데 소녀는 눈치 없이 집요하다.

"사저라고 하는 걸 보니 같은 사부님한테 배웠나 봐요."

"맞다."

"그런데 저 사람은 왜 저렇게 잘나가고 아줌마는 이 모양이에요?"

나는 걸음을 멈추고 지그시 째려보았다. 소녀는 기죽기는커녕 눈을 빛냈다.

"내 사제는 원래 있는 집안 출신이다. 수련할 때야 내가 항렬이 위였지만, 수련 끝나면 뭐 출신대로 가는 거지."

한숨을 쉬고 나는 대답했다.

"원래 누가 잘나가고 누가 못 나갈지 어릴 때는 모르는 법이야. 얼른 고양이나 찾자."

그때부터 객장과 주방 구석구석을 뒤져보았다. 고양이가 들어갈 만한 어둡고 침침한 곳을 찾아보는 건 물론이고, 단골손님들에게 고양이를 본 적 없느냐고 탐문도 했다. 하나같이 고양이를 본 적이 없다고 했다. 금전루 같은 고급 객점이라면 손님들 계신 곳에 짐승이 드나들지 않도록 철저히 관리할 법도 하다. 혹은 애초에 고양이가 없거나.

그러는 사이에 슬슬 해가 저물고, 술을 마시러 오는 손님들이 늘기 시작했다. 우리 뒤를 졸졸 쫓아다니던 점소이도 여기저기서 부르는 손님들 때문에 결국 그쪽으로 떠났다. 하지만 이젠 더 살펴볼 곳도 없었다.

"금동이는 갸륵한 고양이였어요."

감시역을 겸한 점소이가 사라지자 소녀가 작은 소리로 중얼거렸다.

"원래 길에서 태어난 아인데, 병들어서 죽어가는 걸 내가 데려왔어요. 집에서 편하게 먹고 살면서 오동통 살이 쪘지만, 어릴 적 같이 길에서 고생한 고양이 친구들을 잊지 않았어요. 그래서 종종 불러다가 제 먹이를 나눠줬어요. 금동이는 잘돼야 해요. 다시 고생하면 안 돼요. 꼭 찾아야 해요."

소녀의 말이 사실이라면, 그 고양이는 고양이계의 협객이라고 할 만하다. 거짓이라면? 열 살 소녀의 상상력에 경의를 표할 수밖에.

"그래, 꼭 찾자."

나는 입바른 말을 해주고 얼른 덧붙였다.

"그런데 벌써 해가 졌구나. 아무래도 금전루에는 네 고양이가 없는 모양이다."

"집을 나간 걸까요? 어디 거리에 있을까요?"

"글쎄다. 그래도 아마 멀리는 가지 않았을 거다. 고양이는 원래 제 구역을 멀리 떠나지 않아. 난 지금부터 이 근처를 찾아볼 셈이다."

"저도 같이 가요."

"너무 늦어서 안 돼. 이제부턴 나 혼자 찾아보마."

소녀가 항의하기 전에 나는 얼른 못을 박았다.

"나한테 고양이를 찾아달라고 했지? 일을 맡기면 그 사람을 믿어줘야 하는 법이다. 난 협탐이다. 반드시 사실을 알아낼 테니 걱정 말고 기다려라."

그러자 소녀는 알아들었다는 듯이 고개를 끄덕이더니 그대로 돌아서려다 문득 떠오른 듯 내 손에 제 돈주머니를 덥석 쥐어주었다. 아마 용돈을 모은 것이겠지.

"아줌마는 나한테 이미 선금을 받았어요. 금동이를 찾아내면 이만큼 더 드릴게요. 절대 안 자고 기다릴 거니까, 아무리 늦더라도 꼭 와서 이야기해주세요."

소녀를 안채로 들여보내고, 계산대에서 접객을 하느라 바쁜 금전루 마님을 향해 고개 숙여 인사했다. 내가 떠나는 모습을 보고 금전루 마님이 안도의 한숨을 내쉬는 게 똑똑히 보였다.

나는 금전루를 떠났다. 하지만 소녀에게 말한 것과 달리, 주변을 찾아보진 않았다.

7

이슥한 밤.

나는 금전루 앞의 또 다른 고급 객잔 호화루 3층에서 소녀가 준 선금으로 술을 마시고 있었다. 크, 이 맛에 사람은 돈을 버는 거지.

협탐 일은 신의를 지키고 발품을 팔아야 하는 거지만, 이번 일은 그럴 만한 가치가 없다. 교양 있는 부인과 열 살 소녀 중에 누구의 말이 더 믿을 만할까. 점소이도, 금전루 손님들도 고양이는 없다고, 보지 못했다고 했다. 허상 같은 고양이를 쫓아 밤거리를 헤매고 다니는 건 헛수고가 될 공산이 크다.

그러니 나는 그보다는 영양가 있는 일을 해야 했다. 지금 시간 정도면 적당하다. 선금 주머니에서 돈을 꺼내 술값을 치르고 뒷문으로 호화루를 나왔다.

그리고 샛길을 통해 금전루 뒤쪽으로 돌아가, 아직도 술손님들이 떠드는 소리가 들리는 전각이 아니라 조용한 별채의 담을 넘었다.

내 사제, 금전루의 천룡 손님이 묵는 바로 그 별채다. 나는 별채의 객방 쪽으로는 되도록 접근하지 않았다. 사제가 벌써 잠이 들었을지도 불확실하고, 설령 잠들었다고 해도 그 녀석은 수련 시절에도 잠귀가 유난히 밝았다.

최대한 건물에서 멀리 떨어져 별채 뜰을 뒤졌다. 밤이라 조금 고생은 했지만, 결국 찾아냈다. 여기도 고양이의 흔적이 없기는 마찬가지였다. 대신 사람의 흔적이 있었다. 사람이 무언가를 파묻은 흔적.

나는 손으로 땅을 파냈다. 다행히 오래 걸리진 않았다. 당연하지. 급히 파묻었을 테니까.

모든 사람이 입을 모아 존재하지 않는다고 말한 고양이가 거기 있었다. 달빛 때문에 그렇게 보였는지도 모르지만, 소녀가 말한 대로 황금빛 털에 진한 금색 줄무늬를 가진 고양이였다. 네 말대로, 아주 곱구나.

* * *

차라리 그대로 돌아가는 편이 나았을지도 모른다. 금동이라는 고양이가 존재했다는 사실을 알아내긴 했지만, 그게 무슨 소용일까. 어차피 금동이는 이제 제 주인에게로 돌아갈 수 없는데.

그래도 나는 선금을 받은 의리를 다 해야 했다. 그게 협탐의 도리다.

"자니?"

나는 다시 담을 넘어 소녀의 방문을 두드렸다. 장담한 대로, 소녀는 아직도 자지 않고 나를 기다리고 있었다.

"금동이 찾았어요?"

눈이 마주치기 무섭게 다그쳐 물었다.

"얘야."

무엇부터 이야기해야 할지 몰라 나는 숨을 좀 골라야 했다.

"혹시 말이다, 고양이가 잘못됐으면."

"무슨 뜻이에요?"

소녀가 날카롭게 물었다. 나는 한숨을 내쉬었다. 그냥 거짓말을 할 걸 그랬나. 이렇게 요령이 없어서 난 안 된다니까. 사제 말이 맞아.

"그냥 혹시 만약 그러면 말이다."

"알아냈어요? 누가 내 고양이 해쳤어요? 누구예요?"

"진정하고."

말려보려고 애썼지만 이미 때가 늦은 것 같다.

"얘야. 어차피 고양이는 일찍 죽는다. 오만 가지 이유로도 죽을 수 있어. 그 고양이도 네가 다치는 건 원치 않을 거다. 이만하면 넌 최선을 다했어."

"안 했어요!"

소녀가 내 손을 힘껏 뿌리쳤다.

"어디서 찾았어요?"

뭐라 둘러대나, 잠시 말을 고르는데.

"천룡 손님의 별채죠?"

소녀가 먼저 말했다. 이런.

"알고 있었구나."

내 눈이 가늘어지자, 소녀가 잠시 멈칫했다. 그랬구나, 그랬어. 주변의 어른들이 모두 입을 다물기로 약속하고, 아무도 제 고양이의 억울한 죽음을 풀어줄 기미가 안 보이자, 제 말을 들어줄 어른을 찾아온 거였어.

어린 소견에, 제 편이 되어줄 어른 한 명만 있어도 천룡 손님에게 따질 수 있을 거라 생각했던 게지. 왜 제 어미가, 금전루의 일꾼들이 입을 모아 그런 고양이는 못 봤다고 입을 다물어야 했는지 그 불합리를 이해하기엔 열 살은 너무 이르다.

"어떤 진실은, 알아도 소용없다. 하지만 네가 정 원하면 선금도 받았으니 말해주마. 그래, 네 고양이는 죽었다. 아마 천룡 손님으로 묵는 내 사제가 범인이겠지. 그

녀석, 원래부터도 종종 그랬다."

"원래요?"

"동물을 싫어했다. 특히 고양이를. 게다가 타고난 성정이 잔인했지. 검의 예리함을 시험한다고 작은 동물들을 베어 죽이곤 했다. 별채 뜰에 쥐오줌풀이 잔뜩 피어 있더구나. 고양이를 끌어들이는 풀이지. 네 고양이가 그 냄새를 맡고 거기 갔던 게 분명해. 그리고….."

소녀가 몸을 떨었다. 끔찍한 상상의 칼에 찔린 것처럼.

"네 어머니랑 금전루 사람들은 사실을 알았을 거다. 아마 금동이를 땅에 묻어준 것도 그 사람들일 거야. 내 사제는 그런 적이 없거든. 동물을 죽이고도 보란 듯이 그 사체를 훤한 데 버리고, 사람들이 질린 표정으로 쳐다보면 그 공포를 즐겼지. 하지만 네 어머니는 그 일로 따졌다가 잔인한 무림인인 천룡 손님이 무슨 행패라도 부릴까 봐 두려웠겠지. 차라리 없던 일로 하고 싶었던 거야. 네가 다치지 않기를 바라서 어쩔 수 없이 널 거짓말쟁이로 만든 거란다. 그 마음을 이해해야 해."

나는 소녀의 어깨를 두드려준 뒤 물러났다. 이 정도면 충분히 이야기했다고 생각했다.

"아줌마는 바보예요."

넋을 잃은 소녀를 두고 돌아서는 찰나에 목소리가 들렸다.

"진실을 아는 게 왜 소용없어요? 내 고양이가, 나 모르는 곳에서 혼자 죽었는데, 그걸 아는 게 왜 아무 소용 없어요? 알아서 다행이죠. 천룡 손님이 의심스럽긴 했지만 아무도 확인해주지 않았어요. 그게 날 더 다치게 했어요. 내 말을 아무도 안 들어주고, 날 거짓말쟁이로 만든 게 더 아팠다고요."

"그럼 이제 알았으니까 만족하렴. 넌 거짓말쟁이가 아니었다는 걸 내가 입증했으니까. 그리고 이걸로 끝내라."

"아뇨, 만족 못해요!"

돌아보자, 소녀가 눈물을 흘리며 일어섰다. 애도의 눈물이 아니라 분노의 눈물이었다.

"내 고양이를 죽인 놈이 저기 살아 있는데 어떻게 만족해요? 어떻게 발 뻗고 자요? 그놈이 죽기 전까진 어림없어요."

내 이럴 줄 알았지. 이 앙큼한 어린 소녀가 왜 하필 날 찾아왔을까. 그렇게 억울하면 차라리 관청에 고발을 하지. 어려 보여도, 세상 돌아가는 이치를 모르는 게 아니었던 거다.

"이 녀석아, 너한테야 가슴 아픈 일일지 몰라도, 세상 이치로 보면 그냥 고양이 한 마리다. 설령 사제의 죄상이 만천하에 드러나도 고양이 한 마리 값 물어주면 끝나는 거야. 돈과 힘을 가진 자는 사람을 죽여도 그 죄가 덜어진다. 하물며 고양이 한 마리가 대수겠냐? 그만 만족해라."

"세상 이치로는 그냥 고양이 한 마리일지 몰라도 나한테는 금동이에요!"

소녀가 울부짖었다. 더 참아주기 힘들었다.

"마음대로 하렴. 난 할 만큼 했다. 고양이를 찾아준다고 했지, 고양이 복수를 해준다고는 안 했어."

나는 다시 돌아섰다. 정말이지, 나는 할 만큼 했다.

"그럼 왜 협탐이에요?"

소녀의 말이 등 뒤에서 들려왔다.

"협을 찾는다는 뜻 아니에요? 그냥 누가 죽였는지만 알아낼 거면, 왜 협탐이라고 해요?"

그게 아마도 저 어리고 되바라진 아이가 믿는 마지막 패였을 거다. 내 양심을 찔러, 제 힘으로는 풀 수 없는 원한을 푸는 것.

하지만 난 속지 않았다. 난 세상을 아는 어른이다. 협탐은 그저 부르는 말일 뿐. 고양이 한 마리의 죽음에서 무슨 협을 찾는단 말인가.

나는 돌아보지 않고 떠났다. 뒤에서 무너진 소녀의 울음소리가 들렸다.

8

소녀는 그 뒤로도 한참을 울다가 마침내 일어섰다. 비록 억울함을 풀어달라고 협탐을 설득하진 못했지만, 그렇다고 이대로 포기할 수는 없었다.

소녀는 심야의 술손님들 때문에 한창 분주한 금전루 주방으로 들어가, 몰래 과도를 훔쳤다. 그 길로 별채 뜰에 숨어들었다.

뭘 어떻게 해보겠다는 생각은 뚜렷이 없었다. 그저 그대로 있기엔 심장이 터질 것 같아서 갈 수밖에 없었다. 눈을 감아도, 눈을 떠도, 제가 목을 긁어주면 가르랑 대던 금동이의 소리가, 그 부드럽던 털이, 살아 있는 버들강아지처럼 춤추던 꼬리가 떠올랐다. 이대로는 제가 못 살고 죽을 것만 같았다.

그게 얼마나 어리석은 일이었는지를 깨달은 것은, 금동이가 묻힌 곳을 찾아 별채 뜰을 찾아다니다가 천룡 손님과 마주쳤을 때였다.

"너는 여기 주인장의 딸내미가 아니냐?"

야밤에 혼자 연무라도 하고 있었던 건지, 손님의 손에는 검집에서 빼낸 서슬 퍼런 검이 쥐어져 있었다. 그 검의 날 앞에서, 뒤로 숨긴 손에 쥔 과도가 얼마나 보잘것없는지.

"내…."

하지만 소녀는 생각했다. 생각했을 것이다. 저 검이 금동이를 죽인 검이라고. 저 검 앞에서 약해질 순 없다고.

"내 고양이, 금동이를 죽인 게 아, 아저씨죠?"

"흐음?"

천룡 손님은 고개를 갸웃하더니 이내 웃음을 터뜨렸다.

"그게 네 고양이였나?"

"그래요. 아, 아저씨가 죽였죠?"

"그렇다면 어쩔 건데?"

천룡 손님은 아무런 가책 없는 표정으로 씩 웃었다.

"아무 소리 없이 치웠기에 알아서 기나 했더니. 왜, 따지기라도 하려고?"

그가 위협적으로 한 걸음 앞으로 나서자, 소녀는 자기도 모르게 움찔 뒤로 물러났다. 등 뒤로 숨긴 과도는 내밀 생각도 못했다.

아무리 사제라도, 그냥 고양이라면 모를까 멀쩡한 남의 집 딸까지 죽일 생각은 없었다. 분명히 그랬을 거다.

하지만 구경은 거기까지다. 더 지켜보는 건 차마 못할 짓이었다. 나는 앞으로 나섰다.

"사제."

"어라?"

의아한 표정으로 사제가 나를 쳐다봤다. 물론 그 옆의 소녀도, 귀신이라도 본 것 같은 표정이었다.

"사저가 이 시간에 웬일이오? 아, 술 생각이 났소?"

"아니, 일하러 왔다."

나는 검을 뽑았다. 기묘한 일의 진상을 밝혀내고, 억울한 일을 순리대로 풀어내며, 혼란스러운 일의 시시비비를 가린다. 그게 내 일이다.

어처구니없다는 표정으로 나를 쳐다보던 사제가 그야말로 파안대소했다.

"고양이 찾아준다더니 여기까지? 사저, 정말 돈이 궁한가 보군."

그러나 그도 이 기회를 놓치긴 싫었을 것이다.

"뭐, 나도 바라던 바요. 예전에는 동문이었던지라 진검으로 승부는 못 내봤지. 한수 배우겠소. 그래도 내가 사제 된 처지니 사저에 대한 예의로 삼초식을 양보하지."

"오냐. 잘 받으마."

나는 기다리지 않고 소녀를 밀치며 앞으로 달려들었다.

약한 걸 괴롭히기 좋아하는 사제 녀석은 알고 보면 머리가 나쁘다. 사부님이 너보다 내가 검을 잘 쓴다고 했던 걸 까먹은 걸 보면. 이 자식아, 내가 처세는 못해도 싸움은 잘한다.

삼초의 덤까지 양보 받았으니 승부는 이미 끝났다.

그 녀석은 끝까지 비겁했다. 호기롭게 삼초식을 양보한다더니 첫 합을 겨뤄보고는 어 뜨거워라 했는지 암수를 썼다. 하지만 그래도 승부는 달라지지 않았다.

"이제 눈 떠도 된다."

아이에게 보여주기엔 좋은 꼴은 아니었기에, 나는 녀석의 시체를 다 묻을 때까지 소녀에게 눈을 감고 있으라고 해두었더랬다. 돌아보니 소녀는 한 번도 눈을 감은 적 없는 듯 똘망똘망 쳐다보고 있었다. 아이고, 난 모르겠다.

"…왜 돌아왔어요?"

뻔한 걸 물어보기에 대답하지 않았다. 이 녀석아. 네가 날 잡았다. 어휴, 모른 척 갔어야 하는데. 나도 참 인생 피곤하게 산다.

피 묻은 손을 흙에 문질러 닦아내고 떠나려는데, 소녀가 얼른 쫓아왔다.

"아줌마, 이제 어쩌실 거예요?"

"당장 짐 싸서 떠나야지. 파묻어놨어도 어차피 곧 들통 난다. 살인죄로 투옥되면 관절염 도진다. 얼른 멀리 가야지."

"저 사람이 먼저 공격했다고, 나, 날 죽이려고 해서 막아준 거라고 하면 되잖아요?"

"혹시 검문에 걸려서 잡혀오면 꼭 그렇게 변명해다오. 그런데 어차피 그러다 보면 고양이 이야기가 나온다. 고양이 때문에 사람 잡았다고 하면 아무도 내 죄를 가볍게 봐주지 않을걸?"

나부터도 알 수가 없다. 아무리 비열했어도, 사제는 인간이었다. 인간의 목숨과 고양이의 목숨. 저울에 올릴 수가 있을까. 내가 제정신이었을까? 내가 한 일이, 정말 의롭다고 할 수 있을까?

모르겠다. 나는 원래 이런 생각에 약하다. 그저 저 소녀가 그랬던 것처럼 모른 척 참아 넘기기가 힘들었던 것뿐이다. 그럴 때 휘두를 수 없다면, 검이 영원히 검집에 들어가 있기만 하다면 무슨 의미인가. 검이 뽑히지 않는다면, 진실을 아는 게 무슨 의미가 있을까. 그래서 돌아올 수밖에 없었다. 덕분에 야반도주를 할 수밖에 없게 되었고.

고개를 젓고 다시 걸음을 옮기려 할 때, 등 뒤에서 무언가 짤랑하는 소리를 울리며 날아왔다. 얼른 손을 뻗어 잡았다. 두둑한 돈주머니였다.

"잔금이에요!"

아직도 부기가 빠지지 않은 얼굴로 소녀가 외쳤다.

"멀리 도망치세요. 아줌마가 절대 안 잡히길 기원할게요. 한 20년쯤 지나면 꼭 다시 돌아와서 금전루에 들르세요. 그땐 제가 여기 주인이 되어 있을 거예요."

어이없는 녀석.

헛웃음이 나왔지만 나는 기꺼이 돈주머니를 챙겼다.

그나저나 어디로 가야 할까?

검의 시대가 끝나고 있는데, 나이 들고 못생기고 혈혈단신인 나 같은 협탐이 자리 잡을 곳이 있을까? 부옇게 터오는 동녘 하늘을 보며 나는 걸었다.

뭐, 어딘가는 있을지도 모르지. 모두가 없다고 하는 고양이를 찾으려는 사람 하나쯤은.

진산

무협소설 《청산녹수》, 《홍엽만리》, 《대사형》, 《사천당문》, 《더 이상 칼은 날지 않는다》, 로맨스 《가스라기》, 《커튼콜》, 판타지 《바리전쟁》, 《테라의 전쟁》, 에세이집 《마님 되는 법》 등을 썼다. 모모와 산책을 하다 주운 햄스터 키키(RIP), 크리스마스 이브에 구조한 리트리버 주주 등의 이력으로 혹시 진짜 직업은 드루이드가 아니냐는 의혹을 받고 있다. 구조했던 길고양이 새끼가 세상을 떠난 일을 계기로 〈고양이 꼬리〉를 발표하면서 동물무협을 쓰게 됐다.

키모토아 엑시구아

김종일

혀는 곧 불이요 불의의 세계라 혀는 우리 지체 중에서 온몸을 더럽히고 삶의 수레바퀴를 불사르나니 그 사르는 것이 지옥 불에서 나느니라. –야고보서 3장 6절

혹시 키모토아 엑시구아라고 아시나요?

카메라 켜놓고 뜬금없는 소리부터 해서 죄송합니다. '드릴 말씀이 있습니다'란 영상 제목 보시고 다들 짐작하셨겠지만, 오늘 라방은 늘 해오던 먹방이 아닙니다. 오늘은 여러분께 꼭 드려야 할 얘기가 있어서 카메라를 켰습니다. 평소 같은 먹방

기대하고 오신 분은 지금 나가셔도 됩니다. 오늘 방송은 그동안 제가 해온 먹방과는 완전히 다른 라방이 될 테니까요.

아, 댓글 보니 아는 분도 계시네요. 네, 맞습니다. 키모토아 엑시구아는 어류 기생충입니다. 정확히는 물고기 입속에 사는 갈고리벌레과의 기생 갑각류죠. 편의상 엑시구아라고 부르겠습니다. 엑시구아가 유명한 이유는 특이한 기생 방식 때문인데요, 이놈들은 유충일 때 물고기 아가미로 침입해서 입천장 언저리나 혀에 자리를 잡는다네요. S자로 된 일곱 쌍의 갈고리 같은 다리를 숙주 혓바닥에 꽂아 한번 정착하면 이동 능력도 완전히 사라진답니다. 말하자면, 죽을 때까지 숙주랑 한 몸이 되는 거죠. 이놈은 숙주의 혀를 갉아 먹어 괴사시키고 혀를 대신해주면서 숙주 입으로 들어오는 양분을 빨아먹으며 기생한답니다. 섬뜩한 건 혀가 없어졌는데도 숙주 물고기는 전혀 모르고 살아간단 거죠. 엑시구아가 혀를 갉아 먹는 동안 숙주가 고통을 전혀 못 느끼게 마취 물질이라도 주입하는지, 그것까지는 저도 모르겠네요. 아무튼 숙주 물고기는 엑시구아가 진짜 자기 혀인 줄 착각하고 산답니다. 이놈이 혀처럼 움직여주기도 하고, 숙주에게 맛까지 느끼게 해주니 혀가 없어진 줄도 모르는 거죠. 이가 없으면 잇몸으로 산다고, 혀가 없으니 엑시구아로 산다고나 할까요.

벌써 10년도 넘었는데, 고딩 때 사귀던 여친한테 엑시구아란 기생충이 있단 소리를 들었습니다. 그 여친이 미스터리니, 불가사의니, 희귀 동물이니… 뭐, 그런 이상한 쪽에 관심이 많은 친구였거든요. 알고 보니 엑시구아는 기생충 계통에서는 제법 '인싸'더라고요. 인터넷 커뮤니티에서는 모에화해서 노는 애들도 있을 정도로요.

그 뒤로 오랫동안 잊고 지냈던 엑시구아를 다시 일깨워준 사람이 바로 여러분도 잘 아시는 유튜버이자 제 전 여자친구인 정화정 씨입니다. 여러분께는 '화정연화'

란 채널로 더 잘 알려져 있죠. 편의상 화정이라고 부르겠습니다. 화정이가 제 동영상에 댓글을 달아주면서부터 저희는 인연이 닿았죠.

'뭐든 맛있게 드시는 비결이 뭡니꽈? 집 나간 입맛도 돌아오게 하는 먹성 탐나요. 저 오늘부터 팬 할래요.'

그 댓글이 달린 게 벌써 1년 전이네요. 그때 저는 막 구독자 천을 찍을까 말까 한 초짜 먹방 유튜버였고, 화정이는 이미 실버 버튼까지 받은 유명 유튜버였죠. 화정이가 선플을 달아줬으니 감사의 뜻으로 저는 그 댓글을 고정하고 하트를 달았습니다. 선무당 님, 그거 이용해 떡상해보려던 거 아니었냐고요? 네, 인정합니다. 솔직히 화정이의 댓글이 구독자 늘리는 데 도움이 될 거라는 계산도 있었습니다. 그 댓글에 '좋아요'만 300개 넘게 달렸고, 댓글 밑으로 '누나가 왜 여기서 나와?', '진짜가 나타났다!' 같은 대댓글이 줄을 이었으니까요.

그때부터 화정이는 제가 올리는 동영상마다 꼬박꼬박 선플을 달아줬습니다. 저는 그때마다 화정이의 댓글을 고정하면서 하트도 달았고요. 진심 고마웠습니다. 다니던 직장까지 관두고 유튜브에 '몰빵'했는데 수익은커녕 구독자가 너무 안 늘어서 배달 알바라도 뛰어야 하나 고민하던 때였거든요. 솔직히 눈앞에 동아줄이 드리워진 심정이었습니다. 여러분도 잘 아시겠지만, 유튜버들도 비슷한 급끼리 어울리거든요. 그런데 화정이는 저보다 한참 윗급 유튜버인데도 유독 저하고만 소통했어요. 추천 채널도 딱 제 채널만 걸어뒀고요. 제 채널이 상승 곡선을 타기 시작한 시점도 딱 그때쯤이었습니다. 결정적으로는 화정이랑 합방을 하면서였고요.

합방 제안은 제가 했습니다. 듣보 채널에 늘 댓글 달아줘서 고맙다고, 혹시라도 기회가 되면 화정연화 님과 합방을 해보고 싶다고, 화정이한테 이메일을 보냈는데

거의 실시간으로 답장이 오더라고요. 덕질 하던 연예인한테 편지 받은 것처럼 막 떨리고 설렌다고, 합방은 언제든 오케이라고…. 그쯤 되니 화정이가 저한테 이성적으로 호감을 느끼는 거 아닌가 싶더라고요. 댓글 하나하나에 담긴 호의도 단순한 팬심으로 보기엔 너무 정성스러웠습니다. 오죽하면 다른 구독자들도 화정이가 저 좋아하는 거 아니냐, 둘이 잘 어울리는데 사귀어라, 대댓글을 달 정도였는데, 화정이도 이렇다 할 부정을 안 했으니까요.

합방 때도 화정이는 제가 사는 홍주까지 열일 제쳐놓고 달려와 줬습니다. 실물로 처음 본 화정이는 누가 봐도 예쁘다고 할 만한 외모였지만 솔직히 제 스타일은 아니었어요. 저는 밝고 활기찬 베이글 스타일을 좋아하는데 화정이는 영상으로 볼 때에 비해 성형 티도 좀 나고, 너무 마른 데다 말로 표현하기 어려운 그늘이 있었거든요. 네, 얼평은 함부로 해서는 안 되고, 제가 누구 얼평을 할 만한 급이 안 된다는 거쯤은 저도 잘 압니다. 여기서 굳이 제 이성 취향까지 말씀드리는 이유는 거기서부터 저와 화정이 사이에 뭔가가 어긋났고 그 어긋남이 그 뒤에 생긴 일들의 시발점이 됐기 때문입니다.

그날 합방하는 내내 저를 바라보는 화정이의 눈빛이 예사롭지 않았어요. 둔한 저는 물론이고, 라방 시청자들도 입을 모아 절 보는 화정이 눈에서 꿀이 뚝뚝 떨어진다고 할 정도였으니까요. 우리 둘이 워낙 케미가 좋아선지 그날 합방 반응은 폭발적이었고 제 채널이 떡상하는 데에 일등 공신이 되어줬습니다. 제가 뭘 먹을 때마다 화정이의 리액션이 너무 좋았고 대본이 따로 없었는데도 티키타카가 환상이어서 댓글 창도 난리였거든요. 그런데 화정이는 음식을 입에 대지 않았어요. 저나 구독자들이 권할 때마다 독하게 다이어트 중이라면서 먹기를 피했는데 그날 합방이 끝나고서야 저한테 살짝 고백하더군요.

"오빠, 저 사실 거식증 있어요."

자기는 거식증 때문에 못 먹는 음식이 너무 많은데 제 먹방을 보면서 대리만족을 해왔다는 거였습니다. 저처럼 복스럽게 먹는 남자가 이상형이었다는 말도 했습니다. 그날 자기 차에 타기 전, 배웅 나온 제 손을 화정이가 덥석 잡았습니다. 제 손을 꼭 쥔 개의 손은 뜨거웠어요. '뭐야, 애 왜 이래?' 싶어서 개를 봤더니 촉촉해진 눈빛으로 뭔가 간절한 신호를 보내더군요. 그때 잠깐이지만 진지하게 갈등했습니다. 얘가 날 좋아하는 건 분명한데 저는 개한테 딱히 끌리는 마음이 없었거든요. 그때 제 마음 한구석에서 화정이의 호감을 이용하자는 목소리가 악마의 속삭임처럼 들려왔습니다. 네, 유체이탈 화법인 거 알고, 내가 개쓰레기인 거 저도 압니다. 그런데 저도 딱히 그 유혹을 거부하고 싶지 않았어요. 그때는 눈에 뵈는 게 오로지 채널 떡상밖에 없었으니까요. 그래서 개한테 말해버렸어요.

"더 있다 갈래?"

그날 우리는 같이 밤을 보냈고 다음 날부터 사귀기로 했습니다. 화정이는 우리가 사귀는 걸 구독자들한테 공개하자고 했지만 저는 공과 사를 구별하자는 이유로 반대했어요. 사실은 제가 개랑 사귀는 걸 공개했다가 나중에 헤어지고 나면 채널 구독이 떡락할까 봐 그랬습니다.

반년 남짓 사귀는 동안 저는 화정이한테 사랑한다고 수도 없이 말했지만, 개를 사랑한 적은 단 한 번도 없었어요. 이런 말 하면 저를 더 쓰레기로 보시겠지만, 화정이랑 밤엔 정말 잘 맞았습니다. 처음 자던 날에도 이상하게 낯설지 않더라고요. 화정이를 사귀게 된 데에는 채널 떡상만이 아니라 그것도 큰 몫을 했거든요. 문제는 제 채널이 떡상하고 난 뒤부터 화정이의 채널은 떡락하기 시작했단 거였습니다.

그리고 화정이가 저한테 집착하기 시작했습니다. 하루에도 수십 번씩 전화나 카톡을 하는 건 예사고, 합방 스케줄도 없는데 연락도 없이 집으로 찾아오기도 했습니다. 어쩌면 그래서 걔 채널이 떡락했는지도 모릅니다. 저한테 집착할수록 영상 올리는 횟수도 뜸해졌으니까요.

화정이랑 마지막으로 합방했던 날, 저는 걔를 집에서 안 재우고 보냈습니다. 그날따라 걔가 평소와는 좀 달랐어요. 제가 먹던 불마왕라면을 굳이 자기도 먹어보겠다고 고집 피우더니, 결국 억지로 먹다가 몽땅 토해버렸거든요. 100명 넘는 라방 구독자들이 지켜보는 앞에서요. 녹화라면 편집으로 해결될 문제이지만, 라이브라 어떻게 수습할 방법이 없더군요. 그날 라방은 완전 망했고, 걔랑 해오던 합방 콘셉트 밸런스도 완전히 무너졌습니다. 어느 구독자 평대로 저희 합방은 '먹성 좋은 돌쇠의 먹방을 도도하게 지켜보는 마님' 콘셉트였거든요. 솔직히 머리끝까지 빡쳐서 빡친 티를 화정이한테도 팍팍 냈습니다.

"합방 접자, 당분간."

그 말뜻을 아마 화정이도 알았을 겁니다. 눈물까지 뚝뚝 흘리면서 미안하다고 사과하면서 매달리는데 그만 좀 하라고 뿌리쳤습니다. 그랬더니 표정까지 싹 변해서 그러더군요.

"너 여자 생긴 거 알아."

이래서 여자 촉이 무섭습니다. 네, 맞습니다. 그때 저는 양다리를 걸치고 환승을 준비 중이었거든요. 상대는 길에서 팬이라면서 사인해달라고 다가온 여자분이었습니다. 그분 본 순간 사람한테서 후광이 비친다는 말을 난생처음 실감했습니다.

더도 덜도 말고 딱 제 이상형이었어요. 머리부터 발끝까지…. 그때 든 생각이라고는 하나밖에 없었죠.

'아, 화정이랑 사귄다고 공개 안 하길 정말 잘했다.'

드론 님, 화정이한테 안 미안했느냐고요? 솔직히 안 미안했습니다. 소시오패스라고요? 네, 그런지도 모릅니다. 욕하고 싶은 분은 얼마든지 욕하셔도 됩니다. 오늘 라방은 차단, 삭제 일절 없으니까요. 그런데 안 미안한 건 저도 어쩔 수가 없습니다. 아까 말했던 고딩 때 여친이 임신한 적이 있습니다. 그때도 안 미안했어요. 여자애는 울고불고 난리인데 저는 짜증만 났습니다. 안전한 날이라고 안에 해도 된다고 할 땐 언제고, 애가 생기니 어떡하느냐고 즙이나 짜대는 꼴이 너무 한심했거든요. 솔직히 그 애가 제 애인지 알 게 뭡니까. 친자 확인 안 해본 이상 모르는 일이죠. 동건 님, '고마해라 쓰레기 인증 마이 했다 아이가'라고요? 아까도 말씀드렸지만, 저도 내가 쓰레기인 거 압니다. 제가 하고 싶은 말은, 안 되는 건 죽었다 깨어나도 안 된다, 이겁니다.

화정이랑 사귀면서 개를 사랑해보려고 애를 써보긴 했습니다. 하지만 아무리 애를 써도 안 됐어요. 저는 개를 진심으로 사랑한 적이 단 한 번도 없습니다. 그러니 다른 여자한테 첫눈에 반하고도 죄책감이라곤 1도 없을 수가 있었죠. 그래서 그날 해서는 안 되는 짓을 했습니다. 그분한테 사인을 해드리며 전번을 물어본 거죠. 그분도 흔쾌히 알려주더군요. 나중에 카톡 주고받으면서 그분도 저한테 이성적인 호감이 있단 걸 알게 됐을 때 얼마나 기분 좋았는지 모릅니다. 화정이 모르게 그분이랑 데이트하며 가까워져서 모텔도 들락거리고 하다 그분이 유부녀라는 사실을 알고 나서도 못 헤어졌을 정도니까요. 불안하면서도 도저히 그 짜릿한 줄타기에서 내려올 수가 없었습니다.

"알았다니 다행이네. 깔끔하게 이쯤에서 끝내자."

화정이한테 그렇게 말하고 나니 차라리 후련했습니다. 미안하다고, 사람 감정이란 게 마음처럼 쉽게 안 되더라고 인정할까도 했지만, 차마 입이 안 떨어지더군요. 마음에 없는 사과라도 하고 미안하다는 시늉이라도 했다면 개가 순순히 헤어져 줬을까요. 모르겠습니다. 이제 와서 후회해봐야 달라질 건 아무것도 없으니까요.

"마지막으로 술 한 잔 사, 이별주."

화정이가 그렇게 말했을 때 알겠다고 했습니다. 깔끔하게 헤어져 주기만 한다면 한 잔이 아니라 한 짝도 사줄 의향이 있었습니다. 그 길로 평소 자주 가던 실내포차에 개랑 같이 갔습니다. 개가 따라주는 대로 받아 마셨는데 그날따라 술이 유난히 달다 싶더니 어느 순간 필름이 뚝 끊기더군요.

"키모토아 엑시구아 알아?"

화정이 목소리에 눈을 떴는데 처음 와보는 방에 있었습니다. 사방이 어두컴컴한데 촛불을 켜놨는지 천장에 사람 그림자가 일렁거리더군요. 개 목소리도 멀고 탁하게 들렸어요. 꼭 물속에 잠겨서 물 밖의 소리를 듣는 느낌이랄까요. 키모토아… 뭐…? 개한테 물어보려고 했는데 신기하게 입이 안 떨어졌습니다. 치과에서 사랑니 빼기 전 마취 주사를 맞았을 때처럼요. 내 혀와 입이 남의 살 같은 느낌 아시죠? 혀와 입만이 아니라 온몸이 다 그랬습니다. 콘크리트로 꽉 채운 드럼통에 갇혀 바다 속으로 푹 가라앉는 기분이었는데 의외로 나쁘지는 않았습니다.

술이 과했나? 술에 뭐라도 탔나? 수면 유도제? 아니면 신경 안정제? 별 시답지 않은 의문들이 머릿속에서 비눗방울처럼 피어올랐다가 툭툭 터졌습니다. 침대 위에 누운 상태라 몸을 일으키려고 해봤는데 꼼짝도 못하겠더군요. 내려다보니 제 사지가 불가사리처럼 활짝 벌어진 채 청테이프에 단단히 묶여 있었습니다. 옷도 언제 벗겼는지 실오라기 하나 안 걸친 알몸이었는데, 이상한 문양이랑 알아볼 수 없는 글씨들이 온몸에 빨간 물감 같은 걸로 빼곡히 도배되어 있더군요. 소름이 쫙 끼쳤습니다. 살아 있는 부적이 된 거 같아서요.

"너한테 키모토아 엑시구아를 심을 거야."

제 몸 위로 올라온 화정이가 그렇게 말했는데 도대체 무슨 말인지도 모르겠고, 꿈인지 생시인지도 모르겠더군요. 화정이도 저처럼 알몸에 인간 부적이 되어 있었는데 한 손엔 이상하게 생긴 가위가, 다른 손에 얼음송곳 같은 뾰족한 도구가 들려 있었습니다. 걔가 가슴 위로 올라타더니 가위를 제 입에 들이대더군요. 그때는 정말 걔가 저를 죽이려는 줄 알았습니다. 그런데 알고 보니 제가 가위로 봤던 물건은 치과에서 쓰는 개구기였습니다. 그걸로 걔가 제 입을 쩍 벌리더니 도구를 들이댔습니다. 아귀 님, 구라 치다 걸리면 피 보는 거 안 배웠냐고요? 정 안 믿기신다면 안 믿으셔도 됩니다. 저는 그저 제가 겪은 일을 여러분께 말씀드릴 뿐이고, 믿고 안 믿고는 여러분의 자유이니까요.

그날 제 기억은 거기까지입니다. 정신을 잃었다가 다시 깨어나 보니 저는 환한 모텔 방 침대에 멀쩡하게 누워 있더군요. 화정이는 어디로 갔는지 안 보였고, 저를 묶었던 청테이프며 이상한 도구들도 말끔히 치워진 상태였습니다. 어느새 옷도 입혀 있어서 속을 들여다보니 몸에 그려진 부적도 깨끗이 사라지고 없었습니다. 꿈이었나? 꿈이라기엔 너무 생생했지만, 차라리 꿈이라 믿고 싶었습니다. 그런데 여전히 혀는 얼얼했습니다. 밥 먹다 혀끝을 오지게 씹어서 다음 날에도 통증이 은은하게 남아 있는 느낌이었죠. 화장대 거울에 비춰보니 혀끝 좌우에 점 모양의 빨간 상처가 하나씩 찍혀 있더군요. 모텔을 나오며 화정이한테 전화를 걸었지만, 전화를 받을 수 없다는 안내 메시지만 흘러나왔고, 카톡을 보내도 '안읽씹'이었습니다.

"도대체 뭐가 어떻게 된 거야."

그렇게 중얼거리면서 다시금 전화를 걸어보려는데 근처에서 역한 담배 연기가 훅 들어오더군요. 돌아보니 제 앞으로 걸어가며 일명 '턱스크'를 쓰고 담배를 피우는 20대 남자가 보였습니다.

"흡연충 새끼들, 매너 엿 같네. 길빵하고 싶으면 다람이처럼 유리 헬멧을 처쓰고 하든가!"

그 말이 저도 모르게 입에서 튀어나왔습니다. 평소에는 속으로만 중얼거리다 삼켰을 말인데 골목이 쩌렁쩌렁 울릴 만큼 우렁차게 튀어나오니 저도 깜짝 놀랄 정도였습니다. 남자가 움찔하더니 저를 돌아봤고 방금 뭐라고 그랬냐고 묻더군요.

"귓구멍까지 니코틴으로 처맥혔냐! 매너 엿 같은 흡연충 새끼야, 길빵하려면 다람이처럼 유리 헬멧 쓰고 다니라고!"

제가 한 치의 망설임도 없이 고함을 빽 지르니 남자도 어안이 벙벙해져서 저를 바라봤습니다. 그러다 인상을 팍 쓰고 담배를 내던지더니 욕지거리를 하며 저한테 달려오더군요. 잡히면 최소 먹살각이라 일단 튀었습니다. 그 와중에도 이런 나 자신이 어처구니없더라고요. 난생처음 보는 사람한테 무슨 생각으로 그런 막말과 독설을 고래고래 내질렀는지 도저히 이해되지 않았습니다. 간밤의 술이 덜 깼나? 아니면 뭐에 씌기라도 했나? 그러다 번뜩 간밤에 화정이가 했던 말이 떠올랐습니다.

"너한테 키모토아 엑시구아를 심을 거야."

그날 남자를 따돌리고 어느 공원 벤치에 앉아 가쁜 숨을 몰아쉬면서 화정이가 말한 키모토아 엑시구아가 오래전 여친한테 들었던 기생충이 맞는지 구글링을 해봤습니다. 아까 여러분께 말씀드린 정보가 나오더군요. 숙주의 혀를 갉아 먹고 혀를 대신하는 기생충. 그러니까 화정이의 말을 풀이해본다면, 저한테 제 혀를 대신하는 기생충을 심겠다, 이 말이겠죠. 에밀레종 님, '이 뭔 개소리야?'란 말씀, 저도 백 번 공감합니다. 그때 저도 딱 그 짤이 떠올랐습니다.

"미친년, 키모토아 엑시구아 같은 소리 하고 자빠졌네."

그 말이 제 입에서 느닷없이 또 튀어나와서 그 자리에 얼어붙었습니다. 보통 우리가 말을 하게 되면 그 말을 할지 말지, 말을 한다면 어떻게 할지, 그 말을 듣는 상대는 누군지, 주변 환경에 걸맞은 말인지 머릿속 필터를 웬만큼 거친 다음에 입 밖으로 내뱉잖아요. 그런데 제 입이 그 어떤 필터링도 없이 멋대로 지껄인 겁니다. 제가요, 평생 없었던 틱 장애가 하루아침에 생겼나 싶어 나중에 정신의학과 가서 정밀검사까지 받았다니까요. 결과는 '해당 질환 징후 진단되지 아니함'이었고요.

합리적 의심 님, 화정이가 했던 게 저주 의식 같은 거 아니냐고요? 어쩌면 그럴지도 모르겠습니다. 사실 저는 귀신도 안 믿고, 외계인이나 환생, 내세 같은 거 다 없다고 믿는 사람입니다. 그런 초자연적인 존재나 현상을 동영상으로 증명할 수만 있다면 요즘처럼 뭐만 했다 하면 유튜브각 재는 시대에 조회 수 100만이 아니라 천만도 우습겠죠. 그런데 주작 말고는 그런 동영상이 안 나오잖아요. 없다는 거 아니겠습니까. 선무당 님, 안 나온다고 해서 세상에 없다고 단언할 수는 없다고요? 뭐, 그럴 수도 있겠죠. 그날 이후로 저도 님과 비슷한 생각을 하게 되었으니까요.

찝찝하고 꺼림칙해서 그 길로 집까지 논스톱으로 달려와 문 꼭꼭 걸어 잠그고 한

동안 집콕했습니다. 화정이가 키모토아 엑시구아를 심었든 엑스터시를 심었든 당분간 아무도 안 만나고 입을 꽁꽁 닫아걸어서 말실수할 일 자체를 원천봉쇄할 작정이었죠. 선무당 님, 폰은 어쩌고 방송은 어쩔 거냐고요? 네, 사실 그게 문제였죠.

아니나 다를까, 이틀 뒤에 그분한테 전화가 걸려왔습니다. 네, 제가 양다리 걸쳤던 여자 분이요. 그분한테 뭐라도 실수할까 봐 카톡으로 통화하기 어려운 사정이 있다고 보내놓고 전화도 안 받았는데, 꼭 할 얘기가 있다면서 계속 전화를 하시더라고요. 왠지 싸했지만 무슨 급한 일이라도 있나 싶어서 전화를 받았습니다. 그런데 전화를 건 사람은 그분이 아니라 그분 남편이었죠. 그분 만나면서 가장 걱정했던 일이 터진 겁니다.

─당신, 유튜버라며? 채널 들어가 보니 구독자도 제법 되던데 내가 한 방에 훅 가게 해줘? 어디 할 짓 없어서 가정 있는 여자한테 찝쩍거려!

보아하니 저랑 바람피운 걸 그분이 어쩌다 남편한테 들켰고 남편이 홧김에 그분 폰으로 저한테 전화를 건 거였죠. 싹싹 빌고 한 번만 용서해달라고 다시는 안 그러겠다고 사과해도 모자랄 판이었는데 그놈의 혓바닥이 또 미친 듯이 급발진하기 시작했습니다.

"그러는 당신은 발기부전에 조루라며? 와이프도 만족 못 시키는 새끼가 무슨 남편이라고…. 야 이 등신아, 니 마누라가 나랑 할 때마다 뭐라고 한 줄 알아? 니 돈줄만 아니었으면 당장 이혼하고 나랑 살림 차렸대!"

냥냥펀치 님, '와 악마를 보았다'라고요. 저도 그렇게 생각합니다. 그 미친 소리를 지껄이면서 히죽대는 제 얼굴을 벽 거울로 비춰보니 정말이지 악마가 따로 없었습니다. 엄연한 피해자를 상대로 있는 말 없는 말 나오는 대로 다 퍼붓고 멋대로 전화를 끊어버리고는 폰을 던져 거울을 박살 내버렸습니다. 그렇게 그 여자 분하고도 끝이 났고요.

그 뒤로 제 인생은 나락으로 떨어졌습니다. 제정신이라면 취소했어야 할 정기 라방을 무리하게 강행했다가 시청자들한테 나오는 대로 막말 지껄이고, 쌍욕하면서 싸우고, 구독 취소 까짓것 할 테면 해보라고 어깃장 부리다가 구독자 우수수 떨어져나가서 채널 떡락하고….

어제 결정타로 네이트 판에 저를 저격하는 글이 올라왔습니다. 고딩 때 제 만행을 까발리는 폭로 글이었죠. 저 때문에 임신했다가 낙태까지 했던 전 여친이 올린 글인데 아까도 말씀드렸지만 전부 사실 맞습니다. 아마 이 라방 보시는 여러분이 대부분 그 글 보고 오셨을 거라고 봐요. 지금도 실시간 채팅 창 절반이 다 저한테 하는 욕인데 상관없습니다. 어차피 제 인생은 회생 불가 판정을 내릴 만큼 폭망했고 유튜버 커리어도 끝장났습니다. 네, 여러분들께서 지금 계속 댓글로 도배하시는 말이 맞습니다. '나락'.

화정이는 어떻게 됐느냐고요? 글쎄요, 걔가 어떻게 됐는지 저도 궁금합니다. 제 인생을 파탄 낸 이유도 알고 싶습니다. 정의의 사도 님, 멀쩡한 여친 두고 유부녀랑 바람피워 가정 파탄 낸 것만으로도 인생 파탄 날 이유는 충분하다고요? 뭐, 그렇긴 합니다. 그래도 뭔가 찜찜해요. 저랑 헤어진 뒤로 화정이의 유튜브는 공지도 없이 동영상 업로드가 끊겼고 모든 영상이 비공개로 전환됐거든요. 화정이 본인도 잠수 타서 어디에 있는지, 살았는지 죽었는지도 모르는 상황입니다. 오죽하면 119에 폰 위치 추적이라도 해달라고 전화까지 해봤다니까요. 그런데 제가 화정이랑 가족 관계가 아니라서 안 된다고 하더라고요.

가즈아 님, 혹시 제가 죽인 거 아니냐고요? 지금 제가 화정이를 죽이고 어디에 암매장이라도 하고 아닌 척 쇼하고 있다, 이 말인가요? 엑시구아고 뭐고 다 쇼라고? 미친 새끼가 헛소리 지껄이고 있네, 진짜. 웬만하면 욕이든 헛소리든 다 그러려니 들어주고 웃어넘기려고 했는데 말이 되는 소리를 지껄여야지. 니 혓바닥에도 엑시구아 사냐? 야, 어차피 망한 인생, 바닥까지 찍어서 더 내려갈 나락도 없는데 이리로 찾아와라. 형이 너 죽이는 거 라이브로 중계해줄게. 안 그래도 평소 먹방 때 쓰던 나이프 세트 잘 갈아놨거든? 그러니까 와라, 이제나저제나 기다릴게. 특수협박죄? 하나도 안 무서워. 어차피 좆친 인생이니까, 씨발!

아, 본의 아니게 흥분해서 여러분께 못 볼 꼴 보여드려 죄송합니다. 막장인생 님, 이미 못 볼 꼴 많이 봤다고요? 사실 본론은 시작도 안 했습니다. 오늘 라방이 제 인생의 마지막 라이브가 될 겁니다. 그러니 방송 잘리기 전에 할 말은 마저 하고 끝내겠습니다.

인생 망하고 유튜버로서도 망하고도 제 혓바닥은 온갖 막말과 독설과 욕지거리와 헛소리를 멈추지 않았습니다. 꼭 저랑은 독립된 생명체처럼요. 〈기생수〉라는 만화에서 외계생명체가 주인공 몸을 지배하려다 주인공의 발악 때문에 실패하고 오른팔로 가서 오른쪽이가 되잖아요. 그 오른쪽이처럼 엑시구아가 제 혓바닥을 없애고 거기에 정착한 게 아닐까 싶을 정도였습니다. 그래서 깨진 거울에 대고 제 혓바닥을 자세히 비춰봤어요.

그때 저는 육성으로 비명을 질렀습니다. 그냥 하는 말이 아니고 진짜로 제 혓바닥이 있던 자리에 엑시구아가 살고 있었으니까요. 화정이가 송곳 같은 흉기로 찍어둔 두 개의 점이 바로 엑시구아의 눈깔이었어요. 구글링을 하면 뜨는 물고기 주둥이 속의 엑시구아처럼 눈에 띄게 구분이 되지 않아서 언뜻 보면 제 혀랑 다를 바 없는 것 같지만, 분명 엑시구아였어요. 저를 보고 인사라도 하듯이 꿈틀거리기까지 했다니까요. 그러니까 그날 화정이는 제 혓바닥을 뽑아버리고 그 자리에 엑시구아를 심어놓은 겁니다.

우로보로스 님, 엑시구아는 사람한테 옮는 기생충이 아니라고요? 압니다, 저도 잘 안다니까요. 그런데 제 입안에 있는 이건 어떻게 설명해야 할까요? 제멋대로 막말과 독설을 쏟아내는 이 미친 살덩이를 제 혓바닥이라고 봐야 할까요?

노노 님, '지금 라방에서는 멋대로 막말 안 하는 거 보면 선택적 엑시구아인 듯ㅋㅋㅋ'라고요? 처음에는 저도 제 혓바닥을 차지한 엑시구아가 막말과 독설만 지껄이는 줄 알았습니다. 그런데 가만 보니 이놈은 저를 나락으로 몰고 가는 말만 내뱉는 악마 같은 존재였어요. 보세요, 이 라방에서는 잠잠한 거. 어쩌면 악마 그 자체인지도 모르겠고요. 궁금증 님, '그건 엑시구아가 아니라 엑소시스트'라고요? 네, 맞습니다. 그날 화정이가 촛불 켜놓고 문양 그려놓고 했던 이상한 짓들이 다 오컬트 의식이었는지도 모른다는 생각, 저도 합니다. 오늘 라방은 그 의식의 최종 목적이고요. 제 인성과 인생이 얼마나 쓰레기인지 엑시구아의 힘을 빌려 만천하에 인증하라는 미션요. 화정이는 그 최종 미션을 이 엑시구아에 부여한 겁니다, 여러분. 제가 라방을 진행하는 동안 엑시구아가 급발진하지 않는 이유도 바로 그거죠. 제 무덤을 제가 알아서 파고 있으니까요.

어쩌면 저는 이미 엑시구아에게 혓바닥만이 아니라 뇌까지 잠식당했는지도 모르겠습니다. 이렇게 제 모든 잘못과 죄상을 허심탄회하게 털어놓고 인생 종치는 순간에도 그냥 무덤덤하거든요. 내 귀에 도청 장치가 있다던 미친놈이랑 다른 게 뭐냐고요? 기생충이 아니라 조현병이 의심되니 그만 라방 접고 병원에나 가보라고요? 저도 제발 그랬으면 좋겠습니다.

선무당 님, 아직 안 털어놓은 게 있지 않냐고요? 그게 뭐죠? 그건 제가 더 잘 알 거라고요? 저는 모르겠는데요. 혹시 선무당 님께서 뭔가 아시는 게 있다면 지금 알려주시겠어요? 고딩 때 임신한 여친 낙태시킨 게 아니라 발로 차서 유산시켰다고요?

아아… 맞다. 네, 맞습니다. 다 말한 줄 알았는데 그걸 깜박하고 있었습니다. 그런데 선무당 님은 네이트 판 폭로 글에도 없던 사실을 어떻게 알고 계시죠? '내가 바로 니 전 여친 정화정이다'라고요? 잠깐만, 잠깐만요, 이게 무슨 말이죠? 지금 선무당 님이 화정이다, 이 말씀이신가요?

'니 전 여친 정화정이자, 니 고딩 때 여친 오다윤이다.'

아… 어… 너무 의외라서 그 말을 믿어야 할지 말아야 할지 모르겠는데요. 지금 제 머릿속이 새하얗게 바래서 아무것도 생각이 안 나거든요. 잠깐만 생각을 정리할 시간을 주시겠어요? 그러니까 아까부터 라방 채팅에 계속 참여하셨던 선무당 님이 실은 잠수 탄 제 전 여친 화정이고, 네이트 판에 제 과거 폭로 글을 올린 전 여친 오다윤과 동일인이라고요? 둘이 생김새부터가 다른데 어떻게 동일인이라고 할 수가 있죠? 살 빼고 성형하고 개명까지 하면 신분 세탁은 일도 아니라고요? 저한테 접근했던 것도, 흑마술로 엑시구아를 심은 것도 다 큰 그림이었다고요? 아니, 왜…? 왜요? 선무당 님이 진짜로 다윤이고 화정이라 쳐도 저한테 왜 그랬는데요? 그 이유를 아직도 모른다면 정말 개만도 못한 새끼라고요? '난 10년 넘게 거식증에 시달리는데 유튜브에서 씹고 뜯고 맛보고 즐기는 너를 보니 토악질이 나왔다!' 아…

결론이 그렇게 나와요. 그렇군요. 이제야 모든 걸 알겠습니다. 그래, 화정아, 아니, 다윤아, 내가 너한테 진짜 못할 짓 했다. 니가 임신했다고 어떻게 할 거냐고 했을 때 짜증나니까 꺼지라고 발로 걷어차서 유산시킨 거 진심으로 미안하다. 됐냐?

와, 채팅 창 난리가 났네요. 다들 소시오패스의 사과를 어떻게 믿느냐고들 하시는데… 여러분, 그러는 여러분은 제 전 여친이라고 주장하는 저 선무당 말은 어떻게 그렇게도 잘 믿으시죠? 여태 제가 늘어놓은 쟤 얘기가 저랑 쟤가 짜고 한 주작이라면 어떡하실래요? 지금까지 제가 이 라방에서 여태 털어놓은 말이 다 구라라면…? 누가 인생 나락 갈 구라를 공개적으로 치냐고요? 그야 모르는 거죠, 이 모든 얘기가 사실은 제 의지와 상관없이 제 입속의 엑시구아가 지껄이는 거짓말인지도…. 좋습니다. 다 자업자득이죠. 그래서 제가 여러분을 위해 준비한 마지막 선물이 있습니다.

여러분, 제가 이 '혀의 맛'이란 채널을 개설하고 운영해온 지도 벌써 2년이 다 되어갑니다. 비록 이렇게 채널을 접게 되었지만, 그동안 온갖 음식들을 먹으면서 여러분의 관심을 한 몸에 받고, 여러분과 웃고 떠들었던 시간이 저한테는 행복한 시간이었습니다. 이건 제 혀를 대신해 자리 잡은 엑시구아가 아니라 제 진심이 하는 말입니다.

철퇴 님, 좀 아까 '인증 없으면 뭐다?'라고 채팅 치셨죠? 네, 보여드리겠습니다. 안 그래도 여러분께 제 혓바닥을 먹어치운 엑시구아를 보여드리려던 참입니다. 아! 보이시나요? 빨간 눈깔 두 개에 몸 마디마디 나뉜 거, 몸 아래쪽에 갈고리처럼 생긴 다리들. 방금 꿈틀거리기까지 했는데 다들 보셨나요? 못 보셨다고요? 그냥 사람 혀라고요? 아쉬워하거나 의심하지 않으셔도 됩니다. 잠시 후에 여러분께 아주

제대로 보여드릴 테니까요.

짐작하신 분들도 계시겠지만, 제가 여러분을 위해 준비한 마지막 선물은 먹방입니다. 먹방으로 흥한 채널이니 먹방으로 끝내야 유종의 미겠죠? 오늘의 마지막 먹방 재료는 바로 키모토아 엑시구아입니다. 실제로 매운탕이나 생선찜 드시다 엑시구아까지 먹었다는 인증 글도 인터넷에 가끔 올라오더라고요. 저는 오늘 이놈을 회로 먹을 겁니다.

여기 미리 준비해놓은 개구기와 나이프와 접시 보이시죠? 이 도구로 엑시구아를 제 입안에서 떼어내어 생으로 먹어보도록 하겠습니다. '혀의 맛' 채널이니 '혀의 맛'으로 대미를 장식하는 거죠. 되게 상징적이지 않습니까, 여러분? 라방이니 노딱 붙을 걱정은 안 해도 되고, 중간에 유튜브에서 송출을 끊어버릴지도 모르지만 저는 끝까지 진행할 겁니다. 112나 119에 신고하셔도 상관없습니다. 걔들 여기까지 출동하는 데에는 최소 10분은 걸리니까요. 그동안 저는 오늘 하려던 일을 끝낼 테니까요.

자, 그럼 지금부터 긴장하세요. 연장으로 입 벌리고 엑시구아 뽑기 들어갑니다. 심장 약하신 분이나 비위 약하신 분은 나가주세요.

김종일

장르소설, 웹소설 작가. 2004년 황금가지와 문화일보가 주최한 제3회 황금드래곤문학상에서 《몸》으로 대상을 수상했다. 장편 《손톱》, 《삼악도》, 《마녀의 소녀》를 냈고, 《한국 공포문학 단편선》과 《과학스토리 단편선》에 여러 단편소설을 수록했다. 네이버 웹소설에 《마녀, 소녀》, 《나만의 스킨십 능력자들》을 연재했다.

월리들

한새마

지태오야, 지태오! 그 지태오라고!

재벌 4세에 독립영화 감독이고 얼굴도 몸도 공부도 어느 것 하나 빠지는 데 없는 그 지태오가 나한테 인스타 다이렉트 메시지를 보내왔다고!

내가 어제 심심해서 가지고 있던 립스틱들 전부 발라보고 일일이 사진 찍어서 인스타에 텍스처 비교 피드를 올렸거든. 그랬더니 그거 보고 메시지 보냈다는 거 있지? 인싸 시영이도 아니고 예쁜 혜인이도 아니고 나한테! 이거 진짜 실화야?

나도 안 믿어져서 스샷 찍어 단톡방에 올렸지. 그랬더니 다들 소리 지르고 난리도 아녔어.

아, 물론 근희만 빼고. 걔는 일부러 튀려고 그러는 건지 책 얘기 빼고는 관심이 없더라. 남자들 다 늑대라고 하나 마나 한 소리로 초나 치고 말이야. 지태오는 LA에 사는데 나한테 흑심을 품어봤자지.

아무튼 그 지태오가 내 입술이 너무 예쁘다면서 코코 볼륨 립스틱 시리즈를 전부 보내주겠다는 거야. 앞으로도 자기 아버지 회사 제품에 긍정적인 피드 부탁한다고 덧붙이는 거 있지? 잘난 척하는 느낌도 없고 어쩜 그렇게 담백한지.

아, 벌써 반한 것 같아.

* * *

나는 방범창살 사이로 살풍경한 바깥을 바라보았다.

팸플릿에는 숲에 둘러싸인 프로방스풍 건물이 프린트되어 있었다. 흰 외벽과 붉은 지붕의 건물은 병원 같지 않고 펜션이나 리조트 같았다. 그런 점이 나를 몇 달 동안 병원에 입원시키는 부모님의 죄책감을 조금은 덜었을 것이다.

하지만 직접 와서 봤더니 숲은 온데간데없고 고속도로 진입로가 건물 전체를 휘감고 지나갈 뿐이었다. 병원이 들어서고 나서 고속도로 공사가 시작되었고 병원 측에선 새 팸플릿을 찍지 않았다. 주차장 옆에 인위적으로 꾸며놓은 작고 메마른 정원이 고작이었다. 내가 입원할 곳은 폐쇄 병동이라서 어차피 옥외 정원을 이용할 수 없을 텐데도 엄마는 못내 아쉬워했다. 트렁크를 열면서 한숨을 푹푹 내쉬었다.

"네 아빠는 왜 와보지도 않고 이런 데에….”

그때 반백의 머리칼을 깔끔하게 쪽찐 수간호사가 들어왔다. 엄마는 얼른 입을 다물었다. 한눈에도 깐깐해 뵈는 수간호사는 엄마의 손에서 분홍 스웨터를 낚아채 들고서 난처한 표정을 지었다.

"죄송해요. 털실로 짠 옷은 반입 불가입니다.”

"밤에 썰렁할 것 같아서 갖고 왔는데, 왜 안 되죠?”

수간호사가 허리를 숙여 엄마의 귀에 대고 나지막한 목소리로 말했다.

"털실로 땋아서 줄이라도 만들면….”

엄마는 부르르 몸을 떨었고, 수간호사가 이번엔 나 들으라는 듯 일부러 목청을 돋웠다.

"밤마다 히터 켜니까 걱정하지 마세요, 어머니.”

엄마가 트렁크 안에서 다이어리와 필기구를 꺼냈다. 그러자 수간호사는 아예 엄마 옆에 자리를 잡고 앉아 트렁크 안을 뒤적거리기 시작했다.

"뾰족한 거 안 돼요, 어머니. 칫솔도 그때그때 지급하고 있어요. 이것도 안 돼요. 브래지어 끈이 얼마나 질긴데요.”

거의 모든 물품이 트렁크 밖으로 나오지 못했다. 자살 중독 치료센터답게 소지품 검사가 깐깐했다.

"가은 양 스마트폰도 집으로 가져가서야 해요. 인터넷, SNS, 유튜브 전부 금지예요.”

스마트폰이 없어지면 나한테는 차라리 잘된 일이다. 학과 친구들뿐만 아니라 모르는 전화번호로 장난 전화가 계속 걸려왔다. 대놓고 '너는 언제 죽어?', '따라서 안

죽냐?' 따위의 메시지를 받고 있었다. 물론, 친구들의 연속된 자살에 마음 약해지지 말라는 응원도 많이 받았다. 하지만 그냥 잊고 지내고 싶었던 내게는 따뜻한 관심조차 '무진여대 연속 자살 사건'을 상기시킬 뿐이었다. 어디론가 숨고 싶었다. 누구도 나를 비난하거나 해칠 수 없는 안전한 곳으로. 나는 순순히 엄마에게 스마트폰을 건넸다.

집에 틀어박혀 불안에 떠는 나를 부모님은 심사숙고 끝에 잠시 세상과 격리하기로 했다. 하지만 정신병원 입원은 가혹한 처사 같았는지 도박 중독자, 게임 중독자, 알코올 중독자, 자살 중독자들이 치료받고 있는 '새싹마음치료센터'에 나를 몇 달간 입원시키기로 결정했다.

입원 수속을 마친 아빠가 병실로 들어왔다. 마치 새 아파트를 구하러 온 사람처럼 병실 이곳저곳을 기웃거리고 다녔다.

나는 호주머니에서 폴라로이드 사진을 꺼냈다. 시영, 혜인, 민아 그리고 나까지 넷이 서서 웃고 있는 사진이다.

행복했던 순간이다.

루돌프 머리띠를 한 시영과 혜인이 샴페인 잔을 치켜들고 미소 짓는다. 빨간 미니 드레스를 입은 민아가 두 팔로 내 허리를 끌어안고 어깨에 머리를 기댄다. 나는 가만히 서 있는데도 웃음이 자꾸만 터져 나와 빨간 스펀지 코를 연방 킁킁거린다. 다들 취기가 한껏 올라 두 볼이 장밋빛으로 발그레하다.

창밖에는 눈이 내리고 있다. 기숙사 창문에 붙어 있는 '얼음 왕국' 스티커하고도 너무 잘 어울린다. 누군가의 유치한 취향까지 용서가 되는 완벽한 밤이었다.

나는 폴라로이드 사진을 침대 옆 수납장 위에 세워놓았다. 사진 한 장쯤은 괜찮을 것이다. 이걸로 누군가를 죽일 순 없을 테니까.

"여보, 당신이 팸플릿 신청한 거 아니야? 신청할 때 리뷰 같은 것 좀 살펴보고 하지."

"내가 뭘 신청해? 난 당신이 신청한 줄 알았는데?"

아빠가 욕실 입구에 달린 아코디언도어를 열었다 닫았다 했다. 그때마다 플라스틱 재질의 문이 커튼처럼 펄럭거렸다.

"욕실 문은 왜 이 모양이야?"

"이게 다 환자 분의 안전을 위해서입니다."

흉기로 쓸 만한 게 없을 때 혀라도 끊어내는 최악의 상황까지 예상하고 병실에는 문조차 달아놓지 않았다. 간호사들이 재빠르게 대처할 수 있도록 병실을 항시 개방해놓는 것 같았다.

* * *

태오 오빠 오늘 세부에서 서핑하고 있네? 자꾸 오빠 인스타에 들어가서 뭐 하나 쳐다보게 돼. 나 약간 스토커 기질이 있나 봐. 오빠는 나 같은 일반인은 완전히 잊었겠지? 저번 다이렉트 메시지 이후로 말이 없네.

코코 볼륨 립스틱 시리즈가 도착했어. 이렇게 비싼 화장품을 선물하면서 어떻게 물건이 잘 도착했냐는 확인 문자 하나 없지? 하긴 재벌 4세인 태오 오빠한테는 100만 원도 껌 값이겠지?

근희가 막 그럴 줄 알았다는 듯이 말하더라. 인플루언서한테 메시지 한 번 받아본 적도 없는 주제에. 태오 오빠 '좋아요' 한 번에 팔로우가 얼마나 더 늘었는데. 괜히 질투 나서 그러는 거지.

시영이 말대로 입술에 알러지 반응 생겼다면서 내 쪽에서 먼저 메시지 보내볼까? 남자들은 적극적인 여자를 좋아한다던데, 사실일까? 우리 태오 오빠는 시시껄렁한 일반 남자가 아니라고!

* * *

식판과 수저는 모두 플라스틱이다. 식후엔 치약을 묻힌 칫솔이 제공된다. 간호사가 네임펜으로 일일이 이름을 적어놓았기 때문에 꼭 반납해야 한다. 칫솔을 가져다주면 당직 간호사가 신경 안정제 같은 알약 서너 개를 손바닥 위에 올려준다. 어떤 날은 다섯 개였다가 어떤 날은 여섯 개일 때도 있었다. 하루가 빨리 가는 것 같아 나는 약을 거부하지 않았다. '무진여대 연속 자살 사건'에 대한 세간의 관심이 사그라질 때까지 기다려야 하니까.

알약을 털어 넣고 간호사에게 입안을 확인시킨 후 병실로 돌아오는 참이었다. 휴게실 쪽에서 약간의 소란이 일었다.

매주 요가, 글짓기, 미술 등의 수업을 하는 휴게실이 병실 복도 끝에 있었다. 수런거림은 그쪽에서 들려왔다. 나도 무슨 일인가 궁금해 다른 환자들 사이에 가 섰다.

내 또래의 여자애가 휴게실에서 춤을 추고 있었다. 발끝으로 서는 동작을 취하는 걸 보면 발레가 맞는 것 같았다. 그런데 우아하게 손을 뻗다가도 갑자기 힘 있게 주먹으로 찌르고 바닥을 데굴데굴 구르거나 발로 걸어차는 등 춤동작이 특이했다.

땀에 흠뻑 젖을 때까지 격렬하게 춤을 추던 여자애가 바닥에 털썩 주저앉았다. 이제 공연이 끝났다는 걸 아는 구경꾼들은 심드렁한 얼굴로 뿔뿔이 흩어졌다. 혼자 세차게 박수를 치고 있다가 무안해져서 팔짱을 꼈다. 그러자 여자애가 나에게 말을 걸었다.

"모던 발레 첨 보니?"

목덜미가 뜨거워졌다. 귀밑까지 빨개진 걸 들키고 싶지 않았다. 다행히 여자애는 내 쪽은 쳐다보지 않고 소파에 가 앉았다.

"아니."

"그래 보이는데?"

나는 못 들은 척 여자애 옆에 앉았다.

"근데 너 되게 춤 잘 춘다."

"그래? 고마워. 사실은 나보다 우리 언니가 더 잘 춰. 언니는 세 살 때부터 토슈즈 신었어. 신동이었지. 태어날 때부터 타고난 사람은 못 이기더라고. 그래서 쿨하게 관뒀어."

여자애가 옷매무새를 다듬더니 자리에서 일어났다.

"내 이름은 이다미. 스물두 살."

"어? 나랑 동갑이네. 나도 스물둘. 이름은 가을이야."

병동 소식통임을 자처하는 희야 아줌마 말로는 다미가 발레를 그만둔 건 언니 때문이 아니라고 한다. 사실은 뺑소니 사고로 무릎이 박살나서 발레를 그만두게 되었고, 그것 때문에 자살을 몇 번이나 시도했다고 한다.

6층 나병동 일이라면 모르는 게 없는 희야 아줌마는 알코올 중독 치료 중이라고

했다. 남편은 괜찮다는데, 대학 강사인 아들을 위해서 자발적으로 입원했다며 아들 자랑이 대단하다. 6층 나병동 안을 다 돌아다니면서 쉴 새 없이 아들 자랑을 늘어놓다 보니 이집 저집 사정을 훤히 알게 된 모양이었다.

"지젤인데? 내 마음대로 바꿨지만."

"지젤?"

며칠 뒤 내 병실로 놀러 온 다미에게 도대체 뭘 추는 거냐고 물으니 돌아온 대답이었다.

"내가 추는 부분은 윌리들 파트야."

"윌리들?"

"나그네를 춤으로 유혹하고 목숨을 빼앗는 망령들이지. 사랑을 잃고 복수심에 가득 찬 처녀 귀신들이 더 정확하려나."

복수의 망령들이 달빛 아래서 추는 춤은 목숨을 걸고 볼 정도로 아름답다는 얘기일까. 그러고 보니 제대로 된 발레 공연을 관람한 적이 없었다. 지방의 작은 도시인 무진시에서 발레 공연은 1년에 한두 번 열릴까 말까였다. 나중에 퇴원하면 지젤 공연을 보러 서울에라도 올라가야겠다고 생각했다.

"넌 왜 들어왔어?"

"나?"

세상에서 가장 안전한 곳으로 도망쳐 온 것이라고 말할 순 없었다.

"나도 잘 모르겠어."

"그래? 그럼, 있다 보면 알게 되겠지."

전동식 배식용 운반차가 병실 문 앞을 막아섰다. 부직포 헤어캡을 쓴 배식 아줌마가 식판을 꺼내 들고 서서 병실 호수와 다미 얼굴을 번갈아 보았다.

"놀러 왔어요."

다미의 말에 배식 아줌마가 식판을 운반차 위로 넘겨다 주었다.

"가은 학생 줘요."

운반차가 느릿느릿 움직여 지나가자 조제실에서 환자들의 일회용 칫솔에 치약을 짜고 있는 간호사가 보였다.

병실 여섯 개가 일렬로 늘어서 있고 맞은편에는 간호사실, 리넨실, 탕비실, 창고 등이 있다. 하나뿐인 1인실은 내가 쓰고 있고 나머지는 2인실과 4인실이다. 새싹 마음치료센터 나동 6층의 구조는 일자형으로 단순하다. 복도엔 CCTV가 달려 있고 간호사들이 항시 대기 중이다.

이곳에서는 아무도 해칠 수 없다. 심지어 자기 자신에게조차. 이곳은 안전하다. 그런데 왜 마음은 난간 위에 서 있는 사람처럼 불안한 걸까.

* * *

입술에 뾰루지 났다고 메시지 보내길 잘한 거 같아. 오빠가 바로 무슨 일이냐며 답을 해줬지 뭐야. 입술에 뭐가 났다고 하니까 '호~' 이러네.

단톡방에다 자랑했더니 다들 '그린 라이트'라며 난리가 났어. 항상 내 일도 자기 일처럼 생각해주는 고마운 친구들이야.

딱 한 명만 빼고. 우근희!

시영이와 1학년 때부터 기숙사에서 같은 방을 쓰는 바람에 우리 단톡방에 들어온 아이인데 나하고 정말 성향이 안 맞아. 클럽 같은 데 놀러 가자 그러면 폐 건강에 안 좋게 거길 왜 가냐고 그래. 아니, 누가 매일 가자고 그래? 어쩌다 한번 놀러 가는 건데 겨우 그것 가지고 이러쿵저러쿵, 진짜 싫어.

아침에 태오 오빠한테서 포토 메시지 온 거 단톡방에 보여줬을 때도 그래.

세부 아침 바다.
서핑하기엔 별로네.
하지만 다음엔 같이 오고 싶어졌어.
입술은 좀 어때? 걱정돼. 보여줄래?

다른 친구들은 바다 사진도 태오 오빠 메시지도 너무 낭만적이라면서, 자기들도 여름휴가 같이 데려가면 안 되냐면서 난리였는데, 근희 걔만 세부 바다가 아니라며 따지고 들잖아? 백사장과 야자수나무가 있어야 할 곳에 기암절벽이 있다면서 이탈리아 바다 같다네? 참나, 지가 무슨 지질학자야? 동남아든 유럽이든 에메랄드빛 바다면 됐지, 무슨 상관이래? 나한테 같이 서핑 가자 그러고 내 입술 걱정해주는 게 중요하지.

진짜 나하고 안 맞아.

* * *

신문이나 잡지를 뜯어 콜라주 기법으로 자화상을 그리는 미술치료 시간이었다.

종이를 잘게 찢다 보니 잡생각이 달아나고 정신이 맑아지는 듯했다. 그러다 어느 순간 내가 신문을 손에 쥐고서 가만히 앉아 있다는 걸 깨달았다.

천연기념물 수달이 복개천에서 발견됐다는 소식 뒷면에 '무진여대 연속 자살 사건'에 대한 칼럼이 실려 있었다.

무진여대에서 의문의 연속 자살 사건 발생

무진시 명문 무진여대에서 1년 사이 네 명이나 극단적인 선택을 했다. 자살을 시도했다가 미수에 그친 학생의 수까지 합치면 '두 달에 한 명꼴'이다. 같은 대학교에서 그것도 같은 기숙사에서 자살 사건이 연속으로 일어나고 있는데 경찰 당국은 아직 적극적으로 수사에 나서고 있지 않다.

동경하는 인물이 자살할 경우, 그 인물과 자신을 동일시하여 따라 자살을 하는 '베르테르 효과'라는 게 있다. 과연 무진여대 연속 자살 사건도 베르테르 효과에 의한 것인지 의문스럽다. 자살 장소가 다르고 자살 방법도 다르기 때문이다. 하지만 모두 같은 기숙사 출신이라는 공통점은 있다. 이렇듯 특정 기숙사 학생들에게만 연속 자살 사건이 발생하고 있어 경찰 당국은 면밀한 수사에 나서야 할 것이다.

칼럼 위에 누군가 매직으로 크게 휘갈겨 쓴 글씨가 있었다.

넌 언제 죽어? 언제 죽어? 언제? 죽어! 죽어! 죽어!

나는 신문을 구겼다. 누가 이런 짓을 한 거지? 고개를 들어 미술치료 상담사를 노려보았다. 상담사도 피하지 않고 내 눈길을 맞받아쳤다. 미술치료 수업을 같이 듣는 환자들 소행일까? 설마 여기까지 따라왔을 줄이야.

다미는 지겨운 티를 팍팍 내며 한 손으로 턱을 괴고 앉아 있었다. 덩치가 좋은 희야 아줌마는 두툼한 손으로 열심히 종이를 뜯어 붙이고 있었다. 다른 환자들 모두 이쪽은 신경 쓰지 않고 제 할 일만 열심이었다.

병원 안은 안전하다고 여겼다. 자기 자신조차 해칠 수 없는 안전지대라고 생각했다.

갑자기 숨이 턱 막혔다. 날숨만 쉬고 들숨을 쉴 수가 없다. 횡격막이 올라붙고 폐가 쪼그라들었다. 내 입에서 억억거리는 괴상한 신음이 흘러나왔다. 옆에 앉아 있던 다미가 내 쪽을 바라보았다. 상담사가 한달음에 다가왔다. 나는 눈을 까뒤집으며 쓰러졌다.

* * *

우리 베베, 수영은 할 줄 알아?
오빠는 건강하고 자기 인생 즐길 줄 아는 여자가 좋더라.
올 여름은 같이 보내게 그동안 연습 많이 해놔.
프로젝트 하나만 마치고 오빠가 곧 너 데리러 갈게.

태오 오빠가 서핑복을 선물해줬어. 근데 디자인이 참 특이하네. 상의는 수영복 스타일인데 하의가 스타킹이야. 은근 야한 것 같긴 한데 딱 봐도 비싸 보여.

몇 끼 굶고 착용 샷 보내야겠지? 이 셀룰라이트 어쩌지? 지방 제거 수술은 무섭다니까 친구들이 셀룰라이트 제거 주사를 맞아보래. 혜인이는 겨드랑이 밑살이 처져서 그걸 맞았는데 효과 만점이었다네? 역시 혜인이가 예쁜 데엔 이유가 있었어.

아니나 다를까, 근희가 외면의 아름다움보다 내면의 아름다움이 더 중요하다는 애늙은이 같은 소릴 지껄이는 거 있지? 다들 분위기 싸해졌는데 눈치가 있는 건지 없는 건지. 근희만 빼고 단톡방 따로 파자고 해야겠어.

아무튼, 당장 새벽 타임으로 수영 등록해야지.

여름아~ 빨리 와!

* * *

두 손이 무언가를 잡으려고 애쓰고 있다. 허공에서 친구들의 얼굴을 할퀸다. 하지만 내려다보고 있는 시영과 혜인과 민아의 얼굴은 점점 작아질 뿐이다.

추락하고 있다. 이대로 떨어지면 기숙사 화단에 부딪혀 머리통이 깨질 것이다. 살려달라고 말하고 싶지만, 입술을 달싹거릴 새도 없다.

픽!

머리끝부터 발끝까지 날카로운 아픔이 뻗친다. 해머로 가슴팍을 얻어맞은 듯 묵직한 통증에 피를 토해낸다.

너무 아프다. 할 수만 있다면 비명을 지르고 온몸을 데굴데굴 구르고 싶다. 하지만 지금은 꼼짝할 수 없다. 이 고통을 멈추게 하고 싶지만 그럴 수가 없다.

속눈썹 끝에 눈송이가 맺힌다. 깃털처럼 가볍다고 느낀 순간부터 조금씩 무거워진다. 커다란 돌덩이로 변한다. 온몸이 돌무더기에 짓눌린다.

춥다. 너무 춥다.

그러다 어느 순간 온몸이 불타오른다. 뜨겁다. 뜨거워서 죽을 것만 같다.

＊＊＊

오빠는 우리 베베 믿고 어릴 적 사진부터 굴욕적인 사진까지 다 보냈는데?
베베가 신문사에 오빠 사진 뿌리고 다닐 리가 없잖아.
야한 사진도 있다고!
장난꾸러기 같으니.
그랬다간 아버지 회사 주가가 폭락할 거야.

근데 미대 출신이라 야한 사진도 야해 보이지 않고 예술적이네?
나도 뭔가 보내줘야 될 것 같은데. 하기는 원피스, 수영복, 속옷까지 선물 받았는데 어떻게 착용 샷을 안 보내? 그리고 오빠도 이렇게 나한테 먼저 믿음을 보여줬잖아. 살짝 좀 더 야한 사진을 찍어 보낼까?
근데 우근희 진짜 짜증 나. 그러다가 오빠가 몸캠 보여달라고 그럴 거래. 몸캠 인터넷에 뿌리겠다고 협박할 거라고. 내 몸캠 뿌려봤자 오빠한테 무슨 이득이 있겠어? 나보다 공부도 잘하는 애가 그것도 계산이 안 돼?
왜 자꾸 우리 사이를 훼방 놓는 거지?
진짜 싫어.

＊＊＊

눈을 떴다. 곁에 희야 아줌마와 다미가 걱정스러운 눈빛으로 나를 내려다보고 있었다.

"깼어? 간호 쌤 불러올게."

다미가 부리나케 병실을 나갔다. 억지로 몸을 일으키는데 눈앞이 핑 돌아 나는 도로 드러누웠다. 희야 아줌마가 얼음주머니를 이마에 얼른 대주었다.

"입원 치례했네. 그래도 이만해서 다행이야. 열이 40도까지 올라갔어. 나하고 다미가 너 온몸에 물 칠하고 그랬어. 간호사야 해열제나 놓고 나가버리지. 열 떨어질 때까지 힘든 건 생각 안 해주고."

"감사합니다."

나는 일부러 희야 아줌마에게 등을 지고 돌아누웠다. 우는 걸 들키고 싶지 않았다.

작년 겨울 기숙사 옆방 친구인 근희가 자살했다. 4층에서 뛰어내렸다.

그날은 크리스마스이브였다. 우리는 눈 내리는 크리스마스이브를 만끽하며 파티를 즐겼다.

밤새 내린 눈 때문에 근희의 시체는 며칠 뒤에야 발견되었다. 사인은 동상이었다. 즉사하기엔 기숙사 4층 높이가 낮았던 거다. 뼈가 부러지고 폐가 찢어진 고통을 숨통이 끊어질 때까지 느꼈을 터였다.

우리는 눈 덮인 시체 근처를 며칠 동안 지나다녔다. 근희의 죽음에 대해서 전해 듣고선 얼마나 아연했는지 모른다. 늦잠을 자지 않았더라면, 기숙사를 나설 때 조금만 주의를 기울였다면…. 작은 후회들이 모여서 커다란 어둠으로 변했다. 싱크홀처럼 걷잡을 수 없이 커진 어둠은 내 친구들을 하나씩 데려갔다.

　제일 먼저 근희의 단짝 친구였던 시영이 수면제를 먹고는 손목을 그었다. 그다음은 한 살 어린 내 룸메이트 혜인이었다. 만취 상태에서 지하철 선로로 뛰어내렸다. 마지막은 학과 동기이자 친구인 민아였다. 수건걸이에 목을 맸다.

　이제 나만 남았다. 등 뒤에서 누군가 속삭이는 것만 같다.

　다음은 네 차례야.

　등골이 서늘하다.

＊ ＊ ＊

　오빠가 내 사랑을 의심하는 것도 이해는 가.

　난 아무것도 없잖아. 뭘로 오빠에게 내 사랑을 증명하겠어?

　그 근희라는 애는 날 어떻게 보고.

　평소에 우리 베베가 나에 대해서 어떻게 말을 하고 다니면 친구들이 날 사기꾼 취급하는 거지?

　내 인스타 안 봤어? 내 슈퍼카는? 내 제작사는? 내 비치하우스는?

　어떻게 그런 것들이 나를 말해주는 게 아니라고 할 수 있지?

　나 같아도 오빠처럼 화났을 거야. 하지만 다른 친구들은 절대 그렇게 생각하지 않아. 오빠를 얼마나 좋아하는데, 함께 만날 날만 얼마나 손꼽아 기다리고 있는데.

나도 근희 걔 싫어. 진짜 싫어! 걔는 내 친구도 아냐!

*　*　*

이것도 꿈일까.

창문에 분홍색 풍선 하나가 둥실 떠올랐다. 나는 침상에서 일어나 창문 쪽으로 갔다. 창을 열어 풍선을 낚아채려고 했다. 하지만 바람결에 풍선은 날아가고 손에는 풍선을 묶은 실의 감촉만 남았다.

건물 밖을 내다보니, 주차장에서 한 남성이 폐쇄 병동의 누군가를 위해 이벤트를 벌이고 있었다. 분홍색 풍선들은 바람 방향 때문에 건물을 한 번 훑고 올라간 뒤 옥상을 지나 더 먼 하늘로 기포처럼 사라졌다.

이벤트는 금방 끝이 났다.

후드티를 뒤집어쓴 남자가 경비원들에게 쫓겨 주차장을 가로질러 뛰었다.

나는 창밖에 내밀고 있던 손을 거둬들였다.

공기 중에 익숙한 향이 실려 있었다. 빈 손바닥을 코에 갖다 대었다. 은은한 박하향이 났다.

꿈이 아니었다.

*　*　*

오빠도 그 근희라는 친구가 너무 싫다.

그 친구가 오빠를 사기꾼으로 신고했더라고.

내가 우리 베베한테 돈 뜯어간 게 있어?

한국에 들어갈 수만 있다면 슈퍼카로 밀어버렸을 거야.

오빠 대신에 우리 베베가 따끔하게 그 친구 혼내줄래?

사고 같은 걸로 꾸며서 영원히 입을 다물게 해주면 더 좋고.

LA 비치하우스를 정리하니까 100억 조금 넘더라.

이걸로 강남에 서른 평짜리 브랜드 아파트 하나 사려고.

세금 폭탄 때문에 우리 베베 명의로 해야 할 것 같은데, 괜찮겠어?

인스타에 올라온 오빠의 비치하우스 사진을 봤어. 이게 100억이나 할까 싶었는데 유명한 할리우드 스타가 몇 년 전에 그 집을 100억에 팔았더라. 오빠가 사겠다는 강남의 그 브랜드 아파트도 찾아봤어. 연예인이 많이 살고 있더라고.

오빠는 그렇게 비싼 걸 어떻게 내 명의로 산다 그러지? 그래, 그럴 수 있지. 미국에서 번 돈을 가지고 한국에다 투자하는데 미국 국세청이 가만히 있을 리가 없지. 당연히 세금 폭탄 때리겠지.

근희를 처리할 자신이 없었는데 왠지 용기가 생기네.

근데 나 혼자서는 못할 것 같아. 친구들한테 도와달라고 해볼까? 100억짜리 아파트를 나하고 친구들하고 공동명의로 올려달라고 오빠한테 말해볼까? 친구들이 도와줬다고 하면 흔쾌히 들어주지 않을까?

***

점심시간이었다.

배식 아줌마가 배식을 시작하기 전에 나는 아코디언도어를 열고 들어가 화장실 세면대에서 손을 씻었다. 인기척이 느껴져 뒤돌아보았다. 희야 아줌마가 아코디언 도어를 막고 서 있었다. 덩치가 커서 문을 막기에 충분했다.

"긴가민가했는데 그 사진 보고 확신했어."

"네?"

희야 아줌마의 얼굴에 비릿한 어둠이 드리워졌다. 나는 물에 젖은 손을 덜덜 떨었다.

"얼음 왕국 스티커. 근희가 지내던 기숙사 방 창문에 붙어 있는 걸 오픈하우스 때 똑똑히 봤거든. 그렇다는 건 방 주인인 근희가 그 사진을 찍어줬다는 말이잖아?"

본능적으로 위험을 감지한 나는 희야 아줌마를 밀치고 밖으로 뛰쳐나가려고 했다. 순간, 몸을 살짝 옆으로 비튼 아줌마가 내 목에다 올무를 걸었다. 팽팽하고 질긴 철사 줄이 목을 파고들었다. 어떻게 철사 줄이 병원 내에 반입될 수 있지?

나는 두 손을 허우적거려 뭐든지 붙잡으려고 했다. 그러자 숨통을 당장이라도 끊어놓을 듯 올무가 옥죄어왔다. 허공을 더듬던 두 손이 본능적으로 목으로 되돌아왔다. 두 다리가 풀려 몸이 아래로 처졌다. 그러자 줄이 더욱 세게 감겼다. 나는 손톱으로 목을 박박 긁어댔다.

"나쁜 년들, 그래놓고 뻔뻔하게 우리 근희가 찍어준 사진을 인스타하고 페이스북에 올려?"

시영이 '인생 샷'을 찍어주겠다고 너스레를 떨며 근희에게서 폴라로이드 사진기를 받아들었다. 민아는 근희에게 손을 흔들어 제 옆에 오도록 했다. 눈 내리는 모습이 잘 보이게 창문을 열자고 제안한 사람은 혜인이었다. 나는 넷이서 나란히 창틀에 걸터앉자고 말했다.

우리는 창틀에 걸터앉아 몸을 뒤로 젖혀가며 깔깔거렸다.

바로 그때였다. 민아가 근희를 세게 밀었다. 중심을 잃고 근희가 창밖으로 떨어졌다. 우리는 입을 다물고 고개만 내민 채 아래를 내려다보았다. 이제 막 쌓이기 시작한 눈밭 위에 팔다리를 이상한 각도로 꺾고 근희가 누워 있었다.

내가 밀었던 게 아니라고, 민아가 밀었다고 말해주고 싶었다.

민아가 자신을 도와주면 100억 원대의 브랜드 아파트를 n분의 1로 나눠주겠다고 제안했다. 그냥 돈 100억 원을 준다고 했다면 다들 코웃음을 쳤을 것이다. 무진시에 있는 아파트였다면 솔깃하지 않았을 것이다. 현금 100억 원을 들고 가도 당장에 살 수 없는, 서울에 그것도 강남에 위치한 고급 브랜드 아파트였다.

나는 머리를 세차게 흔들었다.

"알아. 민아가 밀었다는 거. 다른 애들도 전부 민아가 그랬다고 했어. 근데 우리 근희는 낙상으로 죽은 게 아니잖니. 얼어 죽었잖아. 그 애가 차가운 화단 위에 누워서 천천히 식어갈 때 너희는 아무것도 하지 않았어. 그러니 너희 네 사람이 같이 죽인 거야. 안 그래?"

누군가의 도움을 기대하며 나는 병실 밖 복도 쪽을 쳐다보았다. 점심시간이라 급식을 받기 위해 다들 자기 병실로 돌아가고 복도는 오히려 한산했다. 그래도 맞은편 간호사실에서 약 봉투를 챙기는 간호사가 보였다. 나는 살 수 있다. 간호사가 내 쪽만 바라본다면 나는 살 수 있다. 튀어나올 것 같은 눈으로 간호사를 쏘아보았다.

제발 이쪽을 보라고. 이쪽을!

그때 전동 배식용 운반차가 간호사실과 병실 사이를 비집고 들어왔다. 운반 카트에서 식판을 꺼낸 배식 아줌마가 욕실에서 뒤엉켜 있는 우리 두 사람을 발견했다. 나는 살았다고 안도했다. 배식 아줌마가 소리치면 다른 사람들이 도와주러 올 것이다. 그런데 아줌마는 그러지 않았다. 옅은 미소를 띤 채 식판을 들고 다른 곳으로 사라졌다.

"나 혼자였다면 네년들 처리하는 게 힘들었을 거야. 리벤지 클럽의 윌리들이 도와줘서 가능했지."

윌리들? 복수의 망령들? 다미도 윌리 중 하나였던 것일까.

철사 줄이 아니었다. 목을 파고드는 실에서 익숙한 박하 향이 났다.

"내 맘 같아선 맨손으로 네년의 목을 분질러놓고 싶지만, 자살로 꾸며야 하니까 그럴 수 없잖아. 치실로 몇 번 더 감아서 널 샤워헤드 걸이에 매달 거야."

분홍색 풍선에 묶여 있던 그 하얀색 실이 떠올랐다. 나이 오십의 아줌마에게 어울릴 만한 이벤트는 아니었다. 스물둘의 어린 여자에게나 어울릴 법한 풍선 이벤트였다. 풍선에 묶인 실을 푸는 다미의 모습이 눈앞에 그려졌다.

얼굴은 터질 것 같고 정신이 몽롱해졌다. 귓가에 맴도는 희야 아줌마의 목소리가 먹먹해졌다.

"그럼 병원은 소지품 검사를 제대로 안 해서 이런 일이 벌어진 거라고 생각할 거야."

멀리서 윌리들의 춤사위가 보이는 것 같았다. 과연, 목숨을 걸 만큼 아름다울까 궁금했지만 두 눈이 벌써 흐려졌다.

믿을 수가 없어. 내가 무슨 짓까지 했는데? 이게 말이 돼?

재벌 4세 지태오가 아니라고? 계정 도용이라고? 인스타 사진도 전부 퍼온 거고 합성한 거라고? 전남 곡성에 사는 10대 청소년이라고? 이 새끼 노트북에서 수천 장의 여성 나체 사진과 영상 파일들을 찾아냈다고? 성폭력 및 살인 교사 혐의도 받고 있다고?

한새마

2019년에 〈엄마, 시체를 부탁해〉로 '계간 미스터리'신인상을, 그해 〈죽은 엄마〉로 '엘릭시르 미스터리 대상' 단편상을 수상했다. 채팅형 소설 플랫폼 채티에 〈비도덕 살인마〉를 연재했고, 《괴이한 미스터리-저주편》에 〈낮달〉을 수록했다. 그 외에 〈어떤 자살〉, 〈병든 자들〉 등의 작품을 발표했다.

백만 년의 고독

김세화

가을, 한 달 전.

"너는 항상 나를 지켜줬잖아."

"그래야 했으니까."

"근데 이게 뭐야. 어떻게 하겠다는 거야?"

"늘 함께하면 돼."

"함께? 나는 계약 기간이 얼마 남지 않은 거 몰라? 너랑 같은 줄 알아?"

"그건 중요하지 않아. 어떻게 되든 너와 나, 자유를 누릴 거야."

"너는 자유로워? 함께 있으면 자유로울 거 같아? 모르는 거야? 너를 쳐다보는 시선 말이야."

"신경 안 써. 신경 썼다면 이렇게 하지도 않았어. 너만 인정해주면 그런 건 아무것도 아냐."

"너는 인정해. 그렇지만 다른 건 견딜 수 없어. 다른 사람이 우리를 쳐다보는 게 싫어."

"우린 늘 함께였잖아."

"네가 날 떠난 거야."

경민은 유진의 단호한 태도에 할 말을 잃었다. 유진만은 자신을 응원해줄 것으로 확신했다. 하지만 유진의 반응은 오히려 반대였다. 경민은 절망감을 느꼈다.

경민은 원망스러운 눈으로 자신을 올려다보는 유진의 얼굴을 뒤로하고 발걸음을 천천히 옮겼다. 갈 곳이 생각나지 않았다. 앞으로만 걸었다. 바람이 나뭇가지를 거세게 흔들었다. 나뭇잎들이 가로등 불빛에 갈색 빛을 반사하며 회오리쳤다. 그러면서 마치 장막을 치듯이 멀어져가는 경민의 모습을 지웠다.

유진은 자신이 처한 현실이 차라리 악몽이라면 좋겠다고 생각했다. 깨어나면 사라질 테니까. 유진은 경민의 모습을 볼 수 없게 되자 혼자라는 사실을 깨달았다. 불안해졌다. 그동안 자신을 짓눌러온 불안과는 다른 것이다. 불안은 서서히 공포로 바뀌었다.

1

둔치에는 경찰차들이 라이트를 켠 채 주차되어 있었다. 라이트의 방향은 피살자 쪽으로 향했다. 폴리스라인은 축대 위 보행자 도로까지 연장되어 있었다. 지름이 50미터가 넘었다.

형사들이 폴리스라인 안에서 현미경을 들여다보듯 몸을 굽혀 단서를 찾고 있었다. 축대 위 보행자 도로와 옆 숲 속에도 임시로 설치된 라이트와 경찰들의 손전등 불빛이 불야성을 이루었다. 오지영 형사과장은 눈앞에 보이는 장면이 비현실적이라고 느꼈다.

피살된 여성의 얼굴은 옆에 설치한 라이트 때문인지 은색의 물체가 빛을 반사하는 것 같았다. 코의 윤곽이 짙은 그늘을 만들며 뚜렷하게 드러났다. 눈은 감겨 있었고 입은 다물고 있었다. 흐트러진 긴 머리카락 밑으로 검게 보이는 피가 시멘트 바닥에 넓게 퍼져 있었다. 흰색 티셔츠에 회색 계통의 재킷과 치마를 입었다. 160센티미터 정도의 키에 마른 편이다.

형사1팀장이 축대 위 보행자 도로와 축대 아래 둔치를 연결한 좁은 돌계단을 조심스럽게 내려왔다. 축대 높이는 5미터가 넘었다.

"아침에 출근하시면 어차피 현장을 보셔야 할 것 같아서 미리 연락했습니다. 휴가 마지막 날이지만…."

"잘하셨어요. 누가 시신을 건드렸습니까?"

"목격자가 그런 거 같습니다."

"신발이 안 보이네요."

"축대 위 보행자 도로에 하이힐 한 켤레가 있었습니다. 핸드백도 그 옆에 떨어져 있고요. 휴대전화, 지갑, 신분증, 카드, 돈이 그대로 있습니다. 이름은 강유진이고 만 스물여섯 살입니다. 부모님이 강릉에서 오고 있습니다."

형사1팀장은 평소 과묵한 편이지만, 오 과장을 휴가 마지막 날 불러내 미안하다고 생각했는지 메모한 내용을 빠짐없이 보고했다.

과학수사 팀장이 다가와 시신 주변에 깔아둔 통행 판을 밟고 서서 오 과장에게 설명하기 시작했다. 그는 꺼진 손전등으로 시신의 머리를 가리켰다.

"축대 윗길에서 떨어지면서 머리 뒤쪽을 바닥에 부딪친 거 같습니다."

"얼굴 오른쪽 부분에도 피멍이 보이네요."

"네, 얼굴에도 맞은 흔적이 있습니다. 몸에도 타박상이 있을지 모릅니다."

"사망 시간은 언제쯤일 거 같습니까?"

"새벽 1시쯤입니다. 네 시간 전입니다."

"어떻게 그렇게 정확하죠?"

"목격자가 그 시간에 피살 장면을 봤습니다."

"그런가요? 목격자는 보냈습니까?"

오 과장의 질문을 형사1팀장이 받았다.

"일단 신병을 확보했습니다. 경찰차 안에서 쉬고 있습니다."

"목격자한테 의심할 부분이 있나요?"

"그건 건 아닙니다만."

형사1팀장이 휴대전화로 목격자를 모셔오라고 전화했다.

조금 뒤 중년의 남자가 지구대 순경의 안내를 받으며 그들 쪽으로 왔다. 얼굴에 주름이 많았지만 민첩해 보였고 운동복을 입고 있었다. 덩치가 큰 골든레트리버가 꼬리를 흔들며 주인을 따라왔다. 목줄은 하지 않았다.

오 과장은 폴리스라인 밖으로 나갔다. 목격자는 인상을 찌푸렸다. 하지만 개는 꼬리를 흔들면서 오 과장의 손에 코를 대고 킁킁거렸다. 자기 몸도 비벼댔다. 오 과장이 개의 머리를 쓰다듬으면서 말했다.

"사회성이 좋네요."

"얘는 사람을 좋아해요. 도치라고 불러요."

"형사과장입니다. 여쭤볼 게 있어서 오시라고 했습니다."

"아까 진술했는데, 또 해야 합니까?"

"다른 겁니다. 혹시 시신을 만지셨습니까?"

오 과장은 순간 질문을 잘못했다고 생각했다.

"만지긴 누가 만져요?"

"그런 뜻이 아닙니다. 시신이 바르게 누워 있어서 물어본 겁니다."

"알았어요, 무슨 말인지. 내가 저 아가씨 치마를 내렸습니다. 저도 딸자식이 있어서 그랬습니다. 팔과 다리도 가지런히 했습니다. 안됐어요. 예쁘게 생겼던데."

오 과장은 목격자가 특이하다고 생각했다. 피살된 사람을 건드리는 목격자는 본 적이 없다. 목격자가 피살자의 가족이나 친구처럼 친밀한 관계가 아니라면.

"새벽 1시에 목격하셨다고요?"

"1시 5분 전입니다."

"그런가요?"

"도치하고 산책하고 있었습니다."

"그 시간에 말입니까?"

"네. 나는 늦게 나옵니다. 할 거 다 하고 아무도 없을 때 도치하고 둘이서 산책합니다. 조용해서 산책하기 좋은 곳이죠. 도치도 습관이 됐고요. 근데 이쯤 왔을 때 저 아가씨가 아래로 떨어진 겁니다. 완전히 거꾸로 떨어졌어요. 윗길에서 누군가가 민 거 같더라고요."

"민 사람을 보셨습니까?"

"확실하지는 않지만, 거무스름한 모습이었어요."

"그래서 어떻게 하셨습니까?"

"도망갔죠."

"주변에는 아무도 없었습니까?"

"없었습니다."

"도치도 도망갔습니까?"

"얘는 저 아가씨 쪽으로 갔어요. 그래서 도치 이름을 계속 부르면서 반대편으로 뛰었죠. 제가 뛰어가면 도치도 뛰면서 따라오거든요. 얘는 뛰는 사람을 보면 무조건 같이 뛰어가요."

목격자가 손짓으로 설명했다. 도치의 시선이 주인의 손을 따라다녔다.

"신고는 어떻게 하셨습니까?"

"뛰어가면서 했어요. 112에 신고한 뒤 저쪽에 떨어져서 경찰을 기다렸어요. 119에도 신고했고요. 조금 뒤에 도치랑 다시 이쪽으로 왔습니다. 아무래도 아가씨가 어떻게 된 건지 봐야겠더라고요. 축대 윗길에 있던, 아가씨를 밀어버린 그 사람도 사라진 거 같았고요."

"와서 보니까 상태가 어떻던가요?"

"죽었습니다."

"숨진 건 어떻게 아셨습니까?"

"은퇴하기 전에 병원 원무과에서 일했습니다. 의사는 아니지만, 그 정도는 알 수 있습니다."

"도치는 어땠습니까? 피 냄새를 맡았을 텐데…."

"흥분했죠, 얘는. 킁킁거리면서 시신 주변을 계속 돌았어요. 그런데 바로 그때였어요. 얼마나 놀랐던지. 도치가 갑자기 축대 위쪽을 보고 짖더라고요. 보니까 거기 사람이 있었어요."

"처음에 보셨던 그자였습니까? 거무스름하게 보였다고 하셨죠."

"네, 그런 거 같았어요. 그 사람이 축대 위 난간을 두 손으로 잡고 이쪽을 내려다보고 있는 겁니다. 소름이 끼치더라고요."

"내려다보기만 했습니까?"

"네. 그때 도치가 저 계단을 타고 윗길로 올라간 거예요. 그러니까 그 사람이 숲속으로 도망가더라고요."

"혹시 도치가 그 사람을 물었을까요?"

"얘는 사람을 물지 않아요. 호기심이 많고 장난을 좋아해요. 그래서 올라갔을 겁니다. 그런데 그 사람이 뛰어가니까 자기도 뛰어간 거예요. 장난치려고 그랬을 겁니다."

"그래서요?"

"도치를 계속 불렀죠. 조금 뒤 내려오더라고요."

"도치는 그 사람을 봤겠네요?"

"봤겠죠. 그때 경찰차 소리가 들렸습니다."

"그 사람, 다른 특징은 없었습니까? 머리 모양이라든지, 아니면 뛰는 모습이라든지, 잘 생각해보시죠."

"그냥 검게 보인 거 말고는⋯. 후드까지 뒤집어쓰고 있었거든요. 여기는 가로등과 가로등 사이 중간 지점이라서 어두워요. 그 사람 모습을 제대로 볼 수가 없었습니다."

"피살자가 떨어질 때 비명은 듣지 못하셨습니까?"

"소리가 나긴 난 거 같은데⋯."

"어떤 소리죠?"

"날카로웠는데, '윽!'인지 '웅!'인지 그런 소리가 났습니다."

오지영 과장은 고개를 들고 현장을 그려보았다. 개천 옆 둔치, 둔치 옆 5미터 위쪽에 조성된 보행자 도로, 그 보행자 도로 옆의 숲, 인적이 끊긴 시간, 가로등 빛이 비추지 않는 사각지대, 가해자는 피해자를 축대 위 보행자 도로에서 아래로 밀어버리고 4, 5분 정도 지켜보았다. 그러다가 도치가 자신이 있는 쪽으로 올라오자 숲 속으로 도주했다. 그 사람은 왜 그때까지 피살자를 지켜보고 있었을까?

2

곧 겨울이다. 은행나무 잎이 끊임없이 떨어졌다. 창밖을 바라보던 오지영 형사과장은 형사1팀장과 과학수사 팀장이 사무실로 들어오자 그들 쪽으로 시선을 옮겼다. 과학수사 팀장이 의자에 앉으면서 말했다.

"두개골 뒷부분이 골절됐고 피를 많이 쏟았습니다. 얼굴 오른쪽 관자놀이와 광대뼈 부분에 타박상이 있습니다. 광대뼈는 약간 함몰됐습니다. 가슴에도 타박상이 있습니다. 오른쪽 갈비뼈에 금이 갔습니다. 심하게 맞은 것 같습니다. 성폭행 흔적은 없습니다."

"사인은 뭘까요?"

"부검을 해봐야 알겠지만, 심한 뇌진탕과 그로 인한 출혈 때문인 거 같습니다."

"흉기로 가격했습니까?"

"흉기를 사용했다면 얼굴 앞면이 찢어졌을 가능성이 높습니다. 지금 상태로 봐서는 두꺼운 장갑을 낀 주먹으로 가격했을 가능성이 커 보입니다. 물론 주먹으로 때려도 피부가 찢어질 수가 있지만요."

"가해자가 흘린 단서는 없습니까?"

"현장 주변을 샅샅이 수색했지만, 발견된 건 없었습니다. 그런데 피살자 입안에서 이게 나왔습니다."

과학수사 팀장이 작은 비닐봉지를 오 과장에게 주었다. 안에는 작은 머리핀이 들어 있었다. 손잡이 부분에 가면 장식이 있었다. 뮤지컬 〈오페라의 유령〉에 나오는 팬텀의 가면이었다.

"이게 왜 피살자 입안에 들어 있었을까요? 여성이 이런 걸 입에 물고 얼굴과 가슴을 주먹으로 세게 맞으면 밖으로 뱉어내게 되지 않을까요?"

"십중팔구는 그럴 가능성이 크죠."

"그렇다고 기절한 다음에 자신의 입에 넣을 수도 없었을 테고요."

"의식이 있는 상태에서 넣었다고 봐야 할 겁니다."

"상대에게 주먹으로 광대뼈와 갈비뼈가 부러질 정도로 맞고 축대 아래로 밀려 떨어지기 직전에 이 머리핀을 입으로 물었다는 겁니까?"

"그건 불가능합니다."

오 과장은 비닐봉지를 들고 앞뒤로 돌려보며 형사1팀장에게 말했다.

"가족 진술은 들어보셨습니까?"

"피살자 강유진은 외동딸입니다. 초등학교 다닐 때부터 모범생이었습니다. 부모님은 잠시 안정을 취하고 있어서 조금 뒤에 자세한 얘기를 들어보기로 했습니다."

"직장이 있습니까?"

"C기획사입니다."

"C기획사라면 피살 현장에서 멀지 않은 곳이네요. 집은 어딥니까?"

"집도 사건 현장에서 멀지 않습니다. 회사는 동쪽, 집은 서쪽, 개천은 동쪽에서 서쪽으로 흐릅니다. 둔치 옆 보행자 도로로 걸어가면 회사에서 집까지 30분 정도 걸립니다."

"퇴근해서 집으로 가다가 변을 당했을까요?"

"확인해봐야 할 것 같습니다."

"현장에 CCTV가 있습니까?"

"현장에서 가장 가까운 CCTV가 50미터 정도 떨어져 있습니다. 피살자가 떨어지는 모습이 찍혔지만, 무심코 보면 알아볼 수 없는 작은 크기로 잡혔습니다. 화질도 좋지 않고요. 가해자 모습이 보이지 않습니다. 그 일대 다른 CCTV들은 좀 더 조사해봐야겠습니다. 회사와 집 부근 CCTV도 조사하고 있습니다."

"인근에 주차장은 없습니까? 그 시간에 누군가 찍히지 않았을까요?"

"둔치에는 출입 도로만 있고 주차장은 없습니다. 둔치에 불법주차한 차도 없었습니다. 산 넘어 반대편에 A, B, C, D, E, 다섯 군데 공원주차장이 있습니다. 그쪽 CCTV도 분석하고 있습니다."

"가해자는 강도가 아닌 것 같군요. 강도로 위장할 생각도 없었던 것 같고요. 어쨌든 우발적인 폭행치사인지 계획적인 살인인지, 가능성은 모두 열려 있다고 봐야 할 것 같네요."

오 과장은 몇 가지 추가로 지시하려다가 말을 줄였다. 세부적인 것은 팀장들이 알아서 할 거라 생각했다. 나이 적은 여성 상관이 베테랑 형사의 자존심을 건드린다는 인상을 주기도 싫었다.

"서장님께는 제가 보고하고 기자들한테도 간단하게 브리핑하겠습니다. 팀원들한테는 개별적으로 기자들과 접촉하지 말라고 당부해주세요."

두 팀장이 자리에서 일어서서 문 쪽으로 걸어갔다. 갑자기 궁금한 게 생각났다.

"팀장님, 숨진 강유진이 정규직인가요?"

"비정규직입니다. 흰색 사원증이 핸드백 안에 들어 있었습니다. 뒷면에 입사일이 적혀 있고, 그 아래 '계약직'이라는 글씨가 있었습니다."

"입사일이 언젭니까?"

"일주일 뒤면 입사 2년입니다."

그들이 나가자 오 과장은 인터넷에서 C기획사를 찾았다. 홍보 전문 회사였다. 방송사, 공연 기획사, 영화 제작사와 연계해서 공연예술, 전시예술, 기업의 홍보를 대행했다. 회사 홈페이지에는 홍보용 사진과 동영상이 많았다. 사진에 나오는 직원들은 녹색 사원증을 목에 걸고 있었다.

C기획사에 간 김 형사로부터 전화가 왔다. 회사 직원들이 경찰서 고위직이 오지 않으면 수사에 협조할 수 없다며 형사들의 진입을 막는다는 것이다. 오 과장은 무엇을 어떻게 지시해야 할지 난감했다. 김 형사가 너무 여리다는 생각이 들었다. 형사1팀장은 강유진의 집에 갔기 때문에 C기획사로 보낼 수 없었다. 오 과장은 자신이 고위직이라는 생각을 해본 적이 없지만, 그렇다고 서장에게 보고할 사안도 아니라고 판단하고 C기획사로 향했다.

1층 로비에는 김 형사와 이 형사가 회사 직원들과 이야기하고 있었다. 김 형사는 형사1팀의 유일한 여성이었고, 이 형사는 형사과 2년차로 30대 초반이었다. 오 과장은 그들에게 다가갔다.

"형사과장입니다. 실례지만 어떻게 됩니까?"

"경영지원 팀장입니다."

경영지원 팀장이 목에 건 초록색 사원증에는 '박석'이라는 이름이 적혀 있었다. 그는 170센티미터가 조금 넘는 키에 호리호리한 모습이었다. 속을 알 수 없는 무표정한 인상이었다.

"당연히 협조해야 하지만, 수사하시기 전에 꼭 당부드릴 말이 있어서 이러는 겁니다."

"수사라기보다는 통상 하는 조사입니다. 강유진 씨가 무슨 일을 하는지, 언제 회사에서 퇴근했는지 알아야 합니다. 소지품도 수거해야 하고요."

"물론입니다. 다만 경영이사님을 먼저 만나 뵈시면 안내하겠습니다."

"강유진 씨는 피살됐습니다. 우리는 범인을 잡아야 합니다. 두 형사를 강유진 씨 자리로 지금 바로 안내해주세요. 우리를 막으면 공무집행 방해가 됩니다. 이해하시겠어요?"

"자문 변호사를 오시라고 했습니다. 잠시만 기다리시면 안 됩니까?"

"안내부터 해주세요. 경영이사님은 제가 만나죠."

박석 경영지원 팀장은 잠시 주저하더니 알겠다는 듯 고개를 끄덕이며 직원에게 김 형사와 이 형사를 강유진이 일했던 사무실로 안내하라고 했다. 자신은 오 과장을 경영이사 사무실로 안내했다.

경영이사 사무실은 농구 코트 절반 정도의 넓이였다. 홍보기획사라서 그런지 공연과 전시 포스터가 벽을 도배하고 있었다. 한쪽에 놓인 긴 테이블 위에는 액세서리와 펜던트, 수첩, 찻잔 같은 작은 장식품들이 진열되어 있었다. 공연 홍보 기념품 같았다. 고급스러웠다. 책상 위에도 기념품 여러 개가 놓여 있었다. 그중에는 각기 다른 디자인의 머리핀들도 있었다. 오 과장의 시선이 머리핀에 고정됐다.

"형사과장님이 여성이라니 깜짝 놀랐습니다. 시경 청장님이 제 고등학교 선배입니다. 시경 청장 아시죠? 청장님하고 여기 관할 지검 검사장님, 저, 모두 같은 고등학교 동문 아닙니까."

경영이사는 머리가 조금 벗어진 둥근 얼굴에 웃는 인상의 거구였다. 코 아래를 가리고 눈만 본다면 신경질적으로 보일 것 같았다. 그는 거들먹거리기까지 해서 그런지 움직임이 매우 느렸다. 명함을 쥔 손은 배구공만큼 컸다. 명함에는 '이형우 이사'라고 적혀 있었다.

"강유진 양이 숨졌다는 소식은 가족의 연락을 받고 알았습니다. 정말로 애통한 일입니다. 그래서 경찰에서 오시면 우선 이쪽으로 모시라고 했습니다."

"혼자만 아시는 단서라도 있습니까?"

"단서요? 그게 아니고…, 강유진 양이 숨진 것은 안됐습니다만, 강 양은 정식 직원이 아닙니다. 계약 기간이 얼마 남지 않았기 때문에 조금만 있으면 우리 회사와는 무관한 사람이 됩니다. 그래서 말인데 이번 사건은 언론이 모르게 해주시면 감사하겠습니다."

"경찰이 회사 이름을 밝히지는 않습니다. 강유진 씨는 이 회사 직원이죠?"

"계약직 직원입니다. 일주일이 지나면 계약이 만료됩니다."

"만료 전까지는 회사 직원이죠?"

"뭐, 지금은 그렇죠. 하지만 일주일만 지났어도 아니라는 얘깁니다. 어쨌든 회사는 퇴직금과 위로금을 최대한 지급하고 직원 보험도 들었기 때문에 보험금도 아무런 문제 없이 지급하도록 조치할 겁니다. 다만 일주일만 지나면 회사 사원이 아닐 사람이기 때문에 조용히 해결하면 좋겠다는 얘깁니다."

"강유진 씨는 무슨 일을 했습니까?"

"직원들은 담당 프로젝트별로 일을 진행합니다. 프로젝트가 끝나면 업무도 바뀌게 되죠. 강유진 양은 뮤지컬 공연 담당 직원을 보조했습니다. 그런데 담당했던 뮤지컬들이 끝났기 때문에 정산을 마치면 퇴사하는 걸로 되어 있습니다."

"강유진 씨는 언제 퇴근했습니까?"

"어젯밤 9시에 사무실에서 나갔습니다."

강유진이 퇴근해서 집으로 가다가 변을 당한 것은 아닌 것 같았다. 퇴근 후 네 시간 동안 어디에 있었을까?

"어떻게 확인하셨습니까?"

"회사 출입문에서 직원 출입 시간이 자동으로 체크됩니다. 강 양은 말씀드렸듯이 담당했던 뮤지컬 공연이 끝나서 정산 작업을 했습니다. 그 때문에 퇴근이 약간 늦었던 것 같습니다."

"담당 직원도 그 시간에 함께 퇴근했습니까?"

"직원은 일이 있어서 어제 저녁 6시에 퇴근했습니다."

"담당 직원 이름이 뭡니까?"

"안대성이라고 합니다."

"강유진 씨는 걸어서 출퇴근합니까?"

"그건 모르겠습니다."

"최근에 강유진 씨에게 어떤 일들이 있었는지, 아시는 게 있습니까?"

"저는 얼굴도 잘 모릅니다. 오늘 아침 보고를 들었을 뿐입니다."

경영이사 옆에 앉아 있던 박석 팀장이 끼어들었다.

"오늘 아침 담당 직원에게 물어봤는데 회사에서는 별일이 없었답니다. 개인적으로 무슨 일이 있었을지도 모르겠습니다만."

오 과장은 강유진이 일하던 사무실로 갔다. 김 형사와 이 형사가 강유진의 소지품을 상자에 담고 있었다. 그 옆에는 두 형사를 안내한 경영지원팀 직원과 함께 두 남자와 한 명의 여성이 서 있었다. 남자 가운데 한 명은 드레스셔츠 차림에 말라 보였고, 다른 한 명은 감색 양복을 입고 있었다. 오 과장은 그들이 뮤지컬 담당 직원과 변호사라고 생각했다. 여성은 짙은 회색의 격식 없는 차림으로 짧은 머리에 키가 175센티미터 정도 되어 보였다. 건장한 여성이어서 오 과장은 그가 경비원 아니면 시설 담당 직원이라고 생각했다.

"형사과장입니다. 안대성 씨인가요?"

"네. 제가 안대성인데요."

오 과장은 안대성이 대학 초년생 느낌이 든다고 생각했다. 그는 강유진의 책상 위에 있는 서류 뭉치를 손으로 잡고 있었다.

"지금 뮤지컬 정산을 해야 해서 이 서류들은 안 됩니다. 변호사님, 경찰에서 이 서류들을 가져가도 되나요?"

변호사는 고개를 갸우뚱하면서 대답하지 못했다. 오 과장이 말했다.

"안대성 씨, 지금 함께 일하던 동료가 피살당했는데 할 수 있는 모든 방법을 동원해서 범인을 잡아야 하지 않을까요?"

"그야 그렇지만… 이건 정산 서류일 뿐인데요."

오 과장은 일일이 대꾸할 필요가 없다고 생각했다. 두 형사에게 강유진이 보던 모든 서류와 물품, 노트북을 수거하라고 말했다.

"강유진 씨는 사무실에 노트북을 두고 다닙니까?"

"간혹 휴일 전날 퇴근할 때 집에 가져갈 때도 있는데요."

"개인 겁니까?"

오 과장의 질문에 옆에 있던 박석 경영지원 팀장이 대답했다.

"개인용이지만 회사 재산입니다. 퇴사할 때 반납합니다."

"팀장님, 사무실과 복도, 엘리베이터, 1층 로비와 출입문, 지하 주차장에 있는 CCTV 파일도 이 형사에게 제공해주시겠습니까? 여기에 회의실이 있습니까?"

"네, 있습니다만."

"안대성 씨는 잠깐 저를 보시죠. 그리고 김 형사, 여긴 이 형사한테 맡기고 경영지원 팀장님과 같이 가서 CCTV 파일을 모두 수거해. 지난 한 달 동안 녹화된 건 다 가져와."

박석 팀장은 불만이 가득한 표정이었고, 안대성은 불안한 모습이었다. 오 과장은 안대성과 회의실로 들어갔다. 변호사가 그들을 뒤따랐다.

"대성 씨, 2년 동안 유진 씨와 함께 일했죠?"

"네."

"유진 씨가 숨졌다는 소식을 듣고 어떤 생각이 들었나요?"

"특별한 것은 없었는데요."

"회사 생활을 같이하지 않았습니까? 동고동락하지 않았느냐는 거죠."

"놀라지 않았다는 말이 아닌데요. 저도 정말 안됐다고 생각해요."

"유진 씨는 어떤 일을 했습니까?"

"저랑 같은 일을 했는데요. 뮤지컬 홍보는 서로 유기적으로 움직여야 하기 때문에 업무를 딱 분리할 수가 없어요."

"유진 씨는 스트레스를 많이 받았나요?"

"아뇨, 일을 좋아했습니다. 뮤지컬도 좋아했고요. 일도 잘했어요."

"1년 동안 홍보하는 뮤지컬은 몇 개 정도 됩니까?"

"열 개 이상 합니다."

"최근에 뮤지컬 홍보 작업이 일단락됐습니까?"

"아뇨, 조금 있으면 겨울 성수기가 옵니다. 공연은 1년 내내 있어요."

"유진 씨는 계약 만료가 일주일밖에 남지 않았는데 연장을 희망하진 않았나요?"

"당연히 희망했습니다. 하지만 회사는 2년만 쓰고 내보내려고 해요."

"유진 씨가 나간 뒤 직원을 새로 뽑지 않나요?"

"그런 건 아닐 거예요. 1년 중 가장 바쁜 시즌이 다가오는데 저 혼자서는 벅차서 할 수가 없어요."

"비정규직이 많나요?"

"네, 현장 뛰는 부서에는 많아요."

"유진 씨는 피살당했어요. 짚이는 거 없습니까?"

"네."

"생각나는 게 있으면 연락해주세요, 뭐든 좋으니까."

안대성은 오 과장의 부탁에 아무런 대답을 하지 않았다.

경영지원 팀장과 직원은 오 과장 일행을 로비까지 배웅했다. 사무실에서부터 그들을 따라다니던 짧은 머리 여직원은 로비로 내려오자 말없이 오른쪽 구석에 있는 헬스장으로 걸어갔다. 그의 뒷모습을 보던 오 과장이 박석 팀장에게 물었다.

"저 헬스장은 직원들이 운동하는 곳인가요?"

"직원 전용 헬스장입니다. 저 직원은 전산을 관리하는 프리랜서입니다."

"전산 관리는 무슨 일을 하는 겁니까?"

"사내 인트라넷이 제대로 작동되는지 관리하고 문제가 생기면 고치는 일이죠. 강유진 씨 노트북을 보실 거 같아서 부른 겁니다."

"그런데 헬스장엔 왜…?"

"프리랜서는 사무실이나 책상이 없기 때문에 헬스장에 있습니다. 사원들 개인 지도도 합니다."

"본래 운동하던 사람 같네요."

"네, 나름대로 이름 있는 실력자입니다."

오 과장은 C기획사가 비정규직을 참으로 다양하게 활용한다고 생각했다. 박석 팀장은 외부에 회사 이름이 나가지 않도록 해달라고 거듭 당부했다. 차에 타려고 할 때 김 형사가 오 과장에게 말했다.

"과장님, 이 형사하고 먼저 들어가십시오. 저는 나중에 들어가겠습니다."

"알았어. 그런데 왜?"

"조금 전 어떤 직원이 저한테 다가와서 할 말이 있다고 했어요. 지하철로 두 정거장 떨어진 카페로 나오라고 했습니다."

3

사건 발생 첫날 오후 회의다. 형사1팀장과 네 명의 팀원, 과학수사 팀장이 회의실에 모였다. 창문 밖은 벌써 어두워졌다. 회의실 조명은 그만큼 밝아졌다. 오지영 형사과장은 머리핀을 들어 모두에게 보였다. 머리핀이 조명을 받아 반짝거렸다.

"이형우 경영이사 방에 공연 홍보 액세서리가 많았습니다. 강유진 입 안에 있었던, 이것과 똑같이 생긴 머리핀도 있었습니다. 홍보기획사라서 이런 종류의 액세서리가 여기저기에 널려 있을 수도 있겠지만, 어쨌든 단서가 될지도 모르겠어요. 이형우 이사는 힘 있는 선배들을 안다면서 자기를 건드리지 말라는 메시지도 보냈습니다. 그러니까 더 의심이 갑니다."

그 말을 들은 김 형사가 말했다.

"아까 이 형사와 함께 강유진이 일하던 사무실에 갔을 때 다른 자리도 유심히 봤습니다. 그 머리핀 같은 액세서리는 못 봤습니다."

그때 과학수사 팀장이 생각난 듯 입을 열었다.

"그건 은으로 만든 제품입니다. 정교하게 만들어져서 값이 꽤 나갈 겁니다."

오 과장은 머리핀을 다시 한번 살펴보고 내려놓았다.

"그런가요? 이형우 경영이사를 계속 주목해야 할 것 같습니다. 자, 우선 1팀장님부터 시작하시죠."

형사1팀장이 하루 동안 수집한 단서를 종합했다.

"강유진은 어젯밤 9시에 퇴근해서 30분 뒤 집에 도착했습니다. 둔치 옆 보행자도로를 따라 걸어간 거 같습니다. 그리고 밤 11시 30분에 집을 나섰습니다. 지금사는 빌라 앞 골목길 CCTV에 찍혔습니다. 옷을 바꿔 입고 나갔습니다."

"옷을요?"

"네, 바지와 구두를 신고 회사에 출근했다가 퇴근한 뒤 다시 집을 나설 때는 치마와 하이힐을 신고 나갔습니다."

"누굴 만나러 갔군요."

"그런 것 같습니다. 휴대전화 문자나 톡엔 약속 내용이 나와 있지는 않습니다."

"전화 통화 기록도 없었습니까?"

"녹음된 건 없습니다. 그 시간 통화 내역도 없었고요. 또 한 가지, 부모님이 중요한 진술을 하셨습니다."

"뭔가요?"

"친구가 하나 있었습니다. 강릉에서 함께 자랐습니다. 초, 중, 고등학교, 서울에 있는 대학까지 같은 학교에 다녔습니다. 이름이 박경민이라고 합니다."

"남자인가요?"

"네."

"누구죠?"

"우선 이 형사 보고부터 들으시죠. 그다음에 김 형사가 박경민에 대해서 한꺼번에 보고드릴 겁니다."

형사1팀장이 이 형사에게 먼저 보고하라고 눈짓했다. 이 형사가 말했다.

"강유진 회사 물품은 뮤지컬 정산 서류가 대부분이었습니다. 노트북에도 회사 일과 관련한 파일이 대부분이었고요. 인터넷 메일함에도 회사 업무와 관련해서 거래처와 주고받은 메일이 전부였습니다. 그런데 한 여성단체와 주고받은 메일이 있었습니다."

"내용이 뭐지?"

"사내 성희롱 문제였습니다."

"성희롱?"

"네, 강유진 씨는 회사 간부로부터 성추행을 당했다면서 어떻게 대응해야 할지 문의했습니다. 강유진 씨는 증거가 있다고 주장했습니다. 단체는 직접 방문해서 얘기해주면 대응책을 논의하겠다고 했고, 강유진 씨는 조만간 그 여성단체를 찾아가 겠다고 했습니다."

이 형사의 보고가 끝나자 김 형사가 의자를 앞으로 당겨 앉았다. 오 과장은 김 형사를 보며 말했다.

"아까 누굴 만난다고 했지?"

"네, 강유진 씨와는 다른 부서에 있는 계약직 여성이었습니다. 그 여직원 말이 C기획사의 계약직은 여성이 100퍼센트이고, 차별이 심하다고 했습니다."

"그래서?"

"최근 계약직 직원들이 집단 반발 움직임을 보였고, 이 과정에서 강유진 씨와 박석 경영지원 팀장이 여러 차례 충돌했답니다."

"그러니까 강유진은 계약직 여성에 대한 차별, 성추행 등에 항의하는 과정에서 회사 측과 대립하게 됐다는 얘기인가? 그 때문에 여성단체와 연대하려고 했고?"

"결국 그런 셈인데, 그 여직원 말이 한 달 전에 큰 사건이 있었대요."

"큰 사건?"

"네, 큰 사건요."

김 형사가 큰 사건임을 강조했다.

"회사 안에 트랜스젠더가 있었는데, 성전환 수술을 하고 나서 얼마 안 돼 자살했답니다."

모두의 시선이 김 형사의 얼굴로 모였다.

"남성에서 여성으로 성전환 수술을 한 지 얼마 지나지 않아서 그랬습니다."

"어떻게?"

"화물차에 몸을 던졌습니다."

"왜?"

"당시 현장에는 목격자가 많아서 자살로 종결됐습니다. 왜 자살했는지 이유는 모릅니다. 뭔가가 있었을 것 같습니다."

"회사에서는 무슨 일을 했는데?"

"기업 홍보 업무를 했습니다."

"정규직인가?"

"네."

"그런데 그 사람이 강유진과 무슨 관계가 있었을까?"

"관계가 깊습니다. 우선 강유진이 그 트랜스젠더를 옹호했답니다."

"옹호?"

"그러니까 회사 압력으로부터 그 트랜스젠더를 보호하려고 했다는 거죠."

"압력이라면?"

"회사가 트랜스젠더를 퇴직시키려고 했다는 겁니다. 회사 워크숍이 있었는데 그때 그 사람의 방 배정 문제로 시끄러웠다고 하더라고요. 오늘 제보한 여성의 핵심 주장이 바로 그겁니다."

"그래서?"

"강유진 씨가 회사를 상대로 계약직 문제, 젠더 문제로 대립했다면 강유진과 회사가 서로 공격과 방어를 하려고 하지 않았을까요? 특히 박석 팀장과 말입니다."

"그럴 수도 있겠군. 죽은 트랜스젠더 이름이 뭐지?"

"강유진과 입사 동기인데 그 사람은 정규직으로, 강유진은 계약직으로 입사했습니다. 그 트랜스젠더가 바로 강유진과 어렸을 때부터 같은 학교에 다녔던 친구 박경민입니다. 팀장님이 말씀하셨던….'

4

오지영 과장은 다음 날 김 형사와 함께 C기획사를 방문했다. 박석 경영지원 팀장이 변호사와 함께 기다리고 있었다. 네 명은 회의실에 앉았다.

"강유진 씨가 회사에 문제가 있다며 여성단체에 도움을 요청했습니다."

"무슨 말씀이신지."

"강유진 씨와 회사, 특히 박석 팀장님과 갈등이 있었죠?"

"갈등이라뇨? 강유진 양이 회사 방침을 이해하지 못해서 목소리를 높인 적은 있습니다. 제가 계약직 직원과 무슨 갈등을 빚겠습니까?"

"회사 방침이라면 무얼 말씀하시는 거죠?"

"계약직 사원을 정규직으로 전환할 수 없다는 방침을 말하는 겁니다. 인건비 부담 때문이죠. 저와 강유진 양이 개인적으로 갈등을 빚은 건 아닙니다."

"박경민 씨 퇴직을 종용한 문제도 있잖습니까? 박경민 씨와 강유진 씨는 어렸을 때부터 친한 친구였다고 하더군요."

"박경민 씨요? 회사는 박경민 씨에게 퇴직을 종용한 적이 없습니다. 나가라는 말을 그 누구도 한 적이 없어요."

"말은 안 했어도 눈치를 주거나 왕따를 시키지 않았나요?"

"이건 형사 문제가 아닌 거 같은데요? 혹시 제가 무슨 혐의를 받고 있는 겁니까?"

"박석 팀장님과 강유진 씨가 대립한 이유를 말하는 겁니다. 특히 워크숍 이후로는 갈등이 더 커지지 않았습니까?"

"강유진 양과 대립했다고 해서 용의자가 되는 겁니까? 워크숍 때 문제가 있었던 건 맞습니다. 남자였던 사람이 여자가 돼서 나타났는데, 그 사람과 같은 방을 쓰려는 사람이 어디 있겠습니까? 남자 직원, 여자 직원 모두 같은 방 쓰기를 기피했습니다. 방을 배정해야 하는데 난감했습니다."

"그래서 어떻게 하셨습니까? 싱글 룸을 주었나요?"

"강유진 씨 주장이 그거였습니다. 그런데 회사가 왜 그래야 하나요? 게다가 계약직 직원이 나서서 방 배정을 이래라저래라 하는 게 당돌하지 않습니까?"

"그래서 어떻게 하셨습니까?"

"할 수 없이 프리랜서와 같은 방을 쓰게 했습니다. 중간마다 직원들에게 체조를 시키기 위해서 프리랜서 한 명을 데려갔습니다. 그 프리랜서가 쓰는 방도 트윈이었는데 마침 혼자라서 그 방에 박경민 씨를 보냈죠."

"그 프리랜서, 이름이 어떻게 됩니까? 여성입니까, 남성입니까?"

"여성입니다. 형사과장님도 보셨죠? 어제 그 전산 담당 여성 말입니다. 이름이 이영원입니다."

"그 사람은 거부하지 않던가요?"

"사실은 이영원 씨가 박경민 씨와 같은 방을 써도 좋다고 먼저 건의했습니다."

"먼저 건의했다고요?"

"네. 잘됐다고 생각했죠. 그래서 방 배정 사태가 봉합됐죠."

"봉합됐다기보다는 강유진 씨와 박석 팀장님 간 갈등이 더 커졌다고 봐야 하겠네요. 그 일 이후 박경민 씨가 자살하지 않았습니까?"

"왜 자살했는지는 제가 모르죠."

"자살 이유는 모두가 알고 있지 않을까요? 결국 회사와 박석 팀장님에 대한 강유진 씨의 증오심이 커졌을 테고, 그래서 회사의 누군가를 여성단체에 고발하려고 한 게 아닐까요? 성희롱에 대한 증거도 있다면서 말이죠."

"성희롱이요? 증거가 있다고요? 증거가 있으면 가져와 보시죠."

"증거가 없다고 확신하시는 모양이네요."

옆에 앉은 변호사가 한마디 하려고 했다. 오 과장은 그의 말이 나오기 전에 일어섰다. 김 형사도 오 과장을 따라 일어서며 박석 팀장에게 물었다.

"홍보용 액세서리는 직원들한테도 나누어줍니까?"

"그건 선물용으로 제작해서 판매하는 겁니다. 직원도 갖고 싶으면 살 수 있겠죠."

헬스장은 텅 비어 있었다. 구석에 작은 사무실이 있었다. 오 과장과 김 형사는 사무실 안으로 들어갔다. 한쪽에 책상과 컴퓨터가 있었다. 반대편 바닥에는 직육면체 형태의 큰 검은색 가방 두 개가 놓여 있었다. 가방 하나는 반쯤 열려 있어서 안에 들어 있는 작은 운동기구들이 보였다. 산업용 폴리에스테르 재질로 만들어졌는지 매우 튼튼하게 보였다. 가운데 벽에는 라커룸에서 볼 수 있는 것과 같은 나무색 옷장이 있었다.

"무슨 일이시죠?"

이영원이 그들 뒤에서 나타났다.

"미안해요, 주인도 없는데 들어와서."

"저도 주인은 아닙니다."

오 과장은 강인하게 보이는 육체와 저음의 맑은 목소리를 가진 이영원이 어떤 사고방식의 소유자인지 호기심이 생겼다.

"물어볼 게 있어서 왔어요. 전산을 담당하신다고 하는데 컴퓨터를 전공하신 모양이죠?"

"회사 인트라넷만 관리하고 있습니다."

"헬스장도 관리하신다면서요?"

"임직원 분들이 컴퓨터를 쓰시다가 안 되거나 하면 저한테 연락합니다. 그래서 회사에 나와 있어야 하는데, 회사에서는 여기에서 대기하라고 했습니다. 그러다 보니까 헬스장도 관리하게 됐습니다."

"회사에서 이영원 씨가 운동을 했다는 것을 알고서 요구한 건가요?"

"네."

"직원들 개인 지도도 하신다고 하던데…."

"요청하시는 분들이 있어서 몇 분에게 해주고 있습니다."

"무료로 해주시나요?"

"수고비를 조금 받습니다."

"무슨 운동을 하시죠?"

"보디빌딩입니다."

"그러시군요. 박경민 씨 아시죠?"

"네."

"워크숍 때 영원 씨가 박경민 씨와 한 방을 쓰셨다고 하더라고요."

"네."

"음, 그러니까, 뭔가…."

"뭔가 잘못된 게 있습니까?"

"천만에요, 잘못됐다는 게 아니라 용기가 필요했을 거란 생각이 들어서 물어보는 거예요."

"그래서 뭘 물으시는 겁니까?"

오 과장은 어떻게 표현해야 할지 적당한 말이 떠오르지 않았다. 오 과장이 머뭇거리자 이영원이 말했다.

"방이 부족하다고 해서 괜찮다면 같이 쓰자고 했습니다."

"'괜찮다면'이라고요? 그건 박경민 씨가 해야 할 말이 아닌가요?"

"회사에서는 정규직하고 프리랜서를 분리합니다. 저는 괜찮지만 경민 씨가 불편할 수도 있을 것 같아 그랬습니다."

"그런 생각이었나요? 남자였던 사람인데 만일 양해를 구한다면 박경민 씨가 하는 게 맞지 않을까요?"

"무슨 말씀인지 이해를 못하겠습니다. 다른 질문 있으십니까?"

이영원이 불쾌하다는 표정을 지었다.

"워크숍 이후로 강유진 씨와 박석 팀장 사이에 갈등이 더욱더 깊어졌을 것 같은데 영원 씨 보시기에는 어땠습니까?"

"강유진 씨와 박석 팀장 간 갈등이라면 계약직 직원과 회사 측 사이의 고용 문제 때문입니다. 박석 팀장은 단지 업무가 그런 것 같고요. 대립이 있었다면 계약직 문제로 강유진 씨와 회사 간 대립이라고 보는 게 바르다고 생각합니다. 회사 측이라면 팀장보다 높은 임원들 아닐까요? 박경민 씨 문제에 대해서는 아무도 의사 표시를 하지 않았고, 박석 팀장님과 강유진 씨만 개인적으로 다퉜다는 얘깁니다. 다른 사람들은 침묵했죠."

"회사가 박경민 씨에게 퇴사하라고 압력을 넣었다는데요?"

"모릅니다."

"혹시 회사 내 성희롱 문제는 들어보셨나요?"

"그런 소문은 들었지만 자세한 내용은 모릅니다."

"강유진 씨와 박경민 씨는 체력 단련을 하지 않았습니까?"

"안 했습니다. 박경민 씨는 가끔 놀러 왔습니다만."

오 과장은 이영원이 말을 하면서 미간을 찌푸린 것을 감지했다. 이영원의 표정이 궁금증을 불러일으켰다.

"운동하지 않았다면 박경민 씨가 왜 이곳에 놀러 왔죠?"

"차도 마시고 얘기도 좀 했습니다."

"박경민 씨와 친했습니까?"

오 과장의 질문에 이영원이 당황스러운 표정을 보였다. 말투도 흐트러졌다.

"뭐, 그냥, 이런저런 얘기도 하고, 상담도 하고, 그랬습니다."

"상담했다고요? 어떤 상담이죠?"

"개인적인 겁니다."

"강유진, 박경민 두 사람이 어렸을 때부터 같은 동네에서 자랐고 초, 중, 고, 대학까지 같은 학교에 다녔다는 사실을 아시나요?"

오 과장의 말에 이영원은 인상을 찌푸렸다.

"그런 거까지 제가 어떻게 알겠습니까? 저는 프리랜서입니다. 다른 건 회사나 직원들에게 물어보십시오."

오 과장과 김 형사를 내려다보는 이영원의 모습은 두 사람을 압도했다. 두 사람은 헬스장에서 나왔다. 김 형사는 어제 만난 여직원과 또 만나기로 했다며 지하철역 쪽으로 걸어갔다.

오 과장은 이영원이 모순된 태도를 보인다고 생각했다. 이영원은 자신이 프리랜서 신분이기 때문에 회사에서 벌어지는 일을 외부인처럼 잘 모른다는 입장을 보였다. 하지만 박경민이 성전환 수술을 받은 사실에 대해 아무도 의사 표시를 하지 않았다는 것은 확신을 가지고 말했다.

사무실로 돌아온 오 과장은 인터넷에서 '이영원'을 찾아봤다. 그녀의 모습을 볼 수 있는 클립 파일이 여러 개 있었다. 여성 보디빌더들은 대체로 곡선을 유지하면서 근육과 건강미를 뽐냈다. 이영원의 몸매는 그들과 차원이 달랐다. 도대체 어떻게 저런 근육을 만들었는지 상상할 수가 없었다. 남성 보디빌더의 몸매였다.

5

이날 오후 회의는 과학수사팀 사무실에서 열렸다. 오지영 형사과장과 형사1팀,

과학수사팀 전원이 모였다. 대체로 얼굴에 생기가 돌았다. 형사1팀장이 시작했다.

"강유진과 박경민은 대학에 다닐 때 유명한 커플이었습니다. 친구들도 두 사람이 어렸을 때부터 같은 학교에 다닌 사실을 알고 있었습니다. 친구들은 강유진에 대한 박경민의 감정이 특별했다고 말하더군요."

"박경민이 강유진을 쫓아다녔다는 말씀이신가요?"

"둘 사이가 각별한데 박경민이 더 적극적이었다는 겁니다. 박경민이 강유진을 따라서 대학과 학과를 선택했고 초, 중, 고등학교에 다닐 때는 강유진이 반장을 하도록 도와주고 자신은 부반장을 하는 식이었습니다."

"회사도 같은 회사에 입사했는데, 이번에는 박경민은 정규직으로, 강유진은 계약직으로 입사한 거군요."

"강유진이 그 때문에 실망이 컸습니다. 절망했다고 합니다."

"절망이요?"

"친구 말을 옮기면, 강유진 자신은 박경민보다 어렸을 때부터 공부를 잘했다, 반장도 자기가 했고 경민이는 부반장을 했다, 대학 성적도 자기가 더 좋았다, 그런데 입사할 때 경민이는 정규직으로 뽑혔고 자신은 계약직으로 채용됐다, 입사를 포기하려다가 뮤지컬 관련 일이라고 해서 입사했다, 이렇게 말입니다."

1팀장의 말을 듣고 있던 김 형사가 말했다.

"좌절할 만하죠. 아직도 이런 회사가 많아요. 모두 다 귀한 딸로 자랐는데 철이 들고 현실을 보면 절망할 수밖에 없어요. 그때까지는 직접 경험하지 못했더라도 선배들의 진로를 보면서, 소설책이나 역사책을 읽으면서 간접 경험을 하는 겁니다. 오래전부터 여성이 차별받아온 사실을 말입니다. 만 년 전 선사시대를 다룬 영화를 봐도, 고대나 중세 영화를 봐도 여성은 노예로 나오잖아요."

형사들이 놀란 듯이 김 형사를 바라보았다. 마치 김 형사는 그런 종류의 생각을 하지 못하는 여성이라고 여겨왔던 것처럼. 형사1팀장이 계속했다.

"강유진의 입장에선 자신을 그렇게 좋아하던 박경민이 성전환 수술을 하자 당황한 것 같습니다. 워크숍 사건 때 박경민 편을 들긴 했지만 말입니다."

오 과장이 그의 말을 받았다.

"그랬겠네요. 더구나 박경민이 자살까지 했으니…. 강유진은 왜 피살됐을까요? 회사에 복수하려다가 역공을 당한 걸까요?"

김 형사가 고개를 끄덕이며 오 과장을 보고 말했다.

"회사에 대한 불만이 매우 큰 것 같습니다. 어제 제보한 여직원을 조금 전 다시 만나고 왔는데요, 그 여성이 회사 경영이사와 경영지원 팀장이 L호텔에 자주 간다고 말하더라고요."

"호텔을?"

"회사 경비나 업무 추진비를 정산할 때 호텔 숙박이나 호텔 레스토랑 영수증이 많아서 내부적으로 경고를 받았답니다. 직원들이 다 알고 있답니다."

"그래서?"

"계약직 여직원들 사이에서 그걸 공론화하기로 의견을 모았다고 합니다. 강유진이 이 일에 앞장섰고요. 그렇다면 강유진은 C기획사의 공적이 됐다고 봐야죠."

"그런 점도 있겠네요. 모두의 말씀 잘 들었습니다. 과학수사 팀장님, 우리를 이곳으로 부르신 이유를 설명해주시죠."

오 과장의 말에 과학수사 팀장이 그동안 조사한 결과를 설명했다.

"이 형사가 받아온 회사 내부 CCTV 그림을 분석했습니다. 한 달이 아니라 두 달 분량이었습니다."

모두가 웃었다.

"강유진이 피살되기 직전인 그저께 저녁에는 직원 대부분이 6시에 퇴근했습니다. 강유진만 9시에 퇴근했습니다. 회사에서 나와 고수부지 위쪽 보행자 도로로 걸어갔습니다. 집으로 간 거죠. 어제 새벽에 다시 집을 나왔지만. 여기까지는 특이한 점이 없습니다."

과학수사 팀장은 좌중을 둘러보고 씩 웃으면서 다시 말을 꺼냈다.

"그런데 열흘 전 회사 로비 화면입니다. 모두 보세요."

과학수사 팀장은 모니터를 형사들 쪽으로 돌렸다. 이형우 경영이사와 박석 경영지원 팀장, 강유진 세 사람이 함께 회사로 들어가는 장면이 나왔다. 이형우 이사가 비틀거렸다. 술을 마신 것이다.

"세 사람이 밖에서 술을 먹고 밤 11시에 다시 회사로 들어갔습니다. 사무실 CCTV를 보니까 세 사람은 경영이사 방에 들어가서 한 시간 뒤에 나왔습니다. 그리고 로비와 출입구를 거쳐 경영이사와 경영지원 팀장은 택시를 타고, 강유진은 걸어서 집으로 갔습니다."

"이형우 경영이사는 강유진을 잘 모른다고 했는데, 거짓말을 한 거네요."

"또 있습니다. 일주일 전 회사 전면을 비추는 CCTV 화면입니다. 저녁 7시 10분입니다. 화면 구석에 강유진이 서 있습니다. 경영이사가 정문을 나와 강유진에게 다가갑니다. 두 사람은 거기서 택시를 타고 갑니다."

"이사와 팀장, 두 사람의 카드 결제 내역을 봐야겠습니다. L호텔을 포함해서 자주 가는 호텔이나 식당 내역을 조사해주세요. 동시에 지금 당장 L호텔 CCTV를 확인해야겠습니다."

일부는 형사과 사무실로, 일부는 밖으로 나갔다. 오 과장은 CCTV 화면을 더 보고 싶었다.

C기획사 직원들은 오후 6시쯤 퇴근한다. 수요일과 목요일엔 대부분 늦게 퇴근했다. 자정에 퇴근하는 직원도 있었다. 강유진의 모습도 보였다. 키 큰 여성과 함께 퇴근했다. 서로 떨어져서 걸었다. 그 키 큰 여성은 한 달 전부터 보이지 않았다. 강유진은 일주일 정도 보이지 않다가 다시 출근했다. 오 과장은 강유진과 함께 퇴근했던 키 큰 여성이 성전환 수술을 한 박경민이라고 생각했다.

지하 주자장이나 1층 출입구는 퇴근 시간이 되면 붐볐다. 이형우 이사는 정문 앞에서 회사 차를 타고, 박석 팀장은 지하 주차장으로 내려가 자신의 승용차를 타고 퇴근했다. 이영원의 모습도 보였다. 헬스장에서 강습을 했기 때문인지 가끔 늦게 퇴근했고 어떤 날은 밤 12시쯤 퇴근했다. 사무실 바닥에 있던 큰 가방을 들고 지하 주차장으로 들어가는 모습도 보였다. 가방은 비어 있는지 접어서 들었다. 뮤지컬 담당 직원인 안대성도 퇴근 시간에 지하 주차장으로 들어가는 모습이 가끔 나타났다. 그는 출퇴근 시간이 일정하지 않았다.

오 과장은 자신의 사무실로 가서 의자에 등을 기댔다. 형사들이 물증을 확보하길 바라면서도 수사 방향이 맞는지 확신이 들지 않았다.

오 과장은 휴대전화 소리에 잠을 깼다. 형사1팀장의 침착한 목소리가 들렸다. 뭔가 발견하면 그의 말투는 더 점잖아진다.

"L호텔입니다. 열흘 전에 이사, 팀장, 강유진, 세 사람이 이곳 레스토랑에서 저녁 식사를 했습니다. 일주일 전에는 저녁 7시 40분쯤 이형우 이사와 강유진 두 사람이 호텔 레스토랑에서 식사하고, 밤 10시쯤 객실로 들어갔습니다. 그리고 다음 날 새벽 2시에 나왔습니다. 모두 호텔 CCTV에 찍혔습니다."

"그런 일이⋯ 그저께 밤도 체크하셨습니까?"

"했습니다. 그저께 밤에는 11시 50분에 이형우 이사가 객실에 혼자 들어갔다가 30분 뒤인 어제 새벽 0시 20분에 나왔습니다. 호텔 앞에서 택시를 타고 어디론가 갔습니다. 김 형사로부터도 연락이 왔습니다. 김 형사가 조사한 카드 사용 내역도 L호텔 부분은 같습니다. 이형우 이사를 연행해야 하지 않을까요?"

"글쎄요. 이형우 이사와 강유진 씨가 어떻게, 어떤 내용으로 서로 연락했는지 아직 모릅니다. 문자나 톡, 메일, 전화 통화 기록이 없잖습니까? 사내 전화 기록을 조회해야 할 것 같습니다. 그리고 형사 한 명을 강릉으로 보내시죠."

"강릉이요?"

"박경민 집으로 말입니다. 박경민에 대해 조사한 게 하나도 없습니다."

"알겠습니다. 박 형사를 보내죠."

오 과장은 형사1팀장과 통화를 끝낸 뒤 김 형사에게 전화했다.

"김 형사, 이 형사하고 같이 C기획사 인트라넷을 조사해봐. 강유진과 이형우 이사, 박석 팀장 사이에 연결 고리가 있는지 찾아봐. 아마 개인 일정이나 개인 메모장이 있을 거야. 이영원 씨가 전산 담당이니까 불러서 도움을 받아. 임직원 아이디와 패스워드를 다 알고 있을 테니까."

조금 뒤 형사1팀장과 과학수사 팀장이 오 과장 방으로 들어왔다. 그들은 이형우 이사를 용의자로 특정할 경우 두 가지 문제를 풀어야 한다는 데 동의했다. 하나는 경영이사가 호텔에서 강유진을 기다리다가 바람맞은 뒤 둔치에 가서 강유진을 죽였다고 가정할 경우 그녀를 어떻게 현장으로 불러냈는지, 그가 쓴 방법을 모른다는 점이다. 또 하나는 살해 동기와 정황 증거가 있고 이형우 이사가 자신의 알리바이를 입증하지 못한다고 하더라도 직접적인 물증이 없다는 점이다.

6

새벽 날씨가 스산했다. 오지영 형사과장은 둔치 위쪽 보행자 도로에 들어섰다. 입구에서 강유진 피살 현장까지는 10분이 걸렸다. 시계는 새벽 0시 50분을 가리켰다.

오 과장은 두 손으로 난간을 잡고 강유진이 떨어져 숨진 아래쪽 둔치를 내려다보았다. 폴리스라인이 지름 5미터 정도로 좁혀져 있었다. 노란색 띠가 아니었다면 현장 위치를 정확하게 찾지 못했을 것이다. 주변은 그 정도로 어두웠다.

둔치 가로등 간격은 어림잡아 100미터 정도 떨어져 있었다. 현장은 가로등과 가로등 사이 중간 지점이었다. 방범용 CCTV도 50미터 떨어져 있다. 화장실은 둔치 출입구 지점에 있다. 강유진 피살 현장은 둔치에서 가장 어두운 곳이다. 오 과장은 계획적인 범행이라고 확신했다. 범인이 빛의 사각지대를 고른 것이다. 보행자 도로 옆은 숲이다. 산속으로 도망가면 어디로 내려가는지 알 수가 없다.

목격자와 도치가 걸어오고 있었다. 도치가 오 과장을 발견했다. 꼬리를 흔들며 멍, 멍, 짖었다. 그때 갑자기 뒤쪽이 서늘했다. 부스럭 소리가 났다. 오 과장은 도치의 시선이 자신을 향하는 것이 아니라 더 위쪽을 향하고 있음을 알았다. 오 과장이 큰 소리로 도치를 불렀다.

"도치야, 여기야!"

동시에 오 과장은 뒤로 돌아서며 주머니에서 손전등을 꺼내 숲 속을 비췄다. 어디선가 나뭇가지가 흔들렸다. 도치가 계단을 타고 둔치에서 보행자 도로로 뛰어 올라왔다. 오 과장은 소리가 나는 쪽을 손전등으로 찾았다. 사람의 모습을 포착하지는 못했다. 하지만 분명히 누군가가 뛰어갔다. 도치가 그 뒤를 쫓아갔다. 오 과장도 쫓아가려다가 멈춰 섰다. 다리가 후들후들 떨렸다. 등 뒤로 식은땀이 흘렀다. 목격자가 도치를 불렀다. 숲 속으로 들어간 도치가 주인의 목소리를 듣고 숲 속에서 나왔다. 오 과장과 도치는 계단을 통해 둔치로 내려갔다.

"형사과장님 아닙니까? 숲 속에 누가 있었죠? 괜찮습니까?"

목격자가 묻는 동안 도치는 꼬리를 흔들며 자신의 몸을 오 과장에게 비벼댔다.

"괜찮습니다."

"우리랑 같이 가시죠."

"오늘도 어김없이 이 시간에 산책하시네요."

"비가 오나 눈이 오나 1년 365일 안 나온 적이 없습니다. 밤 12가 되면 도치가 나가자고 방방 뜁니다."

휴대전화가 울렸다. 형사1팀장으로부터 온 전화다.

"사무실에서 나가셨습니까?"

"현장에 와봤습니다. 범인을 만난 것 같습니다."

"네?"

"당장은 조치할 게 없습니다. 새로운 단서가 나왔습니까?"

"네, 김 형사로부터 연락이 왔습니다. 사내 인트라넷에 개인함이 있습니다. 강유진 일정표와 이형우 이사 일정표, 박석 팀장 일정표에 공통점이 있습니다."

"약속 시간인가요?"

"네. 열흘 전 식사 약속 시간과 장소가 세 사람 각자의 일정표에 기록되어 있었습니다. 그리고 일주일 전과 사건 당일에 L호텔 이름이 강유진과 경영이사 일정표에 똑같이 기록돼 있었습니다."

"그렇군요. 사내 통화 기록도 찾았습니까?"

"네, 이형우 이사가 자기 방 전화로 강유진에게 여러 차례 연락했습니다. 일주일 전에도 했고 사건 하루 전과 당일 낮에도 강유진 책상 전화로 연락했습니다. 휴대 전화에 증거를 남기지 않으려고 사내 전화를 이용한 거 같습니다. 한 가지 더 있습니다."

"뭔가요?"

"사내 인트라넷 홈에 워크숍 때 찍은 사진이 있답니다. 김 형사가 과장님더러 C기획사 헬스장으로 직접 오셔서 보시랍니다. 저는 사무실에 있겠습니다. 강릉 출장 갔던 박 형사가 조금 뒤 도착하는데, 뭔가 발견한 모양입니다."

전화하는 것을 옆에서 듣고 있던 목격자가 말했다.

"살인범 잡으러 다니면서 강아지 키우기는 힘들겠어요. 스트레스를 확 풀어주는데…. 도치야 이게 뭐야. 또 잔뜩 묻히고 왔네."

목격자는 도치의 목을 잡고 앉아서 털에 묻은 씨앗들을 하나씩 떼어냈다. 오 과장은 도치의 몸에 씨앗이 붙은 게 신기했다.

"좁쌀 같은데 떼는 게 쉬워 보이지 않네요."

"네, 그날 숲 속으로 뛰어 들어갔을 때도 묻혀 오더니 오늘도 묻혀 왔네요. 하나씩 꼼꼼하게 떼어내야 해요."

오 과장은 자신의 소매에도 도치 몸에 묻은 것과 같은 씨앗이 붙어 있는 것을 알았다. 그리고 도치의 긴 털이 붙어 있는 것도 발견했다. 도치의 털은 오 과장의 재킷과 바지에도 묻어 있었다. 씨앗과 함께 도치의 털도 하나씩 떼어냈다. 목격자가 그 모습을 보고 말했다.

"얘들은 겨울이 오면 유독 털갈이가 심하더라고요."

"정말 털이 많이 빠지네요. 손이 많이 갈 것 같아요. 선생님처럼 곁에서 돌볼 수가 없다면 개를 키우는 건 힘들겠어요."

헬스장에 들어서자 사무실 안에서 김 형사와 이 형사가 이영원의 컴퓨터 모니터를 들여다보고 있었다. 회사 경비원이 사무실 밖에서 무슨 일을 하는지 지켜보고 있었다. 오 과장은 경비원에게 말했다.

"선생님은 잠깐 나가 계시죠."

"내일 아침에 경영지원 팀장님한테 보고해야 합니다."

"인트라넷을 봤다고 하시면 됩니다."

경비원은 헬스장 밖으로 나갔다. 오 과장은 두 형사에게 물었다.

"이영원 씨 불러 도움을 청했지? 지금은 퇴근했어?"

"네, 아이디와 패스워드만 알려달라고 하고 집으로 보냈습니다. 몇 개 메일은 복구해달라고 했고요. 그리고 이 사진 좀 보세요."

김 형사는 워크숍 때 찍은 사진이라며 컴퓨터 모니터에 몇 장을 펼쳐 보였다. 산책 시간에 직원들의 모습을 자연스럽게 촬영한 것이었다. 사진 속에는 강유진과 박경민의 모습이 보였다.

"세 사람이 함께 나온 사진만 모았습니다."

"세 사람?"

오 과장은 허리를 굽혀 모니터에 펼쳐진 사진을 한 장씩 천천히 넘겼다. 확대도 해보았다. 사진 속 강유진과 박경민은 늘 붙어 있었다. 두 사람 외에 제3의 인물이 있었다. 그는 위치를 바꿔가면서 강유진, 박경민 주위를 맴돌았다. 알고 본다면 분명하게 인식할 수 있었다. 제3의 인물은 이영원이었다. 그의 시선은 어떤 위치에서건 박경민을 향하고 있었다.

오 과장은 허리를 폈다. 오 과장은 책상 반대쪽 바닥에 놓여 있는 두 개의 가방과 가운데 있는 옷장을 본 뒤 다시 두 형사를 보며 작은 소리로 말했다.

"두 사람, 밤새 할 일이 생겼어."

7

형사과에 비상이 걸렸다. 다음 날 아침에도 비상이 계속됐다. 여러 명이 종일 CCTV 분석에 매달렸다. 일부는 국과수에 증거물 분석을 의뢰하고 결과를 독촉했다. 형사 대부분이 야근했다. 다음 날 오후가 되어서야 형사들이 결과물을 가져와 분석하고 종합할 수 있었다.

오지영 형사과장은 형사1팀과 과학수사팀 전원을 소집했다.

"김 형사, C기획사 반응은 어때?"

"발칵 뒤집혔습니다. 이형우 이사를 연행하고 사무실을 수색한다는 소문이 회사 전체에 퍼졌습니다. 공식적으로는 오늘 오후에 방문한다는 통보만 했습니다. 이 형사는 아침부터 헬스장 주변에서 감시하고 있습니다."

"이영원이 주차장 쪽으로 가면 무슨 수를 쓰든 막아야 해."

"이 형사가 잘 알고 있습니다."

"됐어. 팀장님하고 박 형사, 최 형사가 먼저 C기획사에 가서 이형우 이사를 연행해오세요. 팀장님이 이형우 이사 심문하는 것을 보고 저는 김 형사하고 다시 C기획사로 가겠습니다. 그리고 과학수사 팀장님, 팀원들을 주차장으로 보내셨죠? 신속하게 하라고 해주세요."

경찰서로 연행된 이형우 이사는 얼굴이 빨갛게 상기되어 있었다. 변호사는 형사1팀장을 주시했다.

최 형사가 CCTV에 찍힌 사진을 이형우 이사 앞으로 내밀었다. 형사1팀장이 목에 힘을 주고 말했다.

"이래도 부인하시겠습니까? 강유진 씨와 호텔 방으로 들어갈 때 찍힌 겁니다. 이 사진은 네 시간 뒤 방에서 나올 때 찍힌 거고요. 이런 데 쓴 비용까지 업무 추진비로 처리하셨더군요."

이형우 이사는 고개를 들지 못했다. 그러면서 중얼거렸다.

"서로 마음이 맞아서…."

"이보세요, 이사님! 형사과장한테는 강유진 씨 얼굴도 잘 모른다고 하지 않았습니까? 계약을 종료하고 내보낸다는 사람하고 어떻게 마음이 맞아요? 정규직으로 일하고 싶으면 성 상납을 하라고 호텔 방으로 끌어들인 거 아닙니까?"

"그건…."

"그리고 이 사진 보세요. 나흘 전 0시 20분 같은 호텔에서 찍힌 겁니다. 호텔 방에서 나와서 어디로 갔습니까?"

"아, 그건… 집으로 갔습니다."

"어떻게 갔습니까?"

"택시 타고 갔습니다."

"집에 누가 있었습니까?"

"집사람이 있었습니다."

형사1팀장은 최 형사를 보고 말했다.

"최 형사, 밖에 있는 박 형사한테 이형우 이사님 집에 가서 부인한테 알리바이 확인하고 오라고 해."

"잠깐만요. 집사람한테만은 비밀로 해주세요. 저는 강유진 씨를 죽이지 않았습니다. 정말입니다."

옆에 있는 변호사가 말했다.

"이사님 알리바이는 그날 탄 택시 기사를 찾아서 물어보거나 경비실에 녹화되어 있는 CCTV를 찾아보면 확인할 수 있지 않겠습니까?"

"이미 확인했습니다. 택시는 이형우 이사님을 회사 근처 공원 A주차장에 내려주고 갔습니다. 그 주차장에서 산을 조금만 넘어가면 바로 강유진 씨가 숨진 곳이란 말입니다. 집에 도착한 것은 두 시간 뒤였습니다. 아파트 CCTV에 찍혔죠."

이형우 이사는 입을 다물지 못했다. 형사1팀장은 더 강하게 압박하면서 인터넷 메일을 복사한 서류를 내밀었다.

"이사님이 강유진 씨에게 회사 인트라넷을 통해서 보낸 메일입니다. 강유진 씨에게 호감을 느끼고 있어서 정규직 채용을 고려하고 있다는 내용입니다. 기억하시죠? 교제하면 좋겠다는 노골적인 문장으로 가득하더군요."

"아니 이걸 어떻게…."

"개인 메일함에서는 지워도 얼마든지 복구할 수 있죠. 그리고 이 핀 보세요."

형사1팀장은 팬텀 가면 장식의 머리핀을 꺼냈다.

"아니, 이게 어떻게? 어디서 찾은 겁니까? 어디서 잃어버렸는지 생각이 안 났습니다만."

"잃어버린 거 맞죠?"

"그런데 이걸 어떻게?"

"숨진 강유진 씨한테서 나왔습니다."

"헉!"

이형우 이사의 거구가 들썩거렸다.

"저, 저는 모르는 일입니다. 이게 어떻게 유진이한테서…."

"정리해보죠. 이사님은 강유진 씨에게 성 상납을 조건으로 정규직 채용을 약속했습니다. 강유진 씨는 한 번은 응했지만, 나흘 전에는 거부한 겁니다. 그날 강유진 씨는 호텔로 가지 않았고 이사님은 바람맞은 셈이죠. 이사님은 강유진 씨가 이사님의 행위를 여성단체에 알릴까 봐 그녀를 한적한 곳에서 만나자고 유인한 뒤 호텔 방을 나와 둔치로 가서 주먹으로 마구 때리고 5미터 아래로 밀어버린 겁니다."

"아닙니다. 저는 절대로 죽이지 않았습니다. 택시 타고 가서 공원 주차장에서 내린 건 사실이지만, 산을 넘어 둔치 쪽으로 가진 않았습니다. 유진이가 공원 주차장으로 오라고 해서 갔을 뿐입니다. 제가 유인한 게 아니고요. 유진이가 공원 A주차장에 있는 자기 승용차 안에서 보자고 한 겁니다."

"강유진 씨가 어떤 방법으로 A주차장으로 오라고 연락했습니까?"

"모바일 인트라넷 메일을 통해서 했어요. 근데 유진이는 주차장으로 오지 않았습니다. 저는 거기서 유진이를 한 시간 이상 기다리다가 집으로 갔습니다."

이형우 이사는 고개를 내리고 어깨를 구부렸다. 덩치가 초라해 보였다.

심문 과정을 모니터로 지켜보던 김 형사가 오지영 과장에게 말했다.

"이형우 이사에게 A주차장으로 오라고 보낸 메일은 강유진의 아이디와 패스워드를 도용해서 보낸 거 같습니다. 강유진이 숨진 뒤 그 메일을 지웠을 테고요."

"그랬겠지. 강유진은 그런 메일을 보낼 수 있는 상황이 아니었으니까."

"머리핀이 없어졌다는 사실은 이형우 이사도 인식은 하고 있었네요."

"그런 것 같아. 책상 위에 있는 것을 훔친 거겠지. 이형우 이사 방을 쉽게 드나들 수 있었으니까."

"그래도 머리핀 아이디어는 아마추어적인 감각이에요."

"처음 살인하는 사람은 모두가 아마추어야. 그래도 이형우 이사가 용의자로 지목되게 하는 데는 성공했다고 봐야지."

"이형우 이사를 강유진 살인범으로 의심하셨던 건 아니죠?"

"숲 속을 뛰어다니기에는 몸집이 너무 커. 그게 가장 큰 난제였어. 자신이 갖고 있던 머리핀을 일부러 강유진 입 안에 넣었을 리도 없고."

"이형우 이사는 어떻게 처리하실 겁니까?"

"저런 악질은 감방에 처넣어야지. 증거를 확보했으니까 기소하는 데 문제는 없을 거야. 자, 여기는 팀장님께 맡기고 우린 출동해볼까. 테이저건 챙겼지?"

"네."

8

이 형사는 정문 앞에서 기다리고 있었다. 오지영 형사과장이 이 형사에게 물었다.

"헬스장에 그대로 있지?"

"네. 아침부터 줄곧 헬스장에만 있습니다."

"과학수사팀은?"

"지하 주차장에서 작업하고 있습니다."

오 과장과 김 형사는 이 형사와 함께 헬스장으로 들어갔다. 그들이 들어서자 이 영원은 사무실 의자에서 놀라며 일어섰다.

"무슨 일로…."

오 과장은 이영원에게 부드럽게 말했다.

"자리에 잠시 앉으세요."

세 사람은 이영원을 둘러쌌다. 자리에 앉은 이영원은 어리둥절한 눈치였다. 오 과장이 그를 내려다보며 말했다.

"이형우 이사 연행된 거 알죠?"

"아까 봤습니다."

"이형우 이사는 계약직 신분인 강유진 씨에게 정규직 채용을 조건으로 성 상납을 요구했어요. 알고 있죠? 영원 씨가 인트라넷 속에서 복구한 메일, 읽어봤잖아요?"

"요구한 사실은 메일에 있으니까… 그런데 여기는 왜…."

오 과장의 목소리가 위압적인 저음으로 변했다.

"이형우 이사가 강유진 씨에게 자신의 요구를 사내 인트라넷 메일을 통해서 전달했다는 증거, 그저께 김 형사와 이 형사가 여기서 영원 씨 도움으로 확보했어요. 영원 씨는 인트라넷 관리자이기 때문에 회사의 모든 내부 문서를 볼 수 있어요. 개인적인 메일 내용, 개인함에 들어 있는 일정표, 업무 추진비 증빙 명세와 영수증 등 인트라넷 안에 들어 있는 모든 걸 말입니다. 그들이 메일을 지워도 복구할 수 있고요."

"수사에 필요하다고 해서 도와드렸지만, 평소에는 보안 사항이라서 꺼내 보지 않습니다."

"이영원 씨는 이형우 이사와 강유진 씨 사이에서 일어나고 있는 모든 일을 알았어요. 그들이 교환하는 메일, 개인 일정표, 이형우 이사의 영수증, 이런 것들을 보고 L호텔에서 두 사람이 식사하고 잠을 잤다는 사실을 알았어요. 사건 당일 두 사람이 호텔에서 만나기로 한 것도 개인 일정표를 보고 미리 알았고요."

"무슨 말씀이신지…."

"그동안 이영원 씨는 강유진 씨의 퇴근길을 미리 파악했어요. 둔치 보행자 도로로 걸어서 출퇴근하는 것을 안 거죠. 그리고 보행자 도로에서 가장 어두운 곳을 정했어요. 매일 새벽 1시쯤에는 중년 남자가 개를 데리고 하루도 빠짐없이 산책한다는 것도 파악했고요."

"도대체 무슨 말씀을 하시는지…."

"나흘 전 새벽 1시에 어디에 있었어요?"

"새벽 1시요? 집에 있었겠죠?"

"'있었겠죠?' 증명할 수 있어요?"

"혼자 삽니다."

"그럼 증명해줄 사람이 없네요."

"집에 있었던 건 사실입니다."

"집 앞 CCTV에는 그날 새벽 2시 넘어서 들어간 걸로 찍혔어요. 1시에는 집에 없었던 거죠."

"네? 그렇다면 운동하다가 들어갔겠죠?"

"그 시간에 어디서 무슨 운동을 했어요?"

"…."

"사건 당일 이형우 이사를 만나러 L호텔로 가는 강유진 씨를 중간에서 인터셉트했죠? 그리고 강유진 씨를 영원 씨의 미니버스에 강제로 태운 뒤 주먹으로 죽기 직전까지 가격한 거예요. 그런 뒤 D주차장까지 가서 유진 씨를 큰 가방에 넣고 산을 넘어 둔치로 간 거예요. 보행자 도로까지 가서 강유진 씨를 가방에서 꺼내고 기다리고 있었어요. 그때까지도 강유진 씨는 살아 있었어요. 그러다가 개와 함께 산책하는 남자가 나타나자 강유진 씨 입속에 머리핀을 넣은 뒤 둔치 바닥으로 떨어뜨려서 머리뼈가 깨지고 피를 흘려 죽게 만든 거예요. 거기서 잠시 기다리면서 강유진 씨 상태를 살펴보기까지 했어요. 혹시 죽지 않았는지 확인하기 위해서요. 목격자가 유진 씨 치마를 내리고 팔다리를 일직선으로 놓는 모습까지 지켜봤어요. 부검을 해도 강유진 씨 사망 시간이 다르게 나오지 않았죠."

"하나도 이해하지 못하겠습니다. 전 강유진 씨를 안 죽였습니다. 제가 왜요?"

"왜라고요? 왜인지는 우리도 궁금해요."

"저는 죽일 이유가 없습니다. 죽인다고 해도 거기까지 가서 그런 방법으로…."

"그런 방법을 쓴 이유가 있죠. 이형우 이사가 용의자로 몰리도록 해야 했으니까. 이영원 씨는 두 사람의 일거수일투족을 알기 때문에 그렇게 세밀하게 계획을 세울 수 있었고 실행도 할 수 있었어요. 마치 두 사람이 다투다가 한 사람이 다른 사람을 밀어 떨어뜨린 것처럼 목격하도록 해서 경찰이 폭행치사로 인식하도록 꾸민 거죠. 이형우 이사 방에서 훔친 머리핀을 유진 씨 입에 물린 이유도, 강도로 위장하지 않은 이유도 그거예요. 다만 목격자는 유진 씨가 떨어지는 장면은 봤으면서도 다투는 소리는 듣지 못했죠. 다툼은 없었으니까."

"저는 거기 가지 않았습니다. 가방도 여기 그대로 있잖아요."

"모든 건 CCTV 카메라가 다 봤어요."

"제가 강유진 씨를 죽이는 모습이 CCTV에 담겨 있나요?"

"이영원 씨는 퇴근하면 공원 D주차장으로 자신의 미니버스를 몰고 갔어요. 박경민 씨가 자살한 후부터 강유진 씨가 숨진 날까지 한 달 동안 그랬어요. D주차장에서 산을 타고 넘어가 둔치 위쪽 보행자 도로를 초저녁부터 새벽까지 관찰한 겁니다. 강유진 씨가 퇴근하는 길이기 때문에 사전에 살피면서 살해할 장소와 시간, 방법을 물색한 겁니다. 그러다가 두 사람이 호텔에서 두 번째 만나기로 한 날 강유진 씨를 죽이기로 한 거예요. 두 사람의 밀회 시간과 장소를 미리 알고 있었으니까 준비도 철저하게 했어요. 그리고 저 큰 가방을 하루 전에 들고 나갔어요. 회사 지하 주차장, 공원 D주차장, 집 앞 CCTV에 영원 씨가 미니버스에서 타고 내리는 모습이 여러 차례 찍혔어요. 강유진 씨가 숨진 날은 큰 가방을 들고 미니버스에서 내리는 모습도 찍혔어요."

"산에 간 건 그냥 운동하기 위해서였어요. 그날은 운동기구를 갖고 갔어요."

"가방 안에 운동기구는 없었어요. 다음 날 빈 가방을 납작하게 접어서 들고 출근하는 모습이 회사 지하 주차장 CCTV에 찍혔어요."

"…."

"그저께 밤 김 형사와 이 형사가 이곳에 인트라넷을 조사하러 왔을 때 영원 씨 도움을 받았다고 했죠? 그날 영원 씨가 나간 뒤, 그러고 나서 영원 씨가 범행 현장으로 가서 나와 개를 보고 도주한 뒤, 나는 이 사무실로 왔어요. 워크숍 때 찍은 사진들 속에서 영원 씨가 박경민 씨만 바라보는 사진을 발견했죠. 영원 씨와 경민 씨가 이 사무실에서 왜 서로의 고민을 나누었는지도 인식하게 되었고요. 둘만의 특별한 관계가 있다는 사실을 알게 된 거죠. 박경민 씨와 강유진 씨, 그리고 이영원 씨, 삼각관계를 깨닫게 된 거예요. 그래서 영원 씨를 용의자 가운데 한 명으로 특정하게 된 거고요. 우리는 이 사무실을 수색했어요. 가방과 옷장 속 체육복, 후드티, 운동화 등 모든 것을."

"현장에서 만났다고요? 그 후 여기서 사진을 보았고 저를 용의자로 봤다고요?"

"범인은 현장에 꼭 가본다는 말처럼 영원 씨도 그랬던 거죠. 같은 시간, 같은 장소에 가는 바람에 도치란 개도 다시 만났고 나에게 단서도 줬어요."

"저는 그 현장이란 곳이 어딘지 모릅니다. 그래서 이 가방 속에서 유진 씨 머리카락이라도 나왔나요?"

이영원은 실낱같은 희망을 잡으려는 것 같았다.

"그런 건 당연히 없죠. 가방 속을 털었으니까."

"네? 그럼 제가 이 가방을 터는 모습도 CCTV에 찍혔나요?"

오 과장은 이영원이 자신을 방어하는 데 급급하다고 생각했다.

"털이 나왔어요. 가방은 안쪽만 털고 겉은 털지 않았던 거예요."

"…."

"기억나지 않아요? 후드티와 가방 겉에 도치의 황금빛 털이 여러 개 묻어 있었어요. 요즘 털갈이가 심해서 도치만 만나면 온몸에 털이 붙더라고요. 나도 털을 떼어내느라 혼났어요. 영원 씨는 강유진 씨 머리카락만 신경 쓰고 개털은 신경 쓰지 못한 거예요."

"그건…."

"그건 몰랐다고요? 그 골든레트리버가 숲 속으로 도주하는 사람을 쫓아가 놀아달라고 할 때 소매와 가방에 자신의 황금빛 긴 털을 묻힌 겁니다. 영원 씨 후드티와 가방에 묻은 털이 도치의 털과 똑같은 것으로 유전자 분석 결과가 나왔어요. 이제 이해하겠어요?"

"…."

"또 있어요. 쇠무릎이라고 들어봤어요?"

오 과장은 주머니에서 작은 비닐봉지를 꺼내 이영원의 눈앞에서 흔들었다. 그 안에는 작은 씨앗 여러 개가 들어 있었다.

"숲 속에서 영원 씨를 두 번이나 쫓아간 도치가 두 번 모두 자기 털에 묻혀온 씨앗이에요. 쇠무릎이라고 하는 풀의 씨앗이죠. 털이나 옷에 묻으면 절대 떨어지지 않아요. 생명력이 대단하죠. 이 씨앗이 영원 씨 옷과 가방에 떨어지지 않고 붙어 있었어요."

이영원은 자기 앞에 서 있는 세 사람을 번갈아 올려다보다가 일어서려고 했다. 김 형사가 주머니에서 테이저건을 꺼내 겨누었다.

"그대로 앉아 있어요!"

오 과장이 이영원의 놀란 눈을 내려다보며 말했다.

"당신은 치밀하게 계획해서 강유진 씨를 죽였어. 도대체 왜? 강유진 씨는 약자 가운데 약자 아니었어? 사랑하는 남자를 잃었어. 계약 기간이 끝나서 직장도 잃게 됐어. 직장 때문에 성 상납까지 생각하게 됐다고."

"그렇게 보시나요?"

"아닌가?"

이영원의 눈빛이 변했다. 증오심이 그 안에 있었다. 잠시 침묵이 흘렀다. 이영원이 말했다. 목소리가 비장했다.

"경민 씨는 유진 씨를 자신의 전부라고 생각했습니다. 경민 씨는 어렸을 때부터 유진 씨를 바라보며 살았다고요. 여리고 착하고 헌신적인 사람이죠. 하지만 자신의 정체성 때문에 고민했습니다. 가족으로부터도 인정받지 못했습니다. 친구들이나 회사는 그런 경민 씨의 사정을 전혀 몰랐습니다. 유진 씨는 알았죠. 하지만 유진 씨는 경민 씨가 남자로 남아 있기를 바랐어요.”

그 말을 듣고 있던 김 형사가 물었다.

“경민 씨의 그런 사정을 어떻게 알았어요?”

“우리끼리는 처음부터 알아봤습니다. 경민 씨는 가끔 헬스장에 와서 고민을 토로했습니다. 결국, 성전환 수술을 하겠다고 결단했죠. 그가 변한 모습으로 돌아왔을 때 모두가 놀랐습니다. 경민 씨와 저만 빼고요. 유진 씨조차 받아들이지 못했습니다. 유진은 경민 씨가 자신을 위해서만 살아야 한다고 생각했습니다. 경민 씨가 자신을 떠났다고 이해했죠. 유진 씨는 그런 사람이었어요. 그 때문에 경민 씨가 좌절한 겁니다.”

“경민 씨가 자살한 게 유진 씨 책임이란 건가요?”

“네, 유진 씨만 이해해주었다면 자살하지 않았을 겁니다.”

“그렇다고 유진 씨를 죽이는 건, 이해가 가지는 않는데요. 워크숍 갔을 때 유진 씨는 경민 씨를 위해서 회사 측과 싸웠잖아요?”

“그 정도는 할 수 있는 거 아닙니까? 20년 이상을 같이 지내왔는데. 유진 씨는 경민 씨가 자살하기 전부터 경영이사와 만났습니다. 정규직을 구걸하기 위해서요. 아시겠습니까? 그 여자는 경민 씨를 버린 겁니다. 경민 씨가 죽은 뒤에는 혼자서 살길을 찾은 거고요. 저는 경민 씨를 파멸시킨 강유진을 절대로 용서할 수 없었습니다.”

“이형우 이사에게 범행을 뒤집어씌우려고 한 이유는 뭐죠?”

“그럼 누구에게 뒤집어씌워야 합니까? 이형우 이사도 그대로 두어서는 안 될 인간이었죠.”

이영원이 일어서서 세 사람을 노려보았다. 근육으로 뭉친 당당한 모습으로 돌아왔다. 김 형사가 테이저건을 겨눈 채 미란다 원칙을 말했다. 이 형사가 이영원의 양손을 뒤로 돌려 수갑을 채웠다. 그들은 그 상태로 한동안 말없이 서 있었다.

오 과장 휴대전화로 문자가 도착했다. 지하 주차장에서 감식 작업을 하던 과학수사팀 형사가 보낸 것이었다. 이영원의 미니버스 뒷좌석 왼쪽 유리창에서 강유진의 왼손 지문이 나왔다는 내용이었다. 이영원은 강유진을 미니버스 뒷좌석에 밀어 넣고 오른쪽 좌석에 앉아 주먹으로 그녀의 왼쪽 얼굴과 가슴을 가격했을 거라고 오 과장은 생각했다.

네 사람은 헬스장 밖으로 나왔다. 헬스장 안을 기웃거리던 박석 팀장과 직원들이 놀란 눈으로 수갑 찬 이영원을 바라보았다.

정문 밖에 세워둔 경찰차에 이영원을 태웠다. 뒷자리에 김 형사와 이 형사가 그를 가운데 두고 양쪽에 앉았다. 오 과장은 조수석에 앉았다. 의경이 출발한다고 말하고 시동을 걸었다. 오 과장이 앞을 바라본 채 이영원에게 말했다.

"영원 씨도 20대 여성 아닌가? 수천 년 동안 여성이 겪어온 걸, 불과 몇 년 만에 한꺼번에 깨닫게 되는 현실, 알 거 아냐? 누가 적인지 모르는 거야."

이영원은 말이 없었다.

오 과장은 주머니에서 손수건을 꺼냈다. 박 형사가 강릉 박경민의 집에서 가져온 유품이었다. 오 과장은 이영원에게 상기시켜줄까 하다가 의미가 없다고 생각하고 무릎 위에 올려놓았다. 손수건 윗부분에는 'K. M. P'라는 세 글자가 분홍색 실로 새겨져 있고 아래쪽에는 영어 단어 'eternity'가 파란색 굵은 실로 새겨져 있다. 이영원이 박경민에게 준 것이었다.

오 과장은 손수건을 주머니에 도로 넣었다. 의자를 조금 뒤로 젖혔다. 경찰서에 도착할 때까지 잠시라도 눈을 붙이고 싶었다.

그때 말없이 창밖을 바라보던 이영원이 조용하지만 분노에 찬 목소리로 오지영 형사과장에게 책을 읽듯이 천천히 말했다.

"경민 씨나 나 같은 사람은 백만 년 동안 좌절하며 살고 있어요."

김세화

2019년에 〈붉은 벽〉으로 '계간 미스터리' 신인상에 당선되었다. 〈어둠의 시간〉, 〈엄마와 딸〉 등의 단편이 있으며 〈어둠의 시간〉은 2020년 한국추리문학상 황금펜상 후보에 올랐다. 2021년 6월 첫 장편 추리소설 《기억의 저편》을 출간했다.

악마는 꿈꾸지 않는다

류성희

"네? 누구라고요?"

"김영수 사장 아들."

"김은철이요? 걔 지금쯤이면 고등학생일 텐데… 고등학생이 유괴당해요?"

"걔 말고 동생이야."

동생…이라면? '그 사건'이 일어났던 당시에 은철은 외아들이었다. 동생이라면 그 사건 이후에 태어났다는 말이다.

"이번엔 확실히 사장 아들이래요?"

"확실해."

아마 최 반장도 맨 먼저 진짜 김영수의 아들이 유괴되었는지부터 확인했을 것이다. 물론 김영수도 신고하기 전에 유괴당한 아이가 자신의 아들이 맞는지부터 확인했을 것이고.

"이 사건 한 형사가 맡아. 김영수 사장이 자네를 지목했어."

"사장이 저를요?"

"그래, 반드시 자네가 와야 한대. 아마 자네가 그 사건에 대해 빠삭히 알고 있어서겠지."

물론 최 반장은 빠삭히, 라는 말을 한 형사에 대한 책망보다는 자책으로 했을 것이다. 그걸 알고도 한 형사는 가슴 한쪽이 뜨끔해왔다. 그 사건이 보통 사건이었던가. 당시 사건의 총책임자였던 최 반장에게도, 갓 강력계 형사 2년차였던 자신에게도 잊을 수 없는, 아니 잊어서는 안 되는 사건이 아니었던가.

"이름 김은명. 여섯 살. 사내애야. 세상이 썩다 못해 곪았어, 곪아. 쌔끼들."

한 형사는 최 반장이 새끼들,도 아닌, 쌔끼들,이라고 말한 의미를 금방 이해할 수 있었다.

왜냐면 자신도 똑같은 생각을 하고 있었으니까.

그 쌔끼들,은 희생한 자에게 끊임없이 더 희생하라고 강요하는 자들이다.

손가락으로 밥을 먹을 때 젓가락을 주면 숟가락까지 달라고 협박하는 자들이다.

그게 그 쌔끼들,의 밑바닥이다.

그런데 그때 김영수는 그 쌔끼들,에게 누구도 선택하기 어려운 선택을 했었다. 가장 비도덕적이고 비윤리적이고 비인간적인 그 쌔끼들,에게 가장 인간적이고, 가장 도덕적이고 윤리적인 판단을 내렸었다. 대담함과 용기와 희생이 없이는 하지 못했을 그의 선택에, 인간의 가장 더럽고 추잡한 밑바닥에 치를 떨던 강력계 형사인 자신이 콧등이 다 시큰해졌던 기억을 잊을 수 없다. 덧붙여 형사로서 무기력함을 그때처럼 절실하게 느꼈던 기억도.

한 형사는 김영수의 집으로 차를 몰고 가면서 '그 사건'을 떠올려보았다.

그러니까 사건은 돈을 노린 단순 유괴에서부터 시작되었다.

7년 전, 한 형사가 인간은 절대로 믿을 수도 없고, 믿어서도 안 되는 존재라는 것을 알아갈 수밖에 없는, 이제 막 강력계 형사 2년차이던 때였다. 당시 어린이 장난감을 만드는 중소기업의 사장인 김영수의 아들이 납치됐다. 당연히 유괴범은 돈을 요구했고, 신고하면 아이를 다시는 살아서는 못 볼 거라고 협박했다. 하지만 그는 유괴범의 전화를 받자마자 경찰에 신고했다. 보통의 부모라면 아이가 유괴되었다는 것을 아는 순간, 어떻게 해서든 아이를 살려야겠다는 일념 하나로 유괴범의 요구를 따르기 마련인데, 그의 신속한 판단에 경찰들은 이번 사건은 쉽게 풀릴지도 모른다고 한편으론 낙관하고 있던 차였다.

그런데 문제는 다른 데서 일어났다.

그의 집에 도착해 수사를 위한 만반의 준비를 하고 있을 때, 당시 초등학교 3학년이던 김영수의 아들, 즉 김은철이 놀다가 뒤늦게 집에 돌아온 것이다!

그러니까 정작 유괴된 아이는 김영수의 아들 김은철과 이름이 같은 다른 아이였다. 그 아이는 할아버지와 단둘이 사는, 원래 김은철과는 비교할 수도 없는 생활환경이었다. 당연히 유괴범이 요구하는 돈은커녕, 막말로 약 먹고 죽으려 해도 약 살

돈이 없는 그런 형편이었다. 하지만 유괴범에게, 다른 아이를 유괴했다는 말은 통하지 않았다.

"이 김은철이든 저 김은철이든 우린 상관없어. 돈 내놔."

이제 이 문제는 유괴 문제뿐만 아니라 과연 김영수가 어떤 결정을 내릴 것인가의 문제로 공이 넘어갔다.

자신의 아이가 아닌 남의 아이에게 과연 5억이란 돈을 지불할 것인가?

그래도 중소기업 사장이라 샐러리맨보다야 여유가 있는 건 사실이지만, 조사에 따르면 자금 사정이 그리 좋은 상황은 아니었다. 그런 상황에서 만약 돈 5억을 빼낸다면, 회사는 하루아침에 도산할 수도 있었다. 듣자 하니 김영수는 장난감 공장의 직공에서부터 시작해 갖은 고생 끝에 지금의 위치에 오르게 된 것 같았다. 그런 그에게 회사의 도산이란 곧 자기 자신의 도산이나 다름이 없지 않을까.

회사를 살릴 것인가, 아이를 살릴 것인가?

"내가 만약 요구를 들어주지 않으면 아이는 어떻게 됩니까?"

김영수가 퀭한 눈으로 묻던 것을 기억한다.

아무도, 그렇게 되면 아이는 십중팔구, 아니 십중십은 죽을 것이라고 답할 수 없었다. 유괴범은 돈을 받지 못한 분노와 그딴 어처구니없는 실수를 초래한 스스로의 잘못에 화가 난 나머지, 결국 아이를 죽이는 것으로 사태를 마무리 지을 수도 있기 때문이었다.

당시 한 형사는 곰곰이 생각해보았다.

과연 내가 저 사람 입장이라면 어떻게 할 것인가?

내 아이라면 두 번 생각할 필요도 없겠지. 하지만 내 아이가 아니라면…? 가슴으로는 5억이 사람 목숨에 비할 돈이냐 싶지만 머리로는 아니었다. 아니 솔직히 말하면, 가슴으로도 아니었다. 5억이란 돈은 충분히 냉정하게 계산할 수 있는, 그런 엄청난 액수였다. 그가 돈을 내놓지 않겠다고 결정한들, 그 누구도 그를 비난할 수는 없었다.

유괴범이 정한 시간이 차츰차츰 다가올수록 김영수는 눈에 띄게 초췌해져갔다. 초조하고 속이 타는 것은 그뿐만이 아니었다. 그의 결정을 기다리는 형사들은 물론이고, 이름이 같다는 이유로 유괴된 김은철의 할아버지는 그야말로 초주검이 되기 직전이었다. 하지만 지금 생각하면 그 할아버지도 대단했다. 단 한 번도 당신 아들 대신 우리 손자가 유괴됐다는 말을 하지 않았다. 단지 김영수의 집 문 밖에서 무릎을 꿇고 있을 뿐이었다. 손자를 살려달라고도, 그의 양심에 호소하는 말도 하지 않았다. 그것이 더 그를 심정적으로 압박했는지는 모르겠지만 어쨌든 그랬다.

밤새 한숨도 못 잔 김영수는 점점 눈에 핏발이 서고 입술이 허옇게 말라갔다. 모르긴 몰라도 그에게는 그 하룻밤이 1년, 아니 10년과 같은 시간의 무게였을 것이다. 회사를 선택하면 돈 때문에 아이를 죽음으로 몰고 간 피도 눈물도 없는 인간이 되는 것이고, 그렇다고 5억이란 돈을 내놓으면 평생 쌓은 탑이 무너질 판이니 왜 안 그렇겠는가.

그렇게 피 말리는 시간이 지나고 마침내 유괴범이 정한 시간에 정확히 전화벨이 울렸다.

그때까지도 그가 어떤 결정을 내렸는지 아무도 짐작조차 할 수 없었다.

모두들 김영수만 바라보는 가운데 그가 수화기를 들었다. 그리고 천금보다 무거운 목소리로 물었다.

"돈은 어떻게 주면 되겠소?"

한 형사는 지금도 그 순간만 생각하면 온몸에 전기가 찌르르 흐르는 것 같았다.

그것은 쌔끼들,을 향한 도전이자, 그를 조마조마 지켜본 사람들에게는 위안이었으며 동시에 김영수 스스로에게는 자신과의 싸움에서 이긴 승리의 일갈이었다.

그때 한 형사는 처음으로 인간의 또 다른 밑바닥을 보여준 김영수에게 진심으로 고마웠다.

돈을 건네주자 아이는 무사히 돌아왔다. 하지만 끝내 유괴범은 검거하지 못했다. 정말이지 총력을 다해 수사를 벌였지만 이상하게 단서가 꼬이고 꼬여 결국은 미제사건으로 남고 말았다. 정작 유괴할 아이가 아닌 다른 아이를 데려간, 뭔가 어설퍼 보이는 유괴범치곤 믿을 수 없으리만큼 꼬리가 잡히지 않았다.

그 사건 이후 한동안 담당 경찰서는 민원전화 때문에 업무가 마비되다시피 했지만 그것은 당연히 감수해야 할 문제였고, 심지어 한 시민은 '직무유기죄'로 경찰서장 이하 모든 담당 형사들을 고소하기까지 했었다. 정말이지 담당 형사들로서는 생각만 해도 고개를 절레절레 흔들게 만드는 사건이었다. 그래도 한 가지 위안이 있었다면, 사건 이후로 김영수의 장난감 회사는 우려와 달리 승승장구했다는 것이다. 다른 아이를 위해 5억이란 거금을 내놓은 미담이 알려지면서 부도 직전에 기사회생했다던가. 하긴 한 형사도 늦게 본 아들 녀석의 장난감을 살 때면 일부러 그 회사 제품을 고르곤 했었다. 인간에 대한 예의를 아는 사람이 만든 회사의 장난감을 갖고 놀면 아들도 김영수와 같은 사람으로 자라지 않을까 하는, 지극히 단순하지만 휘파람 정도는 날릴 만큼 기분 좋은 마음으로.

그런데 이번엔 둘째 아들이 유괴되었단다. 큰아들 유괴 미수에 둘째 아들 유괴라…. 두 아이가 모두 그런 일을 당한 부모의 심정은 어떨까. 한 형사는 생각만으로도 뒷골이 쑤시고 아찔했다.

"선배나 나나 평생 애들 유괴 걱정 하나는 안 해도 되겠수다."

송 형사가 쓸쓸한 웃음을 날리며 말했다.

"그래, 박봉인 게 자랑이다."

아닌 게 아니라 김영수의 집은 집이란 표현보다는 저택이란 표현이 어울렸다.

아들이 자라 장난감을 살 기회가 없어지면서 점차 그 회사를 잊었는데, 그동안 회사는 이제 장난감뿐만 아니라 모든 어린이 용품을 만드는 회사로 성장한 모양이었다.

"오랜만에 뵙겠습니다, 사장님."

말해놓고 보니 좀 어울리지 않은 인사였다. 아마 유괴범을 검거해 김영수 앞에 무릎 꿇지 못했다는 형사로서의 자괴감 때문에 그랬을 것이다.

김영수는 대답하지도 뒤돌아보지도 않았다.

"유괴범한테서 전화가 왔었습니까?"

송 형사의 질문에도 그는 여전히 완강한 뒷모습으로 꼼짝도 안 했다. 세상에 대한 분노와 원망이 그의 등에서 느껴졌다.

"여보…."

얼굴이 반쪽이 된 그의 아내가 불렀지만 그는 여전히 꼼짝도 안 했다.

"몇 시에 아들이 유괴된 것을 알았습니까?"

"…오후 7시경이었어요."

오후 7시? 지금은 오후 5시다.

"어제…."

"어제요? 그런데 왜 오늘에야 신고를…."

7년 전에는 유괴되었다는 것을 알자마자 경찰에 신고했었다. 그런데 어제라니.

"이번엔 제가 끝까지 해결해보려고 했습니다."

뒤돌아서며 김영수가 대답했다. 한 형사는 뒤돌아선 그의 모습을 보는 순간, 깜짝 놀랐다. 7년 전과는 너무나 다른 김영수가 거기에 있었다. 한 형사는 형사라는 직업의 특성상 한 번 본 사람은 아무리 세월이 흘러도 금방 알아볼 수 있다. 자신에게 각인된 그 사람의 인상 때문이었다. 그런데 뭐랄까, 그는 인상이 달라졌다. 확실히 성공한 사람답게 여유와 냉정함이 있어 보이긴 했지만 그런 종류가 아니다. 김영수는 예전의 김영수가 아니었다. 지금까지 범죄 현장에서 징글징글하도록 보아온 쎄끼들,에 가까운 인상이라고 하면 너무 멀리 나간 걸까. 한 형사는 느닷없이 뒤통수를 한 대 맞은 듯 정신이 번쩍 들었다.

"그 말은 유괴범의 요구 조건을 무조건, 들어주겠다는 뜻입니까?"

한 형사의 말끝이 날카로워졌다.

"네. 그럴 생각이었습니다."

한 치의 군더더기도 없는 단호한 대답이었다.

"그런데 왜 신고하셨습니까? 저까지 지목하시면서요."

"한 형사님을 지목한 건, 제가 아닙니다."

"…?"

"유괴범입니다."

이건 또 무슨 소리?

"유괴범이 한 형사님을 딱, 지목했다고요?"

송 형사가 옆에서 확인해주었다.

"그렇습니다."

"그러니까 요는 유괴범이 유괴 사실을 경찰에 신고하라고 했다는 거네요. 형사까지 지목하면서. 거참, 형사의 허를 찌르는 유괴범일세. 선배 뭐 짚이는 거 없어요?"

당장에 짚이는 것은 없다. 하지만 한 형사가 이 사건에서 단지 형사의 입장인 것만은 아니란 사실이 확실해졌다.

"또 무엇을 요구했습니까?"

"아무것도, 아무것도 없습니다. 아직은….'

"사장님께선 유괴범이 왜 절 지목했다고 보십니까?"

"모르겠습니다."

그의 인상이 달라져 보이는 것은 상대의 질문에 최대한 짧게 대답하는 태도에서 나온 건지도 모른다. 그건 신중해서라기보다는 뭔가를 숨기는 데서 나온 어두운 침묵 같은 거라고 한 형사는 직감했다.

유괴범은 왜 자신을 지목했을까?

이 사건과 자신이 무슨 연관성이 있는 걸까?

혹시 7년 전 사건과 관련이 있는 걸까?

"은철이는 잘 지내고 있습니까?"

이번엔 간신히 상황을 버티고 있는 그의 아내에게 물었다.

"유학 갔어요. 그 일이 있고 불안하기도 하고 해서… 기숙사가 있는 영국으로 보냈어요."

충분히 그럴 수 있다.

"그 친구는요? 은철이 대신 유괴되었던."

그의 아내가 고개를 흔들었다.

"할아버지께서 돌아가셨다는 말을 들은 것 같기도 하고… 잘 모르겠어요."

그러고 보니 한 형사 자신도 그 김은철을 한번도 떠올려본 적이 없다는 생각이 비로소 들었다. 당시 그 아이는 친구와 이름이 같다는 이유로 유괴되었고, 무사히 돌아왔을 때는 상황을 하나도 진술하지 못할 정도로 큰 충격을 받은 상태였다. 하지만 아무리 그렇다고 자신을 감금했던 사람이 남자라는 것 말고는 뭐 하나 제대로 기억하는 것이 없어 답답한 마음에 솔직히 아이의 지능까지 의심했었다.

"형사님, 우리 은명이는 괜찮겠죠? 우리 아이한테 무슨 일이 생기면 어떻게 해요? 전 그 아이 없이는…."

기어이 그의 아내가 눈물을 터트리고 말았다.

"여보!"

김영수가 아내를 눌렀다.

자식이 유괴당해 우는 아내를 부르는 남편의 목소리치고는 지나치게 차갑고 지나치게 냉정했다.

뭔가 있다. 지금 그는 뭔가를 알고 있다. 적어도 뭔가를 짐작이라도 하고 있다. 그렇지 않고서야 저렇게 차갑게 아내를 저지할 수 없다.

그때 전화벨이 울렸다.

순간 방 안의 공기가 긴장감으로 팽팽해졌다.

벌써부터 기다리고 있던 팀원들이 위치 탐지기를 작동하고 김영수에게 눈짓을 했다.

잠깐 동안 눈을 감았다 뜬 그가 수화기를 들었다.

"여보세요."

"한 형사는 왔습니까?"

유괴범이다. 음성 변조기를 이용해서 목소리만으로는 남자인지 여자인지, 나이가 몇 살쯤 되는지 알 수 없다.

"지금 여기 같이 있습니다."

"…."

잠깐의 침묵.

"아이는, 아이는 잘 있죠? 목소리라도."

김영수의 말이 채 끝나기도 전에 저쪽에서 말했다.

"김 사장, 잠은 잘 잡니까?"

대체 뭔 소리?

김영수도 예상치 않은 질문이 무슨 의도인지 생각해보는 것 같았다.

"대답해! 잠은 잘 자냐고!"

"비교적 잘 자는 편입니다. 다만 어제는 못 잤습니다."

"꿈은? 잘 때 꿈은 꿉니까, 안 꿉니까?"

"저는 꿈을 꾸지 않습니다."

"씨팔, 그럴 줄 알았어."

뚝, 전화가 끊겼다.

"여보세요, 여보세요, 우리 아인…."

뒤늦게 김영수가 외쳐보지만 이미 끊긴 전화에서 답이 있을 리 없다.

사람들은 서로의 얼굴을 쳐다보며 무슨 말을 해야 할지 몰라 멍했다. 다짜고짜 잠은 잘 자냐, 꿈은 꾸냐니.

"하, 그 새끼, 진짜 허를 찌르네."

송 형사가 맘에 안 든다는 듯이 책상을 쾅 치며 말했다.

전화를 건 위치는 장안동의 한 상가 내 공중전화로 밝혀졌지만, 당연히 그곳에선 아무런 단서도 찾지 못했다.

돈을 요구하지도 않는다. 무슨 원한이 있어 아이를 죽이겠다고 협박하지도 않는다. 아니, 현재로선 아이가 살았는지 죽었는지조차 모른다. 설마 진짜로 아이 아버지가 잠은 잘 자는지, 꿈은 꾸는지 안 꾸는지를 알고 싶어 유괴했을 리는 만무하고. 정신이상자의 소행일까? 그런 것 같진 않다. 그러기엔 아이를 감쪽같이 유괴한 것이나, 공중전화를 사용한 것이나, 많이 준비하고, 많이 계획하고 저지른 게 틀림없다. 그렇다면 이 유괴범은 무엇을 노리고 이런 일을 벌인 걸까?

한 형사는 아무리 생각해봐도 뭔가 꼬투리라도 알고 있는 사람은 김영수밖에 없다는 결론을 내렸다.

"사장님, 목소리는 알아들을 수 없지만, 뭔가 억양이나 그런 게 익숙하거나 하지는 않습니까? 혹은 직감적으로 떠오르는 사람이 있다거나…."

"없습니다."

단호하다.

"돈 때문이라기보다는 사장님이나 가족에게 뭔가 할 말이 있어서인 것 같은데…."

한 형사는 '원한'이란 말을 최대한 부드럽게 표현해보았다.

"원한을 말씀하시는 겁니까?"

역시 그는 자수성가형답게 눈치가 빨랐다.

"전 말입니다, 우리같이 범인을 잡으러 다니는 형사들은 한 발을 관에다 넣고 산다고 생각합니다. 그러면 뱃속이 훨씬 편하죠. 때론 사장님도 그런 생각이 들지 않으십니까? 짧은 시간에 회사 규모를 이만큼 키우시려면 만만치 않았을 것 같아서 하는 말입니다."

김영수가 날카롭게 한 형사를 쳐다봤다. 그는 유괴범이 한 형사를 지목한 것을 몹시 못마땅해하는 것 같았다. 물론 충분히 이해할 수 있는 일이었다. 과거에 사건을 해결하지 못한 형사에게 다시 똑같은 사건을 의뢰하기란, 틀릴 것을 뻔히 알면서도 답을 적는 것과 같은 기분이었으리라.

"다시 한번 묻겠습니다. 사장님께선 왜 유괴범이 절 지목했다고 생각하십니까?"

"모른다고 했잖습니까?"

"유괴범이 저와 사장님 둘 모두에게 뭔가 할 말이 있는 게 아닐까요?"

"제가 그 자가 아닌데 어떻게 그걸 알겠습니까?"

"사건은 어제 일어났습니다. 처음부터 절 부르시지 않은 이유라도…?"

그가 픽 하고 웃었다. 비웃음이었다.

"적어도 그 자가 자기를 잡아 처넣어달라고 한 형사님을 오시라고 했을 리는 없겠죠."

7년 전에 잡아 처넣지 못한 것을 비꼬고 있다.

"아까부터 유괴범을 '그 자'라고 표현하시던데, 그건 짐작 가는 사람이라도 있다는 뜻입니까?"

그가 벌떡 일어서더니 거칠게 물을 마셨다. 그러고는 컵을 탁 소리가 나게 내려놓으며 말했다.

"없습니다."

"사장님, 저와 단둘이 할 얘기가 있을 것 같은데요."

"선배, 그건…."

송 형사가 끼어들었다. 그건 수사의 형평성에 어긋난다는 말을 하고 싶겠지. 하지만 지금은 그런 것을 따질 때가 아니다. 이건 유괴 사건이다. 한 아이의 목숨이 왔다 갔다 하는 사건이란 말이다. 그리고 그는 뭔가를 알고 있다. 아이의 아버지가 저렇듯 앞뒤 없이 부정하는 것은 뭔가 공개적으로 말할 수 없는 것이 있다는 뜻이다.

그때 갑자기 김영수가 소리 질렀다.

"대체 나더러 무슨 말을 하라는 겁니까? 지금 내 아들이 유괴당했습니다. 아들한테 무슨 일이 생기기 전에 찾아내는 것이 당신이 할 일 아닙니까? 당신 형사잖아. 당신은 7년 전이나 지금이나 똑같아. 그때도 결국은 유괴범한테 졌지? 유괴범이 왜 당신을 지목했는지 정말 몰라? 내가 말해줘? 유괴범은, 당신이 절대로 이 사건을 해결할 수 없는 무능한 형사란 걸 알고 있기 때문이야!"

"여보."

사색이 된 아내가 그를 불렀지만 이미 이성을 잃은 그는 바락바락 악을 썼다.

"내 집에서 다 나가! 이따위 수사 다 필요 없어. 내 아들은 내가 찾아. 다 나가!"

그는 컵을 던져 기어이 유리창을 깨고 말았다.

"잠은 잘 자냐…, 꿈은 꾸냐…, 무슨 뜻으로 그랬을까요, 선배?"

"말 그대로겠지. 잠은 잘 자냐…, 꿈은 꾸냐…."

"잘 잔다, 꿈을 꾸지 않는다, 대답하니 씨팔 그럴 줄 알았어, 그랬잖아요. 만약 반대로 잘 자지 못한다, 꿈을 꾼다, 그렇게 대답했더라면 반응이 어땠을까요?"

"씨팔, 그럴 줄 알았어, 그랬겠지."

"선배, 왜 그래요? 아까 사장 말에 진짜로 충격 먹었어요?"

충격까지는 아니어도 기분이 상한 것은 사실이었다. 아니 기분이 상한 정도가 아니라 형사로서 자존심이 팍팍 뭉개지다 못해, 울적해지기까지 했다. 그의 말은 틀린게 하나도 없었다. 다만 유괴범이 자신을 지목한 것이 무능한 형사라서가 아니라, 뭔가 자신도 이 사건에 일말의 관련이 있을 것 같은 생각을 떨쳐버릴 수 없었다.

"아무리 생각해도 7년 전 사건과 관련이 있는 것 같아."

"왜요?"

"김영수와 나를 싸잡아 한데 묶을 거라곤 그 사건밖에 없거든."

"하긴."

"그 사건에서 최대 피해자는 누굴까?"

"두말하면 잔소리, 세말하면 헛소리죠. 김영수죠. 거금 5억이나 뜯겼잖아요."

"그렇지? 근데 쫄딱 망할 줄 알았던 그는 지금 더 잘살고 있어."

"그거야 착하고 선량한 대한민국 국민들이 장난감을 사준 덕에…."

"그렇다면 그는 결국 피해자는 아니지 않을까."

"김은철도 사실은 유괴당한 게 아니었으니 피해자라 할 수 없죠."

"어떤 김은철?"

"네?"

"실제로 유괴된 그 아이는 어땠을까?"

"…."

"그 아인 친구 대신 유괴당했어. 돌아왔을 땐 충격으로 말도 제대로 못했지. 그리고 모든 언론의 초점이 인간적인 너무나 인간적인 김영수에게만 맞춰졌지. 마치 그 아이는 죽음 직전에 자비로운 신에 의해 구해진 어린 양 취급을 당했고. 그리고 사람들은 끊임없이 그 아이에게 김영수가 네 생명의 은인이다, 이렇게 말했지. 그 말을 들은 그 아이의 심정은 어땠을까?"

"5억을 몸값으로 내준 건 사실이잖아요. 생명의 은인이란 표현이 꼭 과장된 것만은 아니죠."

"입장을 바꿔놓고 생각해봐. 막말로 김영수 아들 대신 유괴당한 거잖아. 생각해보면 억울할 수도 있지 않을까?"

"생각하기 나름이겠죠, 뭐. 나 같으면 억울하다고 생각하진 않을 것 같은데요. 어쨌든 살려줬잖아요."

"살려줬다…, 그랬지. 그 누구도 하기 힘든 일을 그가 해냈지. 그때."

그때 전화벨이 울렸다.

바짝 긴장한 한 형사와 팀원들은 서재에서 김영수가 나오기만을 기다렸다. 그러나 그는 나오지 않고 전화벨 소리만 뚝 끊겼다.

왜?

한 형사는 직감적으로 깨달았다. 서재에서 전화를 받은 것이다. 말하자면 형사들에게 알리고 싶지 않은 게 있다는 것이다.

"작동시켜!"

위치 탐지기를 작동하라고 시키고 한 형사도 수화기를 들었다.

"다시 한번 묻겠다. 김 사장, 당신은 잘 때 꿈을 꾸지 않는가?"

역시 유괴범의 전화였다.

"말하지 않았소? 난 꿈 따윈 꾸지 않아."

송 형사가 한 형사를 쳐다봤다. 아들의 생명을 쥐고 있는 유괴범에게 그의 태도가 당당하다는 듯한 느낌이 들어서였을 것이다.

"얼마면 되겠소? 돈이라면 얼마든지 주겠소."

"돈? 돈 필요 없거든."

"돈이 필요 없다고? 지금 무슨 말 하는 거야? 돈 준다니까. 돈!"

"돈 따윈 필요 없다고 했잖아!"

"그럼 왜 아일 데려간 거야?"

잠깐의 침묵.

"진실을 밝혀."

진실?!

한 형사는 절로 무릎을 쳤다.

이거였구나.

"진실…이라니, 어떤….”

당황하는 김영수의 얼굴이 보이는 듯했다.

"7년 전 사건의 진실!"

"야, 너 정말 왜 이래? 이러면 너 죽고 나 죽어. 돈 준다니까, 돈. 얼마면 돼?"

"거기 한 형사, 듣고 있죠?"

느닷없이 이름이 불린 한 형사는 순간, 당황했지만 대답했다.

"네."

"오늘 밤 9시 KBS."

그때 전화가 뚝 끊겼다. 김영수가 일부러 전화를 끊어버린 것이다. 한 형사는 서재로 뛰다시피 들어갔다. 그가 머리를 두 손으로 쥐어뜯고 있었다.

"이 자가 누굽니까?"

"모릅니다."

"아들을 포기하실 겁니까?"

그는 분명히 유괴범을 알고 있다. 그 자는 7년 전의 사건과 관련이 있을 것이다.

그때 다시 전화벨이 울렸다.

김영수는 꼼짝을 안 했다.

한 형사가 전화를 받았다.

"한 형사입니다."

"김 사장에게 전하세요. 오늘 밤 KBS 9시 뉴스에 직접 나와서, 7년 전 사건의 진실을 밝히라고요. 그렇지 않으면 은명이를 죽입니다. 제가요, 반드시."

그리고 전화가 끊겼다.

"아악!"

김영수가 소리를 지르며 벽을 주먹으로 마구 쳤다.

엉킨 실타래의 시작은 7년 전 사건이었다. 그리고 자신이 지목된 이유도 그거였다. 그 사건에는 자신이 알지 못하는 진실,이 있었다.

한 형사는 기다렸다. 지금은 저렇듯 손에서 피가 나도록 벽을 치고 있지만, 그는 결국은 결정할 것이다. 아들을 살리려면 그 길밖에 없다.

어깨를 들썩이며 숨을 헐떡이던 그가 마침내 정신을 차리는가 싶더니, 서재 문을 잠갔다.

"한 형사님, 약속해주십시오."

"무슨?"

"지금부터 제가 하는 말, 아무에게도 말하지 말아주십쇼. 한 형사님만 알고 계시는 겁니다."

"범인을 잡게 해줄 테니 비밀을 지켜달라, 이겁니까?"

그가 고개를 끄덕였다.

"좋습니다. 비밀을 지켜드리죠. 어차피 내 일은 유괴범을 검거하는 것까지니까."

김영수가 진실을 말하려 한다. 한 형사는 눈을 감았다. 지금부터 듣게 되는 그 진실이란 것은, 추잡하고 더럽고 이기적인 인간의 욕망을 드러낸 이야기일 것이다. 그것도 선함을 가장했던.

진실은 상대적이다. 각자에게는 각자의 진실이 존재한다. 특히 범죄 세계에선 더 그렇다. 가해자에게는 가해자의 진실이, 피해자에겐 피해자의 진실이 있다. 그래서 그 진실이란 것은 의외로 섬뜩하고 잔인할 때가 많다.

"7년 전 사건은 제가 조작한 일이었습니다."

"?!"

"당시에 회사가 하루아침에 날아갈 위기에 놓여 있었습니다. 전 그 현실을 이해할 수도 받아들일 수도 없었습니다. 어떻게 이룬 회사인데… 무슨 희생을 치르더라도 회사를 살리고 싶어 고민하던 중, 쓰레기 만두 파동 기사를 접하게 되었습니다. 언론과 인터넷이 만들어낸 여론몰이로 회사는 하루아침에 도산하고 사장까지 투신자살했던 사건 말입니다…. 만약 도산하면 딱 자살이라도 하고 싶은 심정이었던 저는 남의 일 같지 않았습니다. 그런데 그때 문득 이런 생각이 들었습니다. 하루아침에 회사를 도산하게 만든 그 여론몰이를 역으로 이용해보면 어떨까…. 역으로 이용할 수 있다면 가장 효과적이고 가장 극적인 방법은 무엇일까…. 지금 생각해도 왜 그랬는지 모르겠지만, 어쨌든 유괴가 떠올랐습니다. 유괴 사건으로 사회의 주목을 끌어 여론을 조성할 수 있지 않을까…. 장난감 회사의 아들이 유괴되었다면, 여느 사건과는 다른 각도로 접근할 수도 있겠지…. 가능할 것 같았습니다. 그래서 실행에 옮기기로 하고 계획을 짰습니다. 처음엔 진짜로 제 아들을 유괴할 생각이었는데, 계획을 세우던 중 우연히 아들과 같은 이름의 아이가 있다는 것을 알게 되었습니다. 남의 아이를 살리기 위해 5억을 내놓는다면 회사 이미지를 살릴 수 있지 않을까…. 그러면 회사가 하루아침에 무너지는 것은 막을 수도 있지 않을까…. 그래서 그런 일을…. 예상대로, 아니 예상한 것 이상으로 호응이 컸고, 결과적으로 회사는 단시간에 엄청나게 성장할 수 있었습니다."

"그러니까 자작극을 벌였다?"

"…네."

그래서였구나. 그래서 끝까지 범인을 찾지 못했구나. 피해자가 곧 범인일 줄이야!

"이런 엿 같은!"

진실의 모습은 이번에도 예외가 아니었다.

한 형사는 어처구니가 없었다. 마음 같아선 그를 힘껏 갈기고 싶었다. 결국 그는 쌔끼들,보다 더 치사하고 더러운 또 다른 밑바닥을 가진 자였다.

"지금 범인은 당신과 공범이었던 그 자다?"

"그렇게 생각됩니다."

"그 자가 누굽니까?"

"홍보부에 있던 후배입니다. 그 사건 이후에 회사를 그만두었습니다."

지금까지 그는 그 후배란 작자와 직접 만나서 담판을 지으려 했을 것이다. 그런데 뜻밖에 그 자가 형사를 부르라고 한다. 대체 왜 형사를…? 이유를 알 수 없었겠지. 형사가 오기 전까지는 아무 조건도 말하지 않을 거라 했을 테고. 그는 방금 전 전화로 이유를 알았을 것이다. 유괴범은 돈 때문에 아이를 유괴한 것이 아니었다. 진실 때문이었다. 그것이 형사를 부르란 이유였을 테고. 김영수라는 인간을 믿지 못한 것이다.

"그 일 이후 후배는 잊을 만하면 돈을 요구했습니다. 나중엔 돈을 안 주면 세상에 다 폭로하겠다고 협박까지 하면서."

물고 물리는, 제 꼬리를 잘라 먹고 제 살을 파먹는 인간들의 이야기다.

"너무 자주 요구하기에 할 테면 해봐라, 너도 감옥에 같이 간다는 식으로 응했더니, 한동안 잠잠했죠. 그런데 결국 이런 짓을…."

"저한테 연락하기 전까지 그 자를 찾으려고 무진 애를 쓰셨겠습니다."

"네…."

"근데 연락이 안 됐다?"

"형을 찾고 있습니다. 다른 가족은 없는 걸로 기억합니다."

그때 김영수의 휴대전화가 울렸다. 기다리던 전화였는지 얼른 받았다.

"찾았어? 뭐…? 언제?"

그가 한 형사를 쳐다봤다. 동공이 잔뜩 커졌다.

"죽었답니다. 그 후배…."

"죽어요? 왜요?"

"2년 전에 폐암으로…."

2년 전에 폐암으로 죽은 자가 지금 아이를 유괴할 수는 없다.

그 자가 아니라면 그럼 대체 누구란 말인가?

"그 일에 대해 사장님과 그 자 말고 또 누가 알고 있습니까?"

"아무도, 아무도…."

김영수가 고개까지 흔들며 말했다. 그 자가 죽기 전에 누구에게 말했을까? 그래서 김영수를 협박하는 걸까? 그렇다면 돈을 요구해야지 이런 사건까지 벌이면서 사건의 진실을 밝히라는 것은 아무리 짜 맞추려 해도 억지다.

"한 형사님…?!"

그의 눈은 두려움으로 가득했다. 마치 귀신이라도 본 것처럼 창백해지면서 손까지 덜덜 떨었다. 떨리겠지. 아니, 떨려야 한다. 지금까지 냉정할 수 있었던 것은 실체를 안다고 생각해서였겠지. 이제는 아무것도 모른다. 그는 이제야 깨달은 것이다. 해서는 안 되는 일을 한 결과가 결국은 이렇게 끔찍하게 돌아왔다는 것을.

"비밀은 지켜드리죠. 단 9시 뉴스 전까지입니다. 그 후엔 제가 말하지 않아도 세상 사람들이 어차피 다 알 테니까 말입니다."

사실 이 말은 할 필요가 없었다. 아니 하지 말았어야 했다. 결국 그 시간까지는 범인을 잡지 못한다는 거 아닌가. 하지만 한 형사는 기어코 내뱉고 말았다. 김영수의 장단에 놀아났던 자신이 한심해서, 한순간이나마 남을 위해 자신을 희생하는 사람도 있다고 믿었던 순진함에, 결국은 또 이 모든 것에 배신당했다는 쓸쓸함에.

형사라 해서 범인을 다 잡고 싶은 건 아니다. 저런 인간을 위해서는 범인을 잡고 싶지 않다.

서재 문을 쾅 닫고 나오는 한 형사의 솔직한 심정이었다.

"이거 집안 문제 아니유? 7년 전 진실이 대체 뭐기에."

송 형사가 우회적으로 궁금증을 내비쳤다.

"9시 뉴스에 나와 그 사건의 진실,을 밝히라니. 유괴를 뭐 영화 찍는 것쯤으로 아나."

9시까지 남은 시간은 두 시간 남짓.

범인을 잡고 싶지 않다고 해서 진짜로 잡지 않을 수는 없다. 아이의 생명이 걸린 문제이니까.

유괴범이 말했듯이 사건의 발단은 7년 전 진실이다. 그 진실에 대해 알고 있는 사람은 김영수 사장과 공범이다. 공범은 죽었으니 제외하고, 또 누가 있을까. 혹시 유괴된 당사자인 김은철? 당시 초등학교 3학년이었으니 이제 고등학교 1학년일 텐데 고등학생이 유괴범이 될 수 있을까? 될 수 있다. 강력계 형사 9년차이면 부모가 살해된 사건 현장을 보고 아들부터 의심하게 되는, 범인과 똑같이 피도 눈물도 없는 천하에 몹쓸 인간이 된다.

한 형사는 일단 김은철을 찾아보기로 했다.

김은철은 초등학교를 졸업한 뒤 인근 중학교에 입학은 했는데 졸업을 하지 않은 것으로 나왔다. 그 사건 이후 할아버지가 돌아가시고 보육원으로 들어갔다고 해서 그곳으로 찾아갔다.

"오억이요?"

"오억?"

"은철이 별명입니다. 막말로 그 사장님께서 지깟 놈한테 거금 오억이나 들여서 살려줬으면, 은혜를 생각해서라도 성실하고 착하게 살아야지, 그딴 식으로 살면 되겠습니까?"

"학교는 왜 중퇴했습니까?"

"학교 가랬지 누가 지옥 가랬습니까? 하여튼 학교 가는 걸 죽기보다 싫어했어요."

"은철이 지금 어디 있습니까?"

그제야 지금까지 의기양양하게 말하던 보육 교사가 눈길을 돌렸다.

"모릅니다…."

"이곳을 떠났습니까?"

"그게 아니라 나간 지 이틀 됐는데…."

"가출했습니까?"

"가출이라기보다…."

뭔가 숨기고 있다.

형사란 남들이 사실을 말할 때는 잘 몰라도, 거짓을 말할 때는 귀신처럼 알아챈다.

"무슨 일이었습니까?"

"그게… 도난 사고가 일어났습니다. 오억이랑 같은 방을 쓰고 있던 아이가 돈을 잃어버렸는데, 오억이가 그랬을 거라고 생각해 다그쳤는데…."

"은철이가 안 훔쳤군요."

"여러 가지 정황상 의심할 수밖에 없었습니다."

"전에도 물건이나 돈을 훔친 적이 있었습니까?"

"중학교 다닐 때 학급 돈이 없어졌는데 그때도 오억이가 의심을…."

"그때도 역시 안 훔쳤군요."

"그 일 때문에 학교를 때려치웠습니다."

"은철이가 갈 만한 곳은 없습니까?"

"제가 알기론 없습니다. 할아버지가 유일한 가족이었거든요. 오억이한테는."

"선생님."

한 형사가 보육 교사를 낮게 불렀다.

"은철이는 오억이가 아닙니다. 김은철이죠."

이름이 같다는 이유로 유괴돼, 지금까지 오억이란 별명으로 불린 아이. 유일한 혈육인 할아버지를 잃고 학교에서, 보육원에서 도둑으로 몰리며 산 아이. 만약 그 아이가 자신이 유괴당한 것이 김영수 사장의 자작극이란 것을 알았다고 가정한다면? 억울하지 않았을까? 그렇다고 이런 일을 벌일 수 있을까? 7년 전 그 아이는 지능이 떨어지는 것이 아닐까 싶을 정도로 어수룩했다. 이런 일을 절대로 계획하고 실천에 옮기고 그토록 대담하게 전화까지 할 아이로 보이지 않았다.

"가장 최근 은철이 사진을 주십쇼."

"드리긴 하겠지만… 형사님께선 오억이, 아니 은철이를 왜…?"

한 형사는 눈길을 밖으로 돌려버렸다. 지금까지 이 아이는 하지도 않은 일로 의심을 받는 데 지긋지긋한 아이다. 아직 아무것도 명백하지 않은 이상 그 어떤 것도 말하고 싶지 않았다.

잠시 후 보육 교사가 내민 사진을 본 순간,

이런.

한 형사는 김영수에 이어 다시 한번 뒤통수를 맞는 듯했다. 7년 전, 어리바리하던 아이의 인상이 아니었다. 그때는 희미한 인상이었다면, 지금은 훨씬 선명해졌다고나 할까. 특히 쏘아보는 눈매가 보통이 아니었다. 눈매로 봐선 충분히, 아니 넘칠 정도로 이런 일을 계획하고 저지를 만했다.

이 아이야!

직감으로 한 형사는 깨달았다.

이 아이가 틀림없어. 이 아이는 지금 어디에 있을까?

7시 50분. 이제 방송까지는 한 시간 십 분밖에 남지 않았다.

"사장은 어떡하고 있어?"

"선배, 어디서 뭐하고 있기에."

"김영수 뭐하고 있나고?"

한 형사가 소리를 빽 지르자 송 형사가 잔뜩 볼멘소리로 대답했다.

"방송국으로 갔죠. 진실인지 뭣인지 안 밝히면 아들을 죽이겠다고 했잖아요."

방송을 하기로 결정한 모양이다. 일단 김영수의 아들은 죽지 않을 것이다.

"근데 선배 진짜 어디…."

한 형사는 송 형사의 말을 끝까지 듣지 않고 휴대전화를 끊어버렸다.

대체 이 아인 여섯 살짜리 아이를 데리고 어디에 숨어 있는 걸까. 내가 이 아이라면 어디에 숨을까?

한 형사는 자신이 아이의 입장이 되어보려고 노력했다. 모든 것은 7년 전 사건에서부터 시작됐다. 답이 있다면 거기에 있을 것이다. 처음부터 하나씩 하나씩 되짚어보았다. 나라면… 나라면… 어디로?

거기?!

한 형사는 김영수에게 전화를 걸었다.

"한 형삽니다."

"유괴범은 잡았습니까?"

그래, 지금 피가 마르겠지. 아들을 살리기 위해 어쩔 수 없이 선택하긴 했지만, 생방송에 나가 자신이 저지른 파렴치한 과거를 말하기란 죽기보다 싫겠지. 방송이 시작되는 순간, 모든 것이 끝이란 걸 알고 있겠지. 자신이 이용했던 여론이 자신을 어떻게 처절하게 파멸시킬지 누구보다도 잘 알고 있을 테니까.

"김은철을 감금했던 장소가 어딥니까?"

대답이 없다.

순간, 한 형사는 등골이 서늘해졌다.

이 자가 눈치챘다. 전후 사정은 모르지만 김은철을 감금시켰던 곳에 유괴범이 있을지도 모른다는 생각을 한 것이다.

"어딥니까?"

"거기에 있습니까?"

유괴범을 잡기만 한다면 생방송 따윈 안 해도 된다고 부지런히 머리를 굴리고 있을 것이다.

"확실치 않습니다. 만약 그곳에 있다면 다행이지만, 아니라면 방송할 기회를 놓치게 됩니다. 그러면 아이 목숨이 위험해요. 같이 가기엔 위험 부담이 너무 큽니다."

머리가 그렇겠다는 쪽으로 굴러간 모양이었다.

"공장 지하실이었습니다."

공장 지하실? 등잔 밑이 어둡다더니. 맞은 데 또 맞는다. 제기랄, 정말 제기랄이다.

한 형사는 차를 공장으로 몰았다.

있었다. 공장 지하실에 은철이 있었다. 그 옆에 은명이 잠들어 있었다.

한 형사를 보자마자 깜짝 놀란 은철이 자고 있는 은명의 목에 칼을 갖다 댔다.

"가까이 오지 마. 다가오면 죽여버릴 거야!"

"김은철!"

자다 놀란 은명이가 울음을 터뜨렸다.

"형아!"

형아? 은명이가 은철을 형아라고 불렀다.

"뚝 해! 그치란 말이야! 뚝 안 하면, 이걸로,"

한 형사는 칼을 쥔 손이 벌벌 떨리는 은철이 차라리 안쓰러웠다.

"나 오줌 마려."

은명이는 자신에게 칼을 들이대고 있는 은철을 빤히 쳐다봤다. 무서움이라곤 전혀 없는 천진한 표정이었다. 그동안 은철은 은명에게 잘 대해준 것 같았다. 죽이겠다고 협박은 했지만, 처음부터 죽일 맘 따윈 없었을 것이다. 아니라면 아이가 어떻게 저렇게 천진한 표정으로 형이라 부르겠는가.

"형아, 나 오줌 마렵다니까."

"오줌 마렵다잖아. 가 뉘어라."

은철이 무슨 말인지 못 알아듣겠다는 듯 눈을 끔벅이며 한 형사를 쳐다봤다.

"빨리 갔다 와. 뉴스 시작하겠다. 네가 저지른 일 네 눈으로 확인해야지."

한 형사가 휴대전화로 TV를 켜며 말했다. 뉴스가 시작되려면 몇 분밖에 남지 않았다.

은철이 은명을 데리고 밖으로 나갔다.

지금 나가면 뒤도 안 돌아보고 도망갈 수도 있겠지. 다시는 돌아오지 않을지도 모른다. 하지만 한 형사는 은철에게 선택의 기회를 주고 싶었다. 만약 도망가지 않고 돌아오는 것을 선택한다면, 내가 저 아이를 한번 감수해보리라.

5분… 10분….

오줌을 뉘어도 몇 번을 뉘었을 시간이다.

은철은 돌아오지 않는 쪽을 선택한 걸까?

그동안 계속 김영수의 번호가 휴대전화에 찍혔지만 한 형사는 받지 않았다. 9시 뉴스가 곧 시작된다는 멘트가 나왔다.

은철은 정말로 오지 않을 것인가?

한 형사는 초조하기보다는 안에 있는 뭔가가 서서히 빠져나간 듯 허탈해졌다.

그때, 삐걱 하고 문이 열렸다. 은철이 은명의 손을 잡고 서 있었다.

"똥까지 뉘었냐? 왜 이렇게 늦었어?"

은철이 주춤주춤 들어왔다.

한 형사는 김영수에게 전화를 했다. 신호가 한 번이 채 울리기도 전에 받았다.

"잡았죠? 거기에 있었죠?"

"헛짚었나 봅니다. 아무도 없습니다."

김영수는 털썩 주저앉았을까.

9시 뉴스가 시작되고, 메인 뉴스가 끝난 후 드디어 김영수가 휴대전화 화면에 나왔다.

"저는 베이비프렌즈 대표 김영수입니다."

그를 본 은철이 부들부들 떨었다. 분노로 벌게진 눈이 튀어나올 것 같았다.

"아빠다! 아빠."

아무것도 모르는 은명이 그래도 아빠라고 반가워했다.

"제가 여기에 나온 이유는… 국민 여러분께 사죄드리기 위해서입니다. 저는 7년 전에 아이를 유괴당한 적이 있습니다. 아니 정확히 말하면 제 아이와 이름이 같은 아이를…. 사실은 제가 그 아이를 유괴해서… 회사를 살릴 욕심에 해서는 안 될 파렴치한 행동을… 이후 저희 회사는 승승장구… 유괴당한 아이는 무사히 돌아올 것이고, 회사는 기사회생할 수 있고, 아무도 피해 본 사람이 없을 거라는 짧은 생각으로 그런 짓을 저질렀습니다."

저런, 저런 말을 하다니.

아무도 피해 볼 사람이 없을 것이라고 생각했다니, 얼마나 이기적이고 위험한 생각인가.

아니나 다를까, 그때까지 눈을 부릅뜨고 화면을 보고 있던 은철이 벌떡 일어나더니 공장 안에 가득 찬 장난감들을 사정없이 던지고 짓밟으며 울부짖었다.

"아무도 피해 본 사람이 없을 거라고? 어두운 곳에 감금돼봤어? 영문도 모른 채 죽을지 모른다는 두려움에 떨어봤냐고! 너 때문이야, 다 너 때문이라고! 악마, 넌 악마야!"

화면 속 김영수가 눈물을 닦았다. 악어 눈물이다.

"제발 저의 아이를 돌려주십시오. 이렇게 머리 숙여 부탁드립니다."

생방송이 끝났다. 아마 벌써부터 인터넷은 난리 났을 것이고, 여론몰이가 시작됐을 것이다.

이건 현대판 마녀사냥이야.

좋은 의미에서든 나쁜 의미에서든 섣부른 판단과 질시의 여론몰이는 순식간에 한 인간을 파멸시키고 마는 현대판 마녀사냥이나 다름없다.

한 형사는 그렇게 생각했다.

"이제 속 시원하냐?"

실컷 소리치고 울고 난 은철이 오히려 후련하다는 표정이었다.

"…."

"하나만 묻자. 왜 날 지목했니?"

"아저씨는 꿈꿔요?"

또 그 꿈 타령이다.

"전요, 그 날 이후 한 번도 꿈을 꾸지 않은 날이 없어요. 꿈에서도 어둠 속에 갇혀 있었어요. 죽을지도 모른다는 두려움에 덜덜 떨어요. 그때도 여기 이렇게 장난감들이 있었어요. 어둠 속에서 본 장난감이 얼마나 무서웠는지… 너무 무서워서 자다가 엉엉 울어요. 그런데 저 사람은 꿈도 꾸지 않는대요. 그런 일을 저지르고도 잠을 잘 잔대요. 어른들은 다 그래요?"

어른이라고 다 그렇지는 않겠지. 그러나 한 형사는 그 말을 할 수가 없었다. 자신도 꿈을 꾸지 않기 때문이다. 매일 지옥 구덩이 같은 세계에 살면서도 꿈을 꾸지 않는다. 김영수나 자신이나 거기서 거기, 오십 보 백 보다.

"언제 알았니? 김영수 짓이란 걸."

"처음부터요."

이건 또 뭔 소리?

"처음 언제?"

"유괴되었던 때부터요."

"하, 환장하겠네. 근데 왜 말 안 했어? 그때 말을 했어야지."

"정말 기억 못 하세요?"

"?"

"그때 아저씨에게 말했잖아요. 저 사람이에요…, 저 사람이에요…."

"언…제?"

"쭉요. 근데 아저씬 내 말은 안 듣고, 저 남자가 네 생명의 은인이다, 평생 은인으로 섬겨라…, 그런 말만 했어요. 그때 아저씨가 내 말을 조금만 더 진짜로 들었더라면 어땠을까요? 그러면 할아버지는 돌아가시지 않았을까요? 보육원 같은 데 들어가지 않았을까요? 오억이란 별명도 없고, 돈을 훔치지 않았다는 내 말을 사람들이 믿어주었을까요? 아무도 내 말을 믿어주지 않아서, 이딴 일 따위 저지르지 않았을까요? 정말로 그랬을까요⋯?"

이 많은 질문 중에 한 형사가 대답할 수 있는 것은 하나도 없었다.

그래, 그랬었구나. 당시 저 아이는 겁에 질려 아무 말도 못 한 게 아니었구나. 저 아이가 말을 안 한 게 아니라 자신이 귓구멍을 틀어막고 있었구나. 어린아이 진술이라고 무시해버렸던 것일까. 김영수에 대한 코끝 찡한 신뢰감에 도취돼 그런 건 귀에 들어오지 않았던 것일까. 모르긴 몰라도 둘 다였겠지.

"왜 아저씨를 지목했냐고요? 아저씨도 저 남자와 똑같은 사람이기 때문이에요."

은철이 다시 주먹으로 눈물을 훔쳤다.

"겁이 나서 울고 있는 저에게 납치한 남자가 그랬어요. 너나 나나 장난감이야, 김영수 사장 장난감."

주먹으로 눈물로 훔쳐야 할 사람은 저 아이가 아니다, 바로 자신이다.

물론 눈물은 나오지 않았다. 이제는 꿈도 꾸지 않고 눈물도 흘리지 않는, 정말로 그런 인간이 돼버린 것인가.

"그렇다고 이런 일을 저지른 것은 잘못이야."

"왜요? 아무도 피해 입은 사람이 없잖아요?"

아이들은 어른의 세계를 모방으로 배운다. 특히 나쁜 것은 더욱더.

"은명아, 형아 이름 아니?"

"아니, 몰라요."

은명이가 고개를 저으며 말했다. 아이는 이름을 모른다. 자신만 입을 다물면 된다.

"한 달에 한 번씩 만나는 거다. 약속할 수 있어?"

"?"

"그럴 자신 있으면 가."

"나 안 잡아가요?"

"너 말대로 피해 입은 사람은 아무도 없어. 아, 내가 피해는 좀 입겠다. 시말서 정도는 쓰겠지. 어쩌겠니? 그때 네 말을 안 들은 대가라고 여겨야지."

은철인 그게 무슨 뜻인지 생각해보는 것 같았다.

"아까 은명이 오줌 뉘러 나가라고 했을 때, 제가 도망갈 맘이 있었단 걸 알고 계셨죠?"

"그래."

"근데 왜 가라고 했어요?"

"돌아올 줄 알았거든."

"?"

"넌 피해자니까. 가해자가 아니니까."

은철이 한참 바닥만 쳐다보다가 은명이에게 말했다.

"은명아, 형아가 미안했다. 잘 가."

"형아 어디 가?"

"집에."

은철이 한 형사에게 꾸벅 절을 하고 나갔다.

짜식, 고맙다는 말도 없이.

"한 달에 한 번씩 만나기로 한 약속 잊지 마라!"

한 형사는 이미 저만큼 가고 있는 은철의 뒤통수에 대고 소리 질렀다. 은철은 들었는지 못 들었는지 사라져버렸다.

지금 저 아이를 잡아 처넣는 것이 무슨 의미가 있겠는가?

어른들의 잘못으로 한 아이의 삶이 송두리째 흔들렸다면, 그건 나쁜 짓을 저지르고도 잘 자는 어른들의 책임이다. 악마처럼 꿈도 꾸지 않고.

언제부터 자신은 꿈을 꾸지 않는 인간이 돼버린 걸까?

오늘 밤엔 꿈을 꿀 수 있을까?

불가능할 것 같다.

류성희

스포츠서울 신춘문예 추리소설 공모에 〈당신은 무죄〉가 당선되었고, 2002년 MBC 베스트극장 극본 공모에서 〈신촌에서 유턴하다〉로 최우수상을, 2015년 SBS 미니시리즈 극본 공모에 〈진실게임〉으로 가작을 수상했다. 장편소설로《장미가 떨어지는 속도》,《사건번호 113》이 있으며, 단편집《나는 사랑을 죽였다》를 출간했다. 〈신촌에서 유턴하다〉와 〈사건번호 113〉이 각각 MBC와 SBS에서 방송되었고 직접 드라마 극본을 썼다.

추리소설은 국가의 정치체제를 닮는다
―쯔진천, 루추차, 워푸, 찬호께이를 읽고

백휴

《낙원의 저쪽》으로 '한국추리문학상' 신예상, 《사이버 킹》으로 '한국추리문학상' 대상을 수상했다. 추리소설 평론서 《김성종 읽기》와 〈추리소설은 무엇이었나?〉, 〈찝진성 최인훈 브라운 신부〉, 〈레이먼드 챈들러, 검은 미니멀리스트〉 등 다수의 추리 에세이를 발표했다. 2020년에 철학 에세이 《가마우지 도서관 옆 카페 의자》를 펴냈다.

2021년 3월, 드라마 〈조선구마사〉가 역사를 왜곡한 혐의로 시청자들의 비난을 사더니 끝내 폐지되고 말았다. 한복과 김치가 중국 문화 고유의 것이라는 연이은 헛소리에 한껏 스트레스를 받아왔던 터라 또다시 드라마 속 왜곡—물론 이에 대해서는 너무 예민하게 반응할 필요가 없다는 반론이 있다—까지 지켜봐야 했던 우리 국민의 분노를 제대로 자극한 결과였다.

동북공정에 단단히 화가 난 시청자들의 삭지 않는 분노의 불길이 중국계 T사가 투자하고 J스튜디오가 제작 예정인 드라마 〈아침이 밝아올 때까지〉로 옮겨 붙었다. 그 드라마의 원작자가 중국 추리소설가 쯔진천紫金陳이다. 속사정이야 알 수 없지만 비슷한 제목의 추리소설《동트기 힘든 긴 밤長夜難明》이 있으니 둘 사이의 연관관계를 추정해봄직도 하다.

쯔진천의 신상이 털렸다. 작가가 홍콩 시민을 가혹하게 짓밟았던 홍콩 경찰을 지지하는 웨이보에 '좋아요'를 누르고 홍콩 독립을 지지하는 시민들에게 '멍청이'라고 불렀다는 것이다. 그러니 예정된 드라마가 중국 주석 시진핑의 치적을 우상화한다고 해도 이상할 것은 없다.

이 문제가 불거지기 전에 국내 추리소설 독자들 사이에서 쯔진천은 속된 말로 '꽤 쓰는 작가'였다. 나는 그 소문을 듣고 나서《동트기 힘든 긴 밤》과《무증거 범죄無證之罪》를 읽었는데, 과연 소문이 틀리지 않아 복잡한 인간관계를 정교하게 직조하는 솜씨가 대단했다. 몇몇 대목에서 엉성한 구석*이 없지는 않았지만, 그가 추리소설에 특화된 치밀한 정신의 소유자라는 사실에는 변함이 없었다.

사실 나는 쯔진천의 소설들을 읽기 전에 우려와 기대가 반반 있었다. 같은 사건을 두고 수사를 한다고 해도 탐정과 경찰관의 결이 사뭇 다

르기 때문이다. 표준적인 서구 추리소설에서 경찰관은 법의 수호자이
지만, 탐정은 사건의 진상을 밝히는 데 관심이 있지 범죄자에게 도덕적
단죄를 내리지는 않는다. 공산주의 국가의 추리소설은 이 본질적 차이
를 어떻게 다룰까?

실망스럽게도 결과는 우려의 확증 쪽으로 기울었다. 중앙집권적인 공
산독재 국가에서 양자의 차이를 인식하는 것은 불가능해 보였다.

탐정 옌량이 경찰 출신이라는 것이 그 한계로 드러난다. 범죄논리학의
대가로 천재 탐정이라 칭해진 옌량의 이력은 젊은 시절 경찰직에 몸담
았다가 성격이 그 직업에 어울리지 않아 은퇴한 후 대학에서 강의를 하
는 것으로 묘사돼 있다.

옌량의 수사 기법은 다음과 같다.

─사건 수사 중에는 범죄 동기가 불필요하다. 필요한 건 범죄논리학이
다. 심문할 때 범죄심리학자가 피의자의 말과 행동을 자세히 관찰하길
선호하는 데 반해, 범죄논리학자에게 중요한 것은 피의자의 진술 내용
에 어떤 논리적 허점이 있는지를 파악해야 한다는 점이다.

특별히 정신력이 강한 고차원의 범죄자에게는 이것이 유일한 수사 기
법이라는 것이다. 《무증거 범죄》에서 천재 탐정과 두뇌싸움을 겨룰 만
한 범인 뤄원은 법의관 출신이자 전직 닝보시 공안국 형기처 처장이다.
그는 모종의 이유로 연쇄살인(불량배만 골라 죽인다)을 벌이던 중에 곤경
에 빠진 두 젊은이를 위해 '무증거 범죄'를 조작하게 된다.

증거가 없으니 논리적 추론을 해야만 한다는 것이 흠결일 수는 없다.
쯔진천은 옌량의 수사 기법에 자부심을 가진다. 그는 이 수사 기법에

- 각론에서는 샤리핑이 음주단속을 당하는 장면이 그랬고, 총론에서는 작가가 느닷없이
  전지적 작가 시점을 도입함으로써 독자가 탐정 옌량이나 수사관 자오테민보다 먼저
  더 많은 것을 알게 된다는 점이 그랬다. 소설 속에서 사건의 모든 경험과 정보가 한곳
  으로 모이는 시점(인물)이 없다고나 할까. 물론 시점의 분산이 과거 세대보다 영화의
  영향이 크기 때문은 아닌가, 생각해본다.

'고차 방정식을 푸는 역대입법', '반증법', '수학적 사고', '거꾸로 수사하는 방식' 같은 자화자찬으로 느껴지는 이름들을 늘어놓는다.

한데 이 수사 기법이 단순 추론에 머물지 않고 '증거 수집을 통해 용의자를 확정하는 것이 아니라 용의자 확정 후 증거 수집을 하는 방법'으로 일반화될 때, 논리를 가장한 권위적 수사 기법은 아닌지 하는 우려를 금할 수가 없다.

'물증감시 전문가'이기도 한 뤄원의 패배가 예정돼 있다는 점에서 우려는 곧 현실로 드러난다. 증거나 물증보다는 추측성 논리가 우선시되는 것이다.

이 점을 의식해서인지 작가 쯔진천은, 탐정 옌량의 수사 기법이 '용의자를 확정하고 진술을 짜 맞춘 다음 용의자의 범죄를 증언하는 증거를 어떻게든 찾아낸다'는 낙후된 지역 경찰의 수법과 어떻게 다른지 소설 속에서 묻는다.

쯔진천의 대답은 '대부분의 사건/특별한 사건', '저차 방정식/고차 방정식'의 이분법에 근거해 자신의 주장이 타당함을 내세운다. 한데 이 근거는 작가의 희망과는 달리 수학에서나 통용될 수 있는 것이지 현실의 사건에서는 그럴 수가 없다. 쯔진천은 교묘하게도 양자 사이의 단절, 불연속, 비약을 강조한 논리의 약점을 감추기 위해 옌량의 측은지심, 이른바 신파 감성을 도입한다.

독자의 입장에서 과장해 얘기하면 법적 절차를 무시하고 강제수사를 하는 권위적인 지방 수사관과 옌량은 본질적으로 차이가 없다. 쯔진천의 작가의식이라는 측면에서 볼 때 옌량의 따뜻한 인간애는 이 차이 없음을 감추기 위한 포장에 불과하다. 그런 의미에서《동트기 힘든 긴 밤》의 수사관 주웨이(범인을 잡기 위해서는 폭력 행사도 마다하지 않는다)는 옌량의 동전의 이면 같은 인물인 셈이다.

쯔진천은 옌량이 '가장 이성적이면서도 가장 감성적인 사람'이라고 표현하고 있는데 이때 이성적이라 함은 강제수사의 다른 표현이며, 감성적이라 함은 권위의 부당함을 흐리는 도구에 불과하다고 평가할 수 있다. 쯔진천의 정신과 사고는 공산주의 독재 아래 생겨난 표준적인 중국

인의 사고방식(?)을 벗어나지 못한다.

루추차陸秋槎의 추리소설《원년 봄의 제사元年春之祭》는 불편하게도 이런 사고방식의 심화다. 쯔진천이 저장浙江대학교를 졸업한 본토 출신인 것처럼 루추차 또한 베이징에서 태어나 상하이 푸단대학교를 졸업했다.

쯔진천의 소설 속 인물의 폭력 성향─수사관임에도 불구하고─이 무의식적인 데다 악을 징벌하기 위해 어쩔 수 없다는 감성에 호소함으로써 폭력성을 희석하거나 숨기려는 경향이 있는 데 반해, 루추차가 창조한 인물 오릉규의 폭력성은 노골적이다. 기원전 100년이라는 시대적 배경을 감안하더라도, 아니 작가는 그 시대의 신분제라는 한계 상황을 역이용해 현재의 폭력을 정당화하고 있다는 의구심마저 든다.

노예 소휴는 주인 오릉규에게 '무녀의 금기를 깨지 말라'는 의사를 전달하기 위해 타살과 자살을 감행해야 했다. 금기의 전통을 보존하는 것이 타인의 생명과 자신의 생명보다 더 소중하단 말인가? 작가는 초나라 시인이자 멱라수에 투신한 굴원의 삶을 통해 그 정당성을 확인한다. 〈회사부懷沙賦〉는 절명絶命의 노래로서, 죽어서 이 세상의 유類(법이나 모범)가 되고 자살로써 간諫하겠다는 결의를 밝히는데, 소휴는 이런 굴원을 모방하고 추종하는 인물인 것이다.

오릉규와 소휴는 일상적인 폭력과 무조건적인 복종이 결합된 주종관계다. 소휴의 등짝에 시뻘건 채찍 생채기가 나는 것은 다반사였다.

등장인물 노신은 다음과 같이 오릉규를 비난한다.

─규, 영원히 널 용서할 수 없는 딱 한 가지 일이 바로 네가 5년씩이나 소휴를 학대한 거야.

이에 대한 오릉규의 답변은 납득하기 어렵다. 그녀는 소휴의 살인과 자살이 자신의 학대 행위로 인해 벌어진 비극이라는 것에 초점을 맞추기보다는, 여종 소휴의 파괴적인 행위가 자신을 가르쳤다는 엉뚱한 결론에 이른다.

—정말 날 가르친 사람은 (…) 아마 소휴밖에 없을 거야. 방식이 너무 극단적이긴 하지만.

살인과 자살을 통한 가르침이 대체 무엇을 위한 가르침이라는 것일까? 무녀의 금기를 지키는 것이 삶을 파괴하는 것보다 더 중요하다는 것인가?

'무엇만큼은 절대 하지 말아야 한다'는 금기 옹호에 대한 극단적 사고는 추리소설에 대한 인식에도 영향을 미쳐 추리소설의 본질을 왜곡시킨다.

—추리소설 작가가 해답을 제시하는 건 단지 독자를 설득하기 위함이다. 해답에서 추론 과정에 빈틈은 없는지, 계책은 쓸 수 있는지, 복선은 충분히 드러났는지는 그리 중요한 문제가 아니다.

루추차는 추리소설을 전혀 이해하지 못하고 있다. 추리소설은 작가 author의 권위authority가 약화되어 글쓴이writer로 변화되어가던 시대에 태어난 장르다. 따라서 'mystery writer'이지 'mystery author'가 아니다. 이 미묘한 뉘앙스의 차이를 이해할 때만이, '추리소설 작가'나 일반적으로 '추리작가'가 부적절한 번역어—문화적 차이로 인해 어쩔 수 없는 측면을 인정한다고 해도—임을 알게 된다.

루추차가 틀렸다. 작가에게 독자는 설득의 대상이 아니다. 탐정과 독자의 두뇌싸움이야말로 추리소설의 본질을 드러내는 관계다. 물론 궁극적으로 탐정은 작가가 조종하는 인형에 불과하지만, 탐정에게나 독자에게나 정보는 투명하게 공개되어야 하고 탐정의 추론 과정엔 빈틈이 없어야 하며 복선은 눈에 잘 띄진 않지만 찾으려면 얼마든지 찾을 수 있는 미끼red herring의 형태로 제시되어야 한다.

쯔진천과 루추차의 작품에는 추리소설의 정신에 어울리지 않는 권위, 일방적 설득, 합리적 추론의 결과로 범인을 지목하는 것이 아니라 범인을 지목한 뒤 추리를 꿰맞추어가는, 추리소설가라면 버려야 할 저급한 인식이 어른거린다. 개인 취향으로 말하면, 루추차의 추리소설은 장황한 설명으로 인해 재미조차 없었다. 쯔진천의 추리소설은 재미는 있는데, 그 재미를 부릴 수 있는 솜씨가 저급한 사상을 정당화하는 것은 아니다.

중국 본토 출신 작가의 추리소설과는 정반대로 민주주의 국가 대만의 작가 워푸臥斧는 루추차와 정반대 입장에서 추리소설을 인식한다. 추리소설은 그 자체로 토론의 장일 수 있다.

— 다음에 우리 추리소설을 같이 읽으면서 이 문제를 토론해보자.●

뿐만 아니라 가상의 독자인 아귀를 통해 작가의 허술한 추리소설 구성에 대해 끊임없이 불만을 토로한다.

— 말이 안 되는데요.

이에 대해 〈영웅들Heroes〉의 소설 속 작가는 다음과 같이 반응한다.

— 저기, 이봐, 이 아귀라는 사람 정말 너무하네! 독자가 작가에게 이러니저러니 불평하는 것도 모자라 아예 노골적으로 의혹을 제기하다니.

《픽스》는 총 일곱 편의 단편집인데, 제목을 모두 서양 팝송에서 따왔다. 나도 어릴 때 즐겨 듣던 카펜터스Capenters의 〈당신 없이는 미소 지을 수 없어요〉와 프로콜 하룸Procol Harum의 〈점점 더 하얗게 창백해졌네〉 등이 그 예다. 이 오래된 노래 제목들로 상상하건대, 책 표지에 약력이 공개되지 않았음에도 불구하고 작가의 나이가 적지 않음을 짐작할 수 있다. 쯔진천이 1980년대 생이고 루추차가 1988년 생임을 감안하면, 세대 차이와 관계없이 국가 체제가 얼마나 개인 의식에 뿌리 깊은 영향

● 워푸, 유카 옮김, 《픽스》, 현대문학, 2019, 221쪽.

을 주는지 알아볼 수 있다.

워푸의 《픽스》는 메타추리소설이다. 즉 추리소설에 대한 추리소설이다. 추리소설이 작가에 의해 쓰이는 과정을 플롯 및 줄거리와 인물의 상관관계를 통해서뿐만 아니라, 앞서 언급한 것처럼 작가와 독자의 두뇌싸움—미발표 원고임에도 불구하고 작가와 '아귀'라는 독자의 비판과 토론—이라는 구도를 통해서 드러낸다. 중요시되는 것은 '사건의 해결'보다는 추리가 누구나 납득하는 합리적 해법으로 귀결되는 투명한 과정이다. 그런 의미에서 워푸는 머리부터 발끝까지 민주주의자라고 할 수 있다. 중국 본토의 입장에서는 부패한 서양 물이 든 폐해라고 폄하하려 들 테지만.

워푸는 창작 과정에서 인물(캐릭터)이 플롯 속에 억지로 욱여넣어지는 것을 비판한다. 이것은 원론적인 비판이지만, 워푸 개인의 인식이기도 하다. 그는 또한 제시된 인물의 성격이 소설 후반부에서 뒤집어져—소심하던 사람이 과감해진다—플롯을 믿을 수 없게 만드는 것에 대해서도 부정적이다.

—수수께끼 풀이를 중시하는 몇몇 추리작품을 보면서 작가가 개입한 흔적이 너무 역력할 경우 읽는 재미가 하나도 없었다.

—독자가 읽을 때 플롯은 작가가 써낸 것이 아니라 실은 인물이 연기해낸 것이다.

워푸에게 좋은 소설은 '인간 내면의 깊은 심리를 파헤치고, 더 나아가서는 사회의 정치적 현실을 반영하는 소설'이다. 하지만 소설이 마땅히 그래야만 할진대, 추리소설은 그 장르적 성격의 제약으로 인해 애초부터 워푸의 이상적인 소설에 미달할 수밖에 없지 않을까?

워푸는 이 물음에 답하진 않는다.

그럼에도, 왜 하필 추리소설일까?

《픽스》에 수록된 일곱 편의 단편은 법적으로는 마무리가 되었지만 여전히 의문점이 많은 대만의 현실 사건을 다루고 있기 때문이다. 즉 추리소설이 현실에 개입하는 동시에 현실의 미스터리한 사건이 어떻게 추리소설로 구성되는지 그 과정을 투명하게 드러냄으로써 추리소설 자체를 탐구하는 것이다.

워푸에게 영웅이란 타인의 비판에 귀를 기울이고 자신의 과오를 기꺼이 인정할 수 있는 용기를 가진 사람이다. 워푸는《픽스》를 쓴 이유가 실은 죄가 없는 것 같은데 억울하게 죄를 뒤집어쓴 범죄자를 신원伸冤하기 위해서였다고 말한다. '픽스fix'의 의미처럼 고치고 보완하고 바로잡으며 마음 깊이 기억하기 위해서라는 것이다.

홍콩 출신 작가 찬호께이陳浩基의 소설은, 홍콩이 중국으로 반환되는 과정─체제는 민주주의에서 공산독재로─에서 생겨난 혼란과 기존 가치의 붕괴를 반영한다.《13·67》은 2013년에서 1967년까지를 거꾸로 기억하는 기록인 셈이다.

그런 의미에서 홍콩인으로서의 삶이라는 경험은 경찰 상(像)의 혼란에 닿아 있다.

─경찰이 이중 잣대를 갖고 법을 집행한다는 사실이 홍콩 경찰의 이미지를 가장 크게 훼손했다. 경찰은 정치적 중립이라는 원칙을 지켜야 한다. 어떤 경우라도 모든 시민을 차별 없이 대하고 공평하게 일을 처리해야 한다.●

찬호께이의 문제의식은 '경찰의 본분과 사명이란 무엇인가'라는 물음으로 여섯 편의 중편 묶음집─장편소설로 번역되어 있지만─내내 지속된다.

내게 특히나 흥미로웠던 점은 이 물음이 다음과 같이 변한 형태로 나타난다는 점이다.

●　　찬호께이, 강초아 옮김, 『13·67』, 한스미디어, 2015, 17쪽

'함정수사'가 갖는 함의는 이렇다. 악을 처단하기 위해 필요불가결한 수단이란 점에선 선하고 정의롭다고 할 수 있지만, 함정이란 말에서 정당하지 못한 덫과 사기의 이미지를 떠올릴 수 있다. 다시 말해 악하고 정의롭지 못한 측면이 있을 수밖에 없는 것이다.

찬호께이는 이 문제의식을 제1장의 제목으로 표현한다. 〈흑과 백 사이의 진실〉.

홍콩 경찰에 대한 이 도덕적 의문은 천재 탐정 관전둬의 함정수사와 작가 찬호께이의 서술 트릭과 혼재돼 있다.

천재 탐정의 신화적 이미지를 이용**해 범인을 속이기 위해, 관전둬를 컴퓨터 화면에 '예/아니요'로만 대답할 수 있는 코마 상태의 인간으로 만든다. 그로 인해 범인인 일명 탕아저씨(왕관탕)뿐만 아니라 독자 또한 속아 넘어갈 수밖에 없는데, 그 까닭은 뤄 독찰의 행동이 연출에 의한 연기임을 알 수 없기 때문이다.

찬호께이는 뤄 독찰의 입장에서 함정수사와 서술 트릭이 괜찮은 것인지 되묻고 있다.

—뤄 독찰은 쓰게 웃었다. 그도 이런 식의 수사가 회색지대에 발을 들인 것과 같음을 잘 알았다. 꼬투리를 잡히지 않는다 해도 사실 이런 방식은 탕아저씨가 사용했던 '절대 체포되지 않는' 범죄 수법과 별다를 것이 없었다. 원칙을 어긴 정당하지 않은 방법이라는 데 의심의 여지가 없다.***

●●　이 트릭의 문제점은 범인인 왕관탕이 추리소설의 광적인 독자가 아니라면 미끼에 걸려들 수 없다는 점에 있다. 누구나 추리소설을 좋아할 거라는 추리소설가 찬호께이의 정신적 허점인 셈이다.

●●●　앞의 책, 111쪽

뤄 독찰은 시민을 보호하는 것이 경찰의 진정한 임무라는 관전뒈의 평소 가르침을 떠올리며 의문을 잠재우려 하지만, 작가 찬호께이의 끈질긴 의문은 소설의 마지막 순간에서도 잦아들지 않는다.

─ 어쩌면 그의 방식은 검은색일지 모른다. 그러나 그의 목적은 흰색이다. 흑과 백 사이에서 정의를 찾아라. 이것이 바로 뤄샤오밍이 관전뒈에게서 이어받은 사명이다.

〈죄수의 도의〉에서는 유명 연예인 탕링의 죽음 자체, 〈가장 긴 하루〉에서는 관전뒈가 아스피린과 케토프로펜을 동시에 주사하면 간장과 신장이 손상된다는 거짓말로 스번텐을 속이는 짓, 〈테미스의 천칭〉에서는 총알을 바꿔치기 하는 행위, 〈빌려온 공간〉에서는 기밀문서를 훔치거나 열쇠를 몰래 복사하는 것 등이 흑과 백 사이에서 정의를 찾는 행위인 것이다.

찬호께이는 왜 '정신의 회색지대'를 표현하고 싶었던 것일까? 그는 홍콩의 주권 반환 후 수많은 홍콩 시민들이 사회 환경에 의문을 품고 외국으로 이민* 가는 것을 씁쓸한 눈길로 바라보며, 그럼에도 자신은 홍콩에 끝까지 남아 살고자 했던 결의의 심정으로 이 글을 쓴 것이 아니었을까?

쯔진천, 루추차, 워푸, 찬오께이를 읽고 나자 내 머릿속을 맴돌며 떠나지 않는 관념이 생겨났다. 정치는 실존에 앞선다! 그래서 이 글의 제목을, 추리소설은 작가가 속한 국가의 정치체제를 닮는다, 라는 의미로 짓게 되었다.

* 　위의 책, 245쪽

"한눈에 알아봤지,
너도 나처럼 부서진 사람이라는 걸."

괴이한 미스터리 제주 편

정세호·배명은·홍지운·김유철·한새마

이 글은 레이먼드 챈들러와 하라 료 작품에 대한 리뷰를 소설 형식으로 구성한 것입니다.

비열한 거리를 걷는 남자

류삽

전직 사서. 경애하는 작가는 레이먼드 챈들러와 제임스 엘로이. 사서가 되면서 깨달은 사실은,
사서란 직업이 책은 넘쳐나지만 실상 읽을 시간은 없다는 것. 언젠가 자신의 소설이 서가 한구석
을 차지할 날을 꿈꾸며 키보드를 두드리고 있다.

나는 지쳐 있었다. 이렇게까지 무력감을 느낀 것은 처음이었다. 아무것도 쓸 수 없었다. 텅 빈 화면을 눈에 핏발이 서도록 노려보기도 하고, 미국 논픽션의 아버지라는 어떤 작가의 말대로 죽은 아버지에게 보내는 편지까지 써봤지만 소용없었다. 신경이 모두 타버려 재가 되었다고 느낄 때쯤 남은 것은 여전히 빈 화면에서 깜박거리는 커서뿐이었다.

집을 나서서 처음으로 보이는 바의 간판을 따라 계단을 내려갔다. 지하 1층으로 내려가 무거운 문을 열자 잔잔한 재즈 음악이 들려왔다. 연주자는 알 수 없었지만 귀에 익숙한 곡이었다.

모르고 들어온 곳치고는 제대로 격식을 갖춘 곳인 듯 회색 머리의 바텐더가 바 뒤에서 조용히 고개를 숙이며 말했다.

"편한 곳으로 앉으시죠."

다섯 개의 테이블 중 한 곳에 남녀가 꼭 붙어 있었고, 바 가운데에 한 남자가 앉아 있었다. 남자의 오른쪽 빈 의자에는 고풍스러운 중절모가 놓여 있었다. 테이블에 앉으면 연인의 애정 행각에 방해가 될 것 같아 바를 택했다.

"음료는 어떻게 준비해드릴까요?"

바텐더가 물었다.

"위스키. 스트레이트로 부탁합니다."

잔에 담긴 위스키를 한 번에 들이부었다. 화끈한 알코올이 목을 타고 넘어갔다. 숨을 내쉬자 향긋한 단맛이 올라왔다. 나는 잔을 내밀어 채워진 술잔을 다시 들이켰다. 연거푸 석 잔을 마시자 몸이 따뜻해지면서 팽팽하게 당겨져 있던 신경이 조금은 느슨해지는 것 같았다.

"술 마실 줄 아는군."

옆에 앉아 있던 남자가 말했다.

앉은키가 상당히 컸다. 일어서면 185센티미터는 족히 될 것 같았다. 풍성한 갈색 머리카락 아래 같은 색깔의 눈동자가 자리 잡고 있었다.

"어디 가서 못 마신다는 소리는 들어본 적 없습니다. 그건 뭡니까?"

나는 남자 앞에 놓여 있는 연한 녹색과 노란빛이 감도는 잔을 가리켰다.

"로즈라임 김릿. 마셔볼 텐가?"

"나중에 기회가 되면 마셔보겠습니다."

대신 바텐더에게 얼음 넣은 위스키를 손가락 두 마디 정도 채워달라고 주문했다. 위스키를 홀짝이고 있을 때 남자가 물었다.

"무슨 고민 있나? 당장이라도 다리에서 뛰어내릴 것 같은 얼굴이군."

"그렇게까지 안 좋습니까?"

남자는 대답 대신 작게 고개를 끄덕였다.

"글이 안 써집니다."

충동적으로 말해놓고 금세 후회했다. 평소 글을 써서 먹고산다는 것을 떠벌리고 다닌 적도 없었고, 처음 보는 사람에게 하소연할 정도로 정신력이 약하다고 생각한 적도 없었다. 어쩌면 연거푸 들이컨 위스키 때문인지도 몰랐다.

"흐음."

"잊어버리세요. 술김에 나온 말입니다."

"무슨 글을 쓰나?"

뜻밖에도 남자는 내가 한 말에 흥미가 있는 모양이었다.

"추리소설을 씁니다. 그중에서도 하드보일드. 관심이 있으십니까?"

"책을 많이 읽진 않네만, 비슷한 글을 쓰던 친구를 한 명 알고 있지. 비열한 거리를 걸어가야만 하는 한 남자에 대한 이야기를 줄기차게 써댄 친구였어. 안타깝게도 마지막 소설은 완성하지 못하고 죽어서 다른 친구가 완성했지. 평가는 그다지 좋지 못했지만."

"굉장히 터프한 성격이었던 모양이군요."

"글쎄, 실제 생활을 보면 그렇지도 않은 모양이야. 아버지가 그 친구 열 살인가에 일자리를 찾는다며 나가서 돌아오지 않았어. 그 때문인지 항상 누군가의 부재에 민감했지. 게다가 알코올 문제를 달고 살아서 결국은 술 때문에 부사장까지 올라가 잘 다니던 회사에서도 잘렸을 거야."

술 애기가 나오자 공연히 뜨끔했다. 글이 써지지 않는다는 핑계로 늘어나는 것은 빈 맥주 캔뿐이었다. 요즘에는 분리 수거일이 아닌데도 아내가 없는 틈을 타서 캔을 정리해 내다놓곤 했다. 그래도 재활용 박스는 금세 가득 찼다.

나는 위스키를 한 모금 더 마셨다.

"결혼은 안 했나요?"

"서른다섯인가에 결혼했는데 아내가 쉰셋으로 열여덟이나 연상이었어."

"상당히 매력적인 여성이었나 보네요."

"뭐 보는 눈은 다 다르니까. 나체로 요리하기를 즐겼다고 하니 그 친구 혼을 쏙 빼놓기에는 충분했을 거야. 어쨌든 그녀가 죽을 때까지 결혼 생활을 유지했고, 아내가 죽자 우울증과 알코올 중독으로 자살을 시도하기도 했어. 결국 폐렴으로 죽고 말았지."

말을 마치고 남자는 남아 있는 김릿을 털어 넣었다. 죽은 친구를 추모하듯.

"그가 추리소설을 쓸 때 중요하게 생각한 것은 무엇이었습니까?"

"그 친구가 글을 쓰기 시작했을 때는 전통적인 수수께끼 풀이형의 추리소설이 대세였지. 하지만 그 친구는 그게 불만이었어. 영국식 정원에 앉아 애프터눈 티를 마시며 베니스 꽃병이나 누가 죽였는가만 떠들어댄다고. 그는 거리, 조합 회관, 유치장, 공장, 슬럼가에서 실제로 살아 있는 인간이 저지르는 범죄에 대해 쓰고 싶었던 거지. 그래서 선배인 대실 해밋을 극찬했어. 해밋이야말로 살인을 베니스 꽃병으로부터 꺼내 복도 한복판으로 던져놓고 비현실적인 트릭이 아니라 직접 손으로 사람을 죽이는 자들에 대해 썼다고 말이야."

"그러고 보니 대실 해밋도 아버지와 사이가 안 좋았고, 로스 맥도널드는 아예 아버지가 없는 고아였죠."

"자네는 어떤가?"

"네?"

"아버지 말이야."

"좋진 않습니다. 알코올 중독자였고, 평생 일한 햇수를 합쳐봐야 몇 년 안 될 겁니다. 어머니가 온갖 허드렛일을 해서 먹고살았죠."

"그렇다면 하드보일드를 쓸 수 있는 기본은 된 셈이군."

남자의 말에 씁쓸해진 나는 위스키로 입안을 헹궜다.

"그 친구는 직소 퍼즐처럼 딱 들어맞는 추리소설을 싫어했어. 범인이 누구인지 알고 나면 휴지 조각이 되고 마는, 미스터리가 밝혀지는 순간 이 절정인 소설 말이야. 그런 소설은 오락적인 요소는 훌륭할지 몰라도 예술적 가치는 떨어진다고 봤지. 예전에 어떤 영화 제작자에게 보낸 편지에 그런 말을 하기도 했어. 어딘가 적어둔 것 같은데."

남자는 수트 안쪽에서 낡은 수첩을 꺼내 여기저기를 뒤적거렸다.

"여기 있군. '내 추리소설 작법 이론에서 절대적인 요소는, 미스터리와 그 해결은 '마티니에 담긴 올리브'라고 부르는 것일 뿐이고, 정말로 좋은 추리소설은 설사 누군가 마지막 장을 찢어버렸더라도 읽게 된다는 것입니다.' 역시 술을 좋아하던 친구답게 마티니에 비유했군."

"하지만 추리소설에서 결말이 허술하다는 것은 치명적인 약점이 아닐까요? 저 역시도 납득할 만한 결말을 만들어놓지 않으면 글을 시작하지 못하거든요."

"그래서 글을 쓰지 못하고 있는 건가?"

나는 잔을 마저 비우고 같은 술을 한 잔 더 주문했다.

"난 소설을 써본 적도 없고 다른 작가들이 어떻게 쓰는지도 몰라. 하지만 그 친구가 플롯에 집착하지 않았다는 것은 기억나네. 그는 항상 초고를 마칠 때까지 이야기가 어디로 흘러가는지 절대로 알 수 없다고 했어. 좋은 이야기는 만들어내는 것이 아니라 추출하는 것이라고."

"저도 그렇게 해보려고 하지만 쉽지 않더군요. 아무래도 전 친구 분 같은 천재가 아닌 모양입니다."

"그게 쉽다고 누가 그랬나? 자네는 전업 작가인가?"

"일단은 그렇습니다. 신혼 초까지는 시간제 직업을 병행했지만 지금은 글만 쓰고 있습니다."

"그 친구는 전업 작가라면 하루에 네 시간 이상은 글쓰기 외에는 아무

일도 하지 않아야 한다고 했네. 꼭 글을 써야 할 필요도 없고 쓰려고 애쓸 필요는 없지만, 그 시간만큼은 다른 어떤 일도 하지 말아야 한다는 거지. 글을 읽거나, 편지를 쓰거나, 잡지를 훑어보는 것도 안 되네. 요즘으로 치면 넷플릭스를 켜는 것도 안 되네. 글을 안 써도 되지만 대신 다른 일을 하면 안 된다는 거야."

속으로 뜨끔했다. 글이 써지지 않으면 쉽사리 책을 펴거나 일본이나 미국 드라마를 보고는 했기 때문이다. 그러고 보니 무라카미 하루키가 어떤 에세이에서 비슷한 말을 했던 것도 같다.

내 속마음을 읽은 것일까, 남자가 그에 대한 이야기를 꺼냈다.

"일본에 그 친구를 특히 좋아했던 소설가가 있다고 하더군. 무라카미 하루키인가. 그 친구 소설을 몇 편 일본어로 번역했다고."

"맞습니다."

"그 소설가 생각에는 내 친구가 쓴 소설은 미스터리가 있고 그에 따라 문체가 생긴 것이 아니라는 거야. 먼저 문체가 있고, 거기에 미스터리가 맞춰졌다는 거지. 그렇기 때문에 '추리한다'는 것이 희박하고, 플롯은 부차적인 요소에 머무는 것이지. 줄거리를 완성한 상태에서 글을 쓰는 것이 아니라, 손을 움직이면서 줄거리를 만들어나가는 것이 그 친구 방식이었어. 그는 스타일이야말로 작가가 가장 오랜 시간을 들여야 하는 가치 있는 투자라고 생각했지."

나는 그가 무슨 말을 하는지는 알 수 있었지만, 오랫동안 고수해온 방식을 바꾼다는 것은 쉽지 않은 일이다. 남자는 생각했던 것보다 하드보일드 장르에 대해 많은 것을 알고 있었다.

"애초에 하드보일드가 탄생하게 된 이유가 뭐라고 생각하십니까?"

"잘 알지도 못하는 사람에게 너무 많은 걸 묻는군."

"다음 잔은 제가 사겠습니다."

나는 빈 잔을 바텐더에게 밀었고, 남자는 같은 것을 주문했다. 새로운 잔이 나오고 남자가 말을 이었다.

"일부에서는 하드보일드 추리소설에서 드러나는 거칠고 폭력적인 남성성이, 늘어난 여성의 사회 진출에 대한 반발이라고 해석하기도 하는 모양이더군. 1차 세계대전 당시 줄어든 남성 인력을 대체하기 위해 일터로 나온 여성들이 종전 후에도 과거의 전통적인 여성 역할로 돌아가기를 거부했고, 이에 두려움을 느낀 남성들의 집단 무의식이 거친 탐정을 창조해낸 것이라고 말이야."

"맞지 않나요?"

"더 많은 연구가 필요하긴 하지만, 물론 내가 할 일은 아니야. 난 몸을 쓰는 쪽이 편해. 미국에서 여성들이 가정 밖으로 쏟아져 나온 때는 2차 세계대전 이후라네. 대실 해밋이 하드보일드 추리소설이라 불릴 만한 첫 작품의 초고를 쓴 것은 1928년이야. 대공황 직전의 일이니까 2차 세계대전이 일어나기 한참 전이지. 나는 그보다는 전통적인 아버지 상의 부재와 연관이 있다고 생각하네. 1차 세계대전이 끝나고 집으로 돌아온 청년들은 자신들을 사지로 몰았던 군부와 정치계의 거물들이 후방에서 지시만 내리면서 호의호식하고 있었다는 사실을 알게 되지. 그에 대한 실망이 지배계급을 향한 분노로 이어진 거야."

"하긴 클래식한 추리소설에서는 범죄자가 잡힘으로써 질서가 회복되고 기존의 지배체제가 회복되죠."

"그렇지. 하지만 지배계급의 부패를 경험한 세대에게는 그런 결말이 불합리하게 느껴졌지. 그래서 기존의 추리소설과는 다르게 하드보일드 장르에서는 지배계급이 범죄자로 그려지지. 스턴우드 장군이나 마즈, 레어드 브루넷처럼 말이야. 경찰 역시 지배계급과 결탁해서 뒤를 봐주는 구린내 나는 조직일 뿐이고."

나는 남자의 말에서 경찰이나 법 체제에 대한 강한 혐오를 느낄 수 있었다.

"하드보일드가 탄생한 이후로 천재적인 탐정 하나로 문제가 해결되고 질서가 회복되는 순진한 시대는 끝난 거야. 하드보일드 탐정이 살아가야 하는 세계는 영국식 정원이 아니라, 범죄가 사회적으로 구조화된 비열한 거리이기 때문이지. 더 이상 그는 영웅이 아니야. 그저 생계를 위해 범죄를 수사하는 자영업자일 뿐이지."

나는 남자의 시니컬한 말에서 씁쓸한 기운을 느낄 수 있었다. 구석에 놓인 스피커에서 어떤 남자의 읊조리는 듯한 노래가 흘러나오고 있었다. 분위기를 바꾸려고 내가 물었다.

"오늘은 혼자 오신 겁니까?"

"아니. 누굴 만나기로 했어."

"누굽니까?"

"동종업계 사람. 마침 저기 오는군."

남자의 말대로 문이 열리고 50대의 평범해 보이는 사내가 다가오고 있었다. 사내가 옆에 서자 남자는 중절모를 들어 자리를 내주었다. 사내는 일본어 제목이 적힌 바둑 기보처럼 보이는 책을 바에 올려놓고 자리에 앉았다.

"죄송합니다만 실내에서는 금연입니다."

바텐더가 말했다.

"흡연권은 없는 건가? 점점 더 살기 힘든 세상이 되어가는군."

사내가 낮은 소리로 투덜거리더니 담배를 바에 올려놓고는 꾸벅 인사를 건넸다.

"오랜만입니다."

"그렇군. 10년도 넘은 것 같은데?"

"14년입니다. 그런데 선객이 있었습니까?"

사내가 턱으로 나를 가리키며 물었다.

"여기에서 만났네. 작가라는군."

"흐음."

"추리소설을 쓴다네."

"흐응."

어쩐지 사내의 콧소리가 더 커진 것처럼 느껴졌다. 그는 물과 버번을 주문했다. 주문한 버번이 나오자 한 모금 마시고는 물로 입안을 헹궜다.

"쳇 베이커로군."

사내가 말했다.

"네?"

"음악 말이야."

"재즈를 잘 아십니까?"

"예전에 재즈 피아니스트였던 친구가 있어서 알음알음으로."

"유명한 분인가 보죠?"

"아니. 피아니스트로서는 별로 재능이 없었는지 고향에 내려가 소설을 쓰고 있어. 갈수록 책 내는 간격이 길어지는 것이 먹고는 사는가 모르겠군."

오늘은 여러 번 찔리는 날인 모양이었다. 나 역시 지나친 과작으로 아내와 편집자로부터 무언의 질타를 받고 있었다.

"둘이 무슨 얘기를 나누고 있었습니까?"

사내의 질문에 내가 대답했다.

"하드보일드 추리소설에 대해 이야기하고 있었습니다. 혹시 추리소설 좋아하십니까?"

"별로. 하지만 아까 얘기한 소설가가 하드보일드를 쓰고 있소."

"그 친구 분은 하드보일드란 무엇이라고 생각하던가요?"

"그것까진 모르겠고, 어떤 책 후기에서 한 말이라면 외우고 있소."

나는 기대감에 차서 사내의 입을 바라봤다.

"《빅슬립》 앞머리에 어느 저택을 방문한 탐정 필립 말로에게 버릇없는 그 집 막내딸이 '키가 크네요?'라고 삐딱한 태도로 묻는 장면이 나온다. 이 말에 어떻게 대답할 것인가? 어려운 질문이다. 현실적으로는 히죽히죽 멋쩍게 웃어넘기거나 아니면 화를 내거나 둘 중 하나다. 하드보일드 소설에서는 그러면 실격이다. 이 물음에 제대로 대답할 수 있는가 없는가로 독자는 그 소설을 판정하게 된다. 말로는 어떻게 대답했을까? 《빅슬립》을 읽어보시기 바란다."

사내의 말이 끝나자 남자의 입가에 미소가 설핏 스쳐 지나갔다.

"그게 무슨 뜻입니까?"

"나도 모르겠군. 작가 양반이 더 잘 알지 않을까?"

내가 깊은 생각에 잠겼을 때, 두 사람은 어깨를 모으고 무엇인가 소곤거렸다. 얼핏, 납치, 실종 같은 단어들이 들리는 것 같았지만 원체 작은 소리로 이야기를 나누고 있어 정확하지 않았다. 내 시선이 부담스러웠는지 두 사람은 밖으로 나갔다. 담배라도 피우러 갔나 보다 하고 기다렸지만 한참 후에도 두 사람은 돌아오지 않았다. 바에는 남자의 중절모와 사내가 놓고 간 필터 없는 담배만 덩그러니 놓여 있었다. 나는 위스키를 몇 잔인가 더 마셨고 화장실을 들락거리며 흐릿한 머리로 하드보일드에 대해 생각했다.

"마칠 시간이 되었습니다."

바텐더가 영업 종료를 알렸다. 나는 무슨 이유에서인지 바에 남은 두 가지 물건을 챙겨서 밖으로 나왔다.

팬데믹 한가운데 있는 도시는 좀비 떼가 휩쓸고 간 것처럼 스산했다. 나는 남자가 남긴 중절모를 쓰고 필터 없는 담배를 입에 물었다. 불을 붙이지 않았는데도 독한 냄새가 올라왔다. 나는 담배를 주머니에 도로 넣고 걸어서 집으로 돌아왔다.

책 더미를 뒤져 사내가 말한 《빅슬립》의 해당 부분을 찾아 읽었다.

　　　"키가 크시네요. 그렇죠?"

　　　그녀가 말했다.

　　　"나도 그러고 싶어서 그렇게 된 건 아니오."

여전히 하드보일드가 무엇인지 알 수 없었다. 하지만 나는 노트북을 켜고 의자에 앉았다. 그리고 깜박거리는 커서를 뚫어져라 노려보기 시작했다.

참조

계정민, 《범죄소설의 계보학》, 소나무, 2018
김용언, 《범죄소설 그 기원과 매혹》, 2012
레이먼드 챈들러, 김진준 옮김, 《기나긴 이별》, 열린책들, 2020
레이먼드 챈들러, 김진준 옮김, 《빅슬립》, 문학동네, 2020
레이먼드 챈들러, 박현주 옮김, 《빅슬립》, 북하우스, 2003
레이먼드 챈들러, 안현주 옮김, 《나는 어떻게 글을 쓰게 되었나》, 북스피어, 2014
장-베르나르 푸이, 이규현 옮김, 《필립 말로》, 이룸, 2004
하라 료, 권일영 옮김, 《안녕 긴 잠이여》, 비채, 2013
하라 료, 권일영 옮김, 《어리석은 자는 죽어야 한다》, 비채, 2018
하라 료, 문승준 옮김, 《지금부터의 내일》, 비채, 2021

어떻게
깊이 있는 배경을 창조할 수 있을까

한이

만여 권의 책을 읽고서야 아는 것이 없다는 것을 깨달은 둔재(鈍才). 많은 직업을 거치고 작가가 되었고, 여러 부캐로 다양한 글을 쓰고 있다. 2017년에 '한국추리문학상' 황금펜상을 수상했고, 2019년부터 제8대 한국추리작가협회 회장으로 활동하고 있다.

지난번에는 추리소설에서 뼈대 역할을 하는 플롯에 대해 생각해보았습니다. 하지만 뼈가 아무리 튼튼하다고 해도 게임이 아닌 이상 스켈레톤이 달려들면 기겁을 하겠죠. 한 편의 추리소설이 만들어지기 위해서는 다른 다양한 요소들이 필요합니다. 이번에는 추리소설을 감싸고 있는 외피와 같은 배경에 대해 생각해보겠습니다.

"훌륭한 미스터리 소설에는 긴장감 넘치는 플롯과 흥미로운 인물 외에도 한 가지가 더 존재한다. 바로 생생하게 그려지는 장소다. 책을 읽는 동안 우리는 이 장소에 머물게 되며, 다 읽고 나면 이 장소는 우리 안에 머물게 된다." -마이클 윌리

배경이란 무엇일까요? 배경은 작품의 무대가 되는 지리적 장소나 문화, 등장인물이 소속되어 있는 어떤 사회 계층이나 직업, 기술적인 지식 등 작가가 작품에 현실감을 주기 위해 현실 세계에서 추려내어 작품에 삽입하는 모든 요소라고 말할 수 있을 것입니다.

그럼 배경을 이루는 것들을 좀 더 세부적으로 살펴보겠습니다.

● 장소: 이것이 우리가 가장 흔하게 배경이라고 부르는 요소일 것입니다. 어떤 작품들은 캐릭터와 함께 그들이 활동하는 배경이 자연스럽게 떠오릅니다. 특히 한두 편이 아니라 여러 편의 작품에서 같은 주인공이 등장하는 시리즈물에서는 캐릭터와 배경이 떼려야 뗄 수 없는 관계라고 할 수 있습니다.
레이먼드 챈들러의 필립 말로 시리즈에서 LA를 주름잡는 큰손들과 뒷

골목을 떼어내 생각할 수는 없을 것입니다. 그것은 마이클 코넬리의 해리 보슈 시리즈도 마찬가지죠. 해리 보슈 하면 마약과 매춘, 영화, 포르노 산업의 온상지인 LA가 제일 먼저 떠오릅니다. 루이즈 페니의 아르망 가마슈 경감은 캐나다 퀘벡에 있는 가상의 소도시 쓰리파인즈를 무대로 활약합니다. 하라 료의 사와자키 탐정은 몇십 년째 니시신주쿠의 쇠락한 변두리에서 '와타나베 탐정 사무소'를 운영하고 있습니다. 초기 작품들에서 오스트레일리아와 방콕을 헤매고 다닌 해리 홀레지만 역시 주된 배경은 '회백색 눈이 얇게 쌓여 수의를 입은 것처럼 보이는' 오슬로라고 할 수 있을 것입니다.

일부 마니아들은 소설의 주된 배경이 어딘가에 따라서 하나의 카테고리를 만들기도 합니다. 예를 들어 '보스턴 느와르'의 삼인방이라고 하면, 데니스 루헤인, 척 호건, 마커스 세이키를 일컫습니다. 필립 커가 '나치 치하의 베를린에 필립 말로가 살았다면 어땠을까'라는 아이디어에서 시작했다는 베른하르트 귄터 시리즈는 '베를린 느와르'라는 별칭으로 불리고 있습니다.

또는 하나의 도시를 배경으로 앤솔러지를 만들기도 하는데, 메리 히긴스 클라크가 주도해서 만든 《뉴욕 미스터리》라는 단편집이 대표적입니다. 이 작품집의 첫 단편은 리 차일드의 잭 리처가 뉴욕 5번가의 명물인 플랫아이언 빌딩을 올려다보면서 시작합니다. 예전에 젊은 작가들 몇 명이 모여서 '서울 느와르'라는 단편집을 만들어보자는 이야기가 오갔던 적도 있는데요, 당시에는 성사되지 못했지만 언젠가 비슷한 이름을 단 작품이 나올지도 모르겠습니다.

● 분위기: 배경 묘사의 대가 중 하나인 윌리엄 켄트 크루거의 말처럼 뉴욕과 오하이오의 분위기는 전혀 다를 것입니다. 뉴욕이라면 하늘 높이 솟은 마천루가 떠오르겠지만, 오하이오라면 끝도 없이 펼쳐진 옥수수 밭이나 지평선과 맞닿아 있는 길이 연상됩니다. 로스앤젤레스와 디트로이트의 분위기도 다를 겁니다. 할리우드로 대표되는 환락과 뒷골목의 로스앤젤레스와 쇠락한 공업도시 디트로이트가 같은 분위기일 수

는 없습니다. 도쿄가 다르고, 교토가 다릅니다. 서울이 다르고 부산이 다릅니다. 사람이 다르고 언어가 다르고 분위기가 다릅니다. 우리가 어떤 배경을 선택하는가에 따라서 전혀 다른 분위기가 날 것입니다.

반대로 생각하면, 부산을 배경으로 했는데, 서울과 다른 분위기를 전혀 느낄 수 없다면 문제가 있다는 것이겠죠. 경주에는 경주만의 분위기가, 청양에는 청양만의 독특한 분위기가 있을 것입니다. 날카로운 관찰력과 조사를 통해서 그곳에 존재하는 독특한 분위기를 그려낼 필요가 있습니다. 같은 서울을 배경으로 한 작품이라고 해도 작가의 시각에 따라서 전혀 다른 분위기를 낼 수 있을 것입니다.

분위기는 탐정 혹은 주인공의 심리 상태를 반영해야 합니다. 같은 공간을 설명하더라도 등장인물의 현재 감정 상태에 따라서 전혀 다른 묘사가 나올 것입니다. 상쾌한 바람이 부는 하늘을 표현할 수도 있고, 뜨겁게 달아오른 아스팔트 바닥을 힘겹게 기어가는 벌레를 지켜볼 수도 있습니다. 특히 일인칭 시점이라면 더욱더 그러한데, 탐정이 바라보는 세계가 '나'라는 인물을 설명하기 때문입니다.

● 직업: 어떤 특정한 직업을 집중적으로 다루는 것도 배경이라고 할 수 있습니다. 경찰 소설이라고 하면, 경찰이라는 직업에 대해서 심도 깊게 다뤄야 하고, 의학 미스터리라면 의료계나 관련 업종에 대한 묘사에서 디테일이 살아 있어야 합니다.

이 분야에서 세계적인 거장이라면 아더 헤일리를 꼽을 수 있을 것입니다. 《호텔》은 말 그대로 호텔이라는 한정된 공간 안에 다양한 캐릭터를 집어넣고, 초 단위의 시계처럼 정확한 플롯을 만들어냅니다. 《에어포트》는 공항, 《오버로드》는 한계에 이른 전력 산업, 《이브닝 뉴스》는 방송국, 《환전상들》은 은행, 《최후의 진단》은 제약업계를 다룹니다. 모두 한 분야에 대한 엄청난 양의 리서치를 통해서 관계자만 알 수 있는 이야기로 흥미로운 플롯을 전개해나갑니다.

전직前職을 배경으로 살리는 경우도 많이 있습니다. 의사 출신인 로빈 쿡은 장기 밀매를 위해 의도적으로 환자를 뇌사 상태로 만드는 병원을 그런 무시무시한 소설《코마》로 이름을 알리기 시작했고, 검사 출신인 스콧 터로는 영국추리작가협회 실버 대거 상을 받은《무죄추정》에서 내연녀 살해 혐의로 함정에 빠진 수석 부장검사를 주인공으로 삼고 있습니다. 존 그리샴은 주 배경인 법정을 벗어나 농구(《Sooley》), 풋볼(《관람석》), 이주 노동자(《하얀 집》) 등을 소재로 삼기도 하는데, 역시 가장 서스펜스 넘치는 작품들은 본령인 법조계로 돌아왔을 때입니다. 아마도 자신이 몸담았던 분야인 만큼 가장 현실감 넘치는 배경을 그려낼 수 있기 때문일 것입니다.

직업을 하나의 배경으로 구체화하는 데는 일본 추리소설 작가들이 뛰어납니다. 일본 드라마를 보면 가장 많이 나오는 단어가 '일, 직업'을 뜻하는 '시고토しごと'입니다. 또 많이 쓰이는 일본 말 중의 하나가 '모노즈쿠리物作り'인데, 직역하면 '물건 만들기'라는 뜻으로 '장인정신'이라는 의미로 쓰인다고 합니다. 이처럼 직업을 중요하게 생각하는 문화라서 그런지 일본 추리소설은 특정한 직업을 배경으로 활용하는 작품이 많습니다. 예를 들어 경찰 소설의 대가로 일컬어지는 사사키 조나 곤노빈의 추리소설들은 일종의 직업소설로 읽힐 수 있을 정도로 경찰의 비리, 애환, 권력 구조에서 오는 갈등 등의 첨예한 문제를 다루고 있습니다. 가이도 다케루는 주로 의료계를 소설의 배경으로 사용합니다. 신경내과의 만년 강사 다구치와 후생노동성의 괴짜 공무원 시라토리가 콤비로 활약하는《바티스타 수술 팀의 영광》,《나이팅게일의 침묵》,《제너럴 루주의 개선》,《나전미궁》등이 대표작입니다.
드라마 〈한자와 나오키〉의 원작으로 유명한 이케이도 준은 은행원 출신이라는 이점을 활용해서 은행을 배경으로 한 작품을 주로 씁니다. 원제가《オレたちバブル入行組》(우리들 버블 입행조)와《オレたち花のバブル組》(우리들 꽃의 버블조)인 '한자와 나오키'시리즈 외에도, 드라마 〈하나사키 마이가 잠자코 있지 않아〉의 원작 소설인《불상사不祥事》와《은행총무특명銀行総務特命》등의 작품에서 구조화된 은행의 비리에 맞서 분투하는 주인공을 현실감 있게 그리고 있습니다.

'미드는 경찰이 나오면 수사를, 의사가 나오면 진료를 한다. 일드는 경찰이 나오면 경찰이 교훈을 주고, 의사가 나오면 의사가 교훈을 준다. 한드는 경찰이 나오면 경찰이 연애를 하고, 의사가 나오면 의사가 연애를 한다'는 농담이 있었죠. 지금은 달라지고 있지만 드라마만이 아니라 한국 추리소설에서 가장 미흡한 부분이 이 부분이 아닐까 생각합니다. 형사, 검사, 프로파일러, 기자 등 어떤 직업을 배경으로 활용하든 지나치게 스테레오 타입으로 고정되어 있습니다. 충분한 자료 조사와 인터뷰를 통해 배경으로 다루는 직업에서 필연적으로 파생되는 미스터리와 딜레마를 잘 조화시킨다면 각광 받는 추리소설이 되리라고 봅니다.

● 동기: 소설에서 진행되는 이야기와 인물의 행동은 사건이 벌어지는 장소와 깊은 관련을 맺고 있어야 한다는 뜻입니다. 우리는 모두 자신을 둘러싸고 있는 환경과 상호작용을 주고받으며 살아갑니다. 그러므로 소설 속의 등장인물들 역시 배경의 영향을 받을 수밖에 없습니다.
이 분야의 대가인 토니 힐러먼을 예로 들어 설명해보겠습니다. 토니 힐러먼은 미국 남서부 사막의 인디언 보호구역을 무대로 작품을 쓰는데, 주인공인 짐 치와 조 리프혼은 나바호족 인디언이거나 혼혈입니다. 그렇기 때문에 인디언 고유의 전통과 백인의 현대 문화 사이에서 갈등을 겪을 수밖에 없고, 그것이 작품 전반에 흐르면서 깊이 있는 주제를 드러냅니다.
《고스트웨이》의 한 장면에서 이 점이 극명하게 드러납니다. 짐 치는 살인 현장인 호스틴 비게이의 집(인디언 천막 같은 것)을 방문합니다. 그런데 그 집은 죽음을 맞이하는 장소이기 때문에 죽고 나서 악한 영혼이 빠져나가도록 의식상의 조처를 취해야 했는데, 주인이 모든 준비를 마치기 전에 갑작스럽게 살해당해 악한 영혼 '친디'가 빠져나가지 못했습니다. 여기에서 주인공은 갈등에 빠집니다. 나바호족 경찰이자 FBI 아카데미를 우수한 성적으로 졸업하고 뉴스위크의 정기 구독자인 그는 그저 집 안으로 들어가 허리를 펴고 플래시 라이트를 켜면 그만입니다. 하지만 백인 남자의 이름이 아니라 인디언 부족의 비밀 이름 '롱싱

커'(길게 생각하는 사람)는 망설입니다. 왜냐하면 그가 롱싱커로서 배웠던 모든 가르침에 따르면 친디는 반드시 피해야 할 존재이자, 죽은 남자가 갖고 있던 악과 모든 '나바호의 길'에서 어긋난 것들의 총합이기 때문입니다. 토니 힐러먼은 몇 쪽 되지 않는 짧은 장면에서 이런 문화적인 딜레마를 멋지게 표현해놓았습니다.

토니 힐러먼의 소설처럼 사건이 발생하고 이야기를 이끌어가는 요소가 그 지역의 문화적인 특성과 깊은 연관을 맺고 있다면, 배경 설정의 대가라는 소리를 듣게 될 것입니다.

● 세부 사항: 소설에 등장하는 어떤 사실도 거짓으로 쓸 생각을 해서는 안 됩니다. 예를 들어 총기가 등장한다면 단순히 총이 아니라 리볼버인지, 샷건인지, 시그사우어인지 명확히 해야 하고, 법과 관련된 부분이 필요하다면 핵심 요소에 있어서만큼은 사실과 정확하게 일치해야 합니다. 몇 년 전부터 웹소설에 속칭 '전문가물'이라는 장르가 인기를 끌고 있습니다. 검사나 변호사, 배우, 작가, 요리사, 한의사, 수의사 등 특정 직업을 다룬 작품들입니다. 물론 많은 작품이 판타지적인 요소가 강하기 때문에 세부 사항들을 대충 넘기는 경향이 있어 보이지만, 그래도 대중적으로 성공한 작품들의 경우 현직 의사나 사법고시 준비를 했던 경험이 있는 작가가 해당 분야를 그려내 상당한 현실성을 담보로 하고 있습니다.

요즘 같은 인터넷 시대에는 어떤 분야든 전문가가 있기 마련이고, 가상으로 속여 넘긴 사실은 누군가가 알아채기 마련입니다. 가능하다면 출간 전 초고를 해당 분야의 전문가에게 보여주고 오류를 바로잡는 것이 좋을 것입니다.

그렇다면 어떻게 배경을 제대로 그려낼 수 있을까요?

● 철저한 조사: 아더 헤일리의 경우 3년에 한 권꼴로 책을 출간했는데요, 그중 1년 반은 관련된 서적을 읽고 인터뷰를 하는 리서치 과정에 쏟

았다고 합니다. 나머지 1년 반이 실제 집필 기간이었죠. 그의 아내 실라 헤일리가 쓴《나는 베스트셀러와 결혼했다》에서 흥미로운 집필 배경을 읽을 수 있습니다.

현실적으로 그렇게 하기 어렵다고 해도 최선을 다해서 자료 조사에 시간을 쏟아야 합니다. 특히 추리소설이라면 경찰 조직이나 사건 수사 방식과 같은 부분을 소설이나 인터넷, 영상을 통해 얻은 지식만으로 사실인 양 쓰는 것은 위험합니다. 정확하지 않은 점도 많고 이미 2차 가공이 들어가 있기 때문입니다. 반드시 책이나 인터뷰를 통해 교차 확인하는 과정이 필요합니다. 1997년 한국추리문학대상을 수상한 백휴의 경우 《사이버 킹》이라는 작품을 집필할 때 관련 전문지를 1년 이상 정기 구독해서 읽는 수고를 아끼지 않았다고 합니다. 그 결과 당시로서는 생소한 EMP 병기와 관련된 힌트를 얻을 수도 있었죠.

《인형의 정원》,《잘 자요 엄마》의 작가인 서미애는 자료 조사에 많은 공을 들이는 것으로 유명합니다. 특히 책을 통한 조사뿐만 아니라, 실제 인물을 만나서 인터뷰를 하는 데 많은 시간을 들입니다. 그렇게 할 때 실제 그 직업에 종사하는 인물들만이 알 수 있는 디테일이나 특유의 분위기를 살릴 수 있기 때문입니다. 여담입니다만, 서미애 작가가 실제 사건의 자료와 본인의 추론을 올려놓은 블로그를 보고 수사팀에서 연락이 와서 직접 만난 적도 있다고 합니다. 물론 담당 형사는 자신도 모르게 서미애 작가의 자료 조사 대상이 되었죠.

● 개인의 경험: 두바이나 하노이 같은 이국적인 장소를 배경으로 설정할 수도 있겠지만, 작가가 잘 알고 있는 친숙한 곳을 선택하는 것도 한 방법입니다. 그렇게 할 때 영상이나 사진으로 막연하게 상상한 곳이 아니라, 작가가 직접 오감으로 경험한 배경을 감각적으로 그려낼 수 있기 때문입니다. 겉으로는 평화로워 보이지만 온갖 악의를 담고 있는 퀘벡의 시골 마을을 배경으로 작품을 쓰고 있는 루이즈 페니는 새로운 소설을 준비할 때면 공책 한 권을 준비해서 산책 나갈 때마다 사소한 세부 사항들을 기록한다고 합니다. 길을 걸으며 마주치는 냄새, 맛, 풍경, 크

루아상, 오두막, 장마와 같은 것들이죠. 그렇게 모아둔 세부 사항들은 작품 곳곳에 흩뿌려져 작가가 창조한 가상의 세계를 독자가 직접 체험하도록 하는 역할을 합니다. 아무리 익숙한 곳이라도 작가만의 독특한 감각으로 낯설게 표현할 수 있다면 독자들은 준비된 배경 속으로 빨려 들어갈 수밖에 없습니다.

● 초고와 수정: 일단 조사한 것이 많으면 어떻게든 사용하고 싶은 마음이 들기 마련입니다. 초고를 쓸 때는 지나치게 취사선택하지 말고 조사한 디테일을 모두 집어넣어도 괜찮습니다. 다소 장황하더라도 상관없습니다. 오감 전체를 활용해서 묘사합니다. 자유롭게. 그러고 나서 거듭된 수정을 거치면서 불필요한 부분을 다듬고, 독자들에게 익숙한 부분을 없애버리고, 강렬한 인상을 남길 수 있는 배경만을 남겨두는 것입니다. 엘모어 레너드의 조언을 빌리자면 "독자들이 건너뛰며 읽는 부분은 빼라"는 것입니다.

《안드로메다 스트레인》,《쥬라기 공원》,《프레이》등의 작품을 남긴 마이클 크라이튼은 의사 출신으로 소설에서 과학적인 배경을 절묘하게 활용하는 작가로 유명합니다. 하지만 항공 사고를 다룬《에어프레임》은 세부 사항만 넘쳐나는 사고 보고서를 읽는 것 같은 지루함만 가득했습니다. 배경은 어디까지나 스토리와 캐릭터에 현실감을 부여하고 돋보이게 하기 위한 장치가 되어야지, 이야기를 압도해서는 안 된다는 것을 알려준 작품이었습니다. 우리 역시 수정 과정에서 배경 묘사를 적절히 조절하지 않으면 비슷한 우를 범할 가능성이 있습니다.

"어떻게 하면 깊이 있는 배경을 창조할 수 있을까? 내가 할 수 있는 최선의 조언은 이것이다. 여행기를 쓰지 말 것. 세부 사항을 길고 장황하게 늘어놓지 마라." –윌리엄 켄트 크루거

● 강렬한 배경: 모든 소설에서 사건이 벌어지는 배경이 중요하지만, 특히 추리소설에서는 서스펜스와 분위기를 고조시키는 강렬한 배경이 반

드시 필요합니다. 대프니 듀 모리에의 《레베카》는 망령이 떠도는 음산한 저택과 음침한 바다, 날카로운 절벽이 펼쳐진 맨덜리 없이는 그처럼 강렬한 작품이 되기 어려웠을 것입니다. 특히 마지막 액션이나 서스펜스가 벌어지는 곳은, 배경 자체로도 강렬하고 스릴 넘치는 곳을 생각해내는 것이 좋습니다. 트레바니언의 《아이거 빙벽》 최후의 무대는 제목에서 알 수 있는 것처럼 걸출한 등반가들도 오를 엄두를 내지 못하는 아이거 빙벽입니다. 딘 쿤츠는 《최후의 얼굴》에서 추락 사고로 고소 공포증에 시달리는 주인공을, 사랑하는 여인을 위해 차갑게 얼어붙은 고층 빌딩 외벽에 매달리게 만듭니다. 히치콕의 영화 〈북북서로 진로를 돌려라〉는 러시모어산에 있는 거대한 미국 대통령들의 얼굴 조각상을 배경으로 생사를 넘나드는 대결이 펼쳐지고, 〈킹콩〉은 엠파이어스테이트 빌딩에 올라가서 최후의 결전을 벌입니다. 어떤 장면도 배경이 되는 곳을 떼어놓고는 생각할 수 없습니다.

"배경이 되는 장소가 얼마나 중요한지 알고 싶은가? 《암흑의 핵심》에 강이 나오지 않는다고 상상해보라." -토머스 H. 쿡

애거사 크리스티의 영국과 콜린 덱스터의 영국은 다릅니다. 레이먼드 챈들러의 LA와 마이클 코넬리의 LA가 같을 수는 없습니다. 지금까지 서울을 무대로 수도 없이 많은 소설이 창작되었고 앞으로도 그럴 것입니다. 하지만 그 어떤 작품도 당신이 그려낸, 혹은 그려낼 작품과 같을 수는 없습니다. 당신만의 LA를, 쓰리파인즈를, 서울 느와르를 기다리겠습니다.

참조

론 로젤, 송민경 옮김, 《소설 쓰기의 모든 것-묘사와 배경》, 다른, 2011
루이즈 페니 외, 지여울 옮김, 《장르 글쓰기-미스터리》, 다른, 2015
미국추리작가협회, 정찬형·오연희 옮김, 《미스터리를 쓰는 방법》, 모비딕, 2013

진화를 꿈꾸며
대단원을 향해 무작정 걷는다

홍성호

2011년 〈위험한 호기심〉으로 '계간 미스터리' 신인상을 수상하며 등단했다. 2014년 〈각인〉으로 한국추리문학상 황금펜상을 수상했다. 이후 여러 편의 단편소설을 발표했으며, 2016년 셜록 홈 즈 패스티시 앤솔러지 《셜록 홈즈의 증명》에 참여하였다. 2019년 장편소설 《악의의 질량》을 출간하였다. 현재 법원에서 양형조사관으로 일하고 있다.

흔히 머릿속에 그리는 서재란 책이 빼곡히 꽂혀 있는 원목 책장이 방을 둘러싸고, 햇살이 눈부시게 들이치는 커다란 창문 앞에 널따란 책상이 자리 잡은 공간이다.

나에게 이런 작업공간이 있다면 누구나 감탄하는 명작을 매년 쓸 수 있을 것 같다는 허튼 상상을 많이 해봤다. 그러나 안방 파우더룸에서, 베란다에서, 주방 식탁에서 글을 쓰는 주변 다른 작가들의 현실과 마찬가지로 나에게만 허락된 독립된 작업공간은 '아직' 없다.

방금 '아직' 없다고 말했지만, 사실 방이 네 개 있는 더 넓은 집으로 이사 가기 전에는 그런 공간이 생기지 않을 것이므로 내 수입이 폭발적으로 증가하지 않는 한 미래에도 독립된 작업공간은 허락되지 않을 것은 거의 확정적이다.

그렇다고 우리 집에 나만의 작업공간이 전혀 없는 것은 아니다. 작년에 이사하면서 안방 한 면을 책장으로 채우고 책장과 창문이 만나는 모퉁이에 값싼 책상을 끼워 넣어 더부살이 작업공간을 마련해두었다. 한 평도 안 되는 작은 공간이고, 잠잘 시간이 되면 강제 폐쇄되는 시한부 공간이지만, 나에게는 참으로 호사스러운 공간이 아닐 수 없다.

항상 이동 가능한 노트북이나 태블릿을 이용해서 글을 쓰지만, 집이라는 공간을 떠나서 글을 써본 기억은 없다. 집의 협소한 공간을 탓하며 카페 같은 곳에서 글을 써볼까 생각도 했지만, 실행에 옮긴 적은 한 번도 없다. 내가 앉아 있는 테이블 주변을 사람들이 왔다 갔다 하거나, 옆 테이블 대화 소리가 넘어오면 신경이 쓰여 글에 집중할 수 없을 것 같다는 걱정 때문이다.

여태 살아오면서 스스로 까다롭다고 생각해본 적이 없는데, 막상 이렇게 나의 작업공간에 관해 과거를 반추해보니 그렇지도 않은 것 같다.

개인적으로 작가에게 있어서 이러한 물리적 공간도 중요하지만, 실제 창작이 이루어지는 과정상의 공간이 진정한 작업공간이라고 생각한다. 머릿속에서 꿈틀거리는 이야기 덩어리를 끄집어내 지면에 글로 고착화하는 도구인 '생각의 작업공간'. 즉 노트북에 관심이 많다.

엄밀히 말하자면, 노트북 사양보다는 '키감'이라고 부르는 키보드 감촉에 예민하다. 키보드가 손가락에 달라붙는 것 같은 차진 느낌과 기분 좋게 밀어내는 적당한 반발력을 좋아한다. 그런 키보드를 만나면 글이 더 잘 써지고, 속도가 붙는다. 논리적으로는 잘 설명이 되지 않지만, 경험적으로는 확실한 사실이다.

최근 1년간 중고나라에서 구닥다리 씽크패드를 많이 사들였다. 키감이 나에게 가장 잘 맞았기 때문이다. 작가가 쓰는 기능은 거의 문서 작업에 한정되기 때문에 오래된 노트북이라도 과거 워드프로세서처럼 사용한다면 큰 불편함이 없다. 혹시 좋은 키보드를 찾는 작가가 있다면 감히 씽크패드를 추천하는 바다. 중고라서 가격도 무척 착하다.

벌써 10년, 작가로서 시작과 끝

2011년 《계간 미스터리》 가을호에 〈위험한 호기심〉으로 등단했다. 올해가 2021년이고, 이 글은 여름호에 실릴 예정이니, 작가라는 이름표를 달고 글을 쓴 지 꽉 채워서 10년이 되었다. 벌써 10년. 시간의 빠른 속도에 겸허해질 수밖에 없다.

헤아려보니 지난 10년간 장편 한 편을 출간하고, 앤솔러지와 계간지를 통해 중단편 20여 편, 약간의 에세이를 발표했다. 매년 두 편 정도의 중단편을 발표한 것인데, 게으른 탓에 많은 작품을 쓰지 못한 게 조금은 후회된다. 그래도 현재까지 《계간 미스터리》에 꾸준히 글을 발표하고 있다는 사실에 만족하고 있다.

10년 전, 안정적인 직장생활에 큰 불만은 없었지만, 매일 같은 일상에서 매너리즘의 덫에 걸려 심리적으로는 공허한 느낌이 있었다. 마음속

빈 공간은 직장 동료나 친구들과의 술자리 또는 가족여행으로도 채워지지 않았다. 공허함을 메우기 위해서는 종전에 해오던 자극과는 다른 무언가가 필요했다.

그래서 찾은 것이 글쓰기였다. 처음에는 수필로 시작했다. 서점에서 박완서 선생님과 같은 유명 작가의 산문집을 무작정 사서 읽었고, 쌓인 책이 몇 십 권을 넘었을 무렵 나의 글을 썼다. 수필을 쓰고 나니 일기처럼 책상 서랍에 넣어두기보다는 누구에겐가 보여주고 싶다는 생각이 들었다. 그래서 출품했고, '공무원 문예 대전'에서 2년 연속 수상했다.

하지만 수필은 나의 길이 아니었다. 30대 중후반 나이로는 삶의 진득한 맛을 글에 녹여내기 힘들었고, 읽는 사람의 마음에 조용한 파문을 일으키기에는 역부족이었다. 이내 흥미를 잃었고, 다시 고민을 시작하게 되었다.

이때 문득 떠오르는 기억이 있었다. 초등학교 6학년 때 교실 한 켠에 있던 학급문고 책장. 지금 생각해보니 놀랍게도 그때 학급문고에는 팬더 추리문고와 셜록 홈즈 전집이 비치되어 있었다.

기억과 함께 어린 시절 추리소설을 읽으며 느꼈던 쾌감이 고스란히 재생되었고, 추리소설을 써보겠다는 초등학교 시절 작은 다짐이 떠올랐다. 비로소 내가 갈 길이 명확해졌다. 다시 서점에서 책을 사들이기 시작했다. 탑처럼 쌓아놓은 추리소설을 하나씩 완독해가며 나도 이제 쓸 수 있겠다, 하는 생각이 들었을 때 온 역량을 다해 단편을 하나 써냈다. 그 작품이 등단작이 되었다.

추리작가로 등단한 이후, 심리적 공허함은 재밌는 추리소설을 쓰겠다는 의욕과 투지로 메워졌다. 아, 이거였구나. 등단 후 한동안 드디어 내가 평생 가야 할 길을 찾았다는 희열로 몸과 마음이 뜨거웠다.

10년 동안 작가의 길을 걸어오면서 그때 희열로 뜨거워졌던 심신이 조금은 식었다고 하더라도, 여전히 머릿속에 떠돌아다니는 이야기를 지면에 녹여낼 만한 따뜻함은 유지하고 있다. 새로운 작품에 대한 압박과 독자들의 시금털털한 반응에 간혹 스트레스를 받기도 하고 실망감을 느끼기도 하지만, 지금까지 그래왔던 것처럼 앞으로도 추리작가라는 이름표를 스스로 뗄 일은 없을 것 같다.

내가 지금 걷고 있는 길을 따라 서 있는 이정표에는 단지 직진 표시만 있을 뿐, 목적지가 어디이고, 목적지까지 얼마나 남았는지는 쓰여 있지 않다. 이 길의 끝은 얼마나 남았는지, 그곳에는 무엇이 기다리고 있을지 궁금하다. 대단원을 확인하기 위해서는 지금 열심히 걷는 수밖에 없다.

작가는 선입관을 극복하는 직업

누구나 자신의 경험과 지식에 따라 고정관념이 생기고, 그러한 관념을 통해 세상을 바라보기 마련이다. 때에 따라서 그것을 가치관이나 세계관이라는 단어로 대체할 수도 있고, 그러한 관념이 다른 사람에게 피해를 주는 것이 아니라면 어떤 단어를 가져다 붙이든 상관없다고 본다. 원래 사람은 자기 생긴 대로, 자기 생각대로 살아가는 존재이니까.

하지만 작가의 경우에는 다르다. 어떤 대상이나 현상에 관한 역사적 지식과 경험으로 생성된 선입관에서 스스로 탈피해야 한다. 그렇지 않으면 소설에 등장하는 다양한 등장인물을 제대로 그려낼 수 없다. 등장인물은 작가가 만들어낸 허구 속의 인물이기도 하지만, 허구 속에서는 자신을 만들어낸 작가와는 전혀 상관없는 독립된 인격체다.

작가는 소설 속 등장인물의 행동과 심리를 묘사하고, 그들의 대화를 받아 적어야 할 뿐 그들을 조작하려고 하면 안 된다. 그들 스스로 생각하고, 행동하고, 말하도록 해야 한다. 만약 알량한 작가의 선입관으로 그들에게 개입하려고 한다면, 등장인물들은 개성과 생동감을 잃는 동시에 '아바타 1', '아바타 2'처럼 작가의 생각을 그대로 닮은 인물로 변질될 것이다.

이러한 선입관을 파괴하기 위해서는 소설 작법 책을 읽는 것보다 다양한 인문 서적을 통해 세상 사람들의 다양한 사고를 경험해야 한다. 또한 타인의 견해를 받아들이기 위한 유연한 사고와 훈련이 필요하다. 이를테면 피해자는 매번 불쌍하고 선하고 보호가 필요하고 소외된 존재로, 범죄자는 매번 악이고 지탄받아야 하고 격리가 필요한 존재로 등장 시킬 필요는 없다. 최소한 소설 속에서는 말이다. 이러한 관념이 틀린 것은 아니지만, 선입관이다.

부끄러운 이야기지만, 선입관을 스스로 넘어서야 좋은 작품을 쓸 수 있다는 걸 최근에야 깨달았다. 그래서 요즘은 틈틈이 다양한 인문서를 읽으려고 노력하고 있다.

쓰고 싶은 글 그리고 새로운 시도

개인적으로 등단할 때부터 지금까지 추리소설의 본류는 본격이라는 생각을 하고 있고, 여전히 본격을 잘 쓰는 작가가 부럽다.

등단작도 본격이고, 본격을 기본으로 장편과 다수의 중단편을 쓰긴 했지만, 그동안 글을 쓰면서 나와 본격은 잘 맞지 않는다는 생각을 하게 되었다. 본격은 트릭을 필수로 하는데, 어느 순간부터 작품 안에서 등장인물들이 트릭을 풀기 위해 고군분투하는 모습에 감정이입이 되지 않았고, 이질감마저 느끼게 되었다. 트릭 위주의 본격은 추리소설의 본류라는 상징성 이외에 나에게 아무런 감동도 주지 못했다.

그런 생각을 하게 된 이후 나는 범죄 동기나 등장인물의 심리와 그들을 둘러싼 환경에 초점을 맞추는 사회파 소설을 주로 쓰게 되었다. 일부러 이런 부류의 글을 쓰겠다고 마음먹었다기보다는 자연스럽게 작품 경향이 그쪽으로 넘어갔다. 이유야 어쨌든 당분간은 사회파 경향의 소설을 계속 쓰게 될 것 같다.

최근 업무 중에 생각을 지면에 글로 착상시키는 방법과 관련해서 재미있는 아이디어가 떠올랐다.

직장에서 형사사건 관련자와 면담하고 통화하는 것이 주요 업무인데, 간혹 대화 내용을 메모할 때 음성 인식 기능을 활용하기도 한다. 주로 구글 문서를 이용하는데, 아주 빨리 말하지만 않는다면 제법 정확하게 음성을 인식해 문자로 변환해준다. 내 말이 모니터에서 문자로 전환되는 과정을 보고 있으면 그 정확성에 깜짝 놀랄 정도다.

앞으로 이런 음성 인식 기능을 활용해서 작품을 써볼 작정이다. 장비는 간단하다. 노트북도 필요 없고, 스마트폰과 저렴한 핀 마이크만 있으면 된다. 그리고 키보드를 두드리는 대신 말로 머릿속에 있는 이야기를 풀어내면 끝이다. 이 방식으로 등장인물이 많고 서브플롯까지 있는 장편을 만들기는 어렵겠지만, 플롯과 등장인물을 머릿속에 간단히 정리할 수 있는 단편은 충분히 쓸 수 있을 것 같다.

요즘 나는 직장, 글쓰기, 학업 세 가지를 병행하는 데서 상당한 피로감을 느끼고 있다. 글을 쓸 시간이 부족한 것은 둘째치고, 엎친 데 덮친 격으로 증가하는 몸무게로 운동의 필요성이 절실해졌다. 이러한 고민을 한 방에 해결할 방법이 바로 음성 인식 기능을 이용한 글쓰기다. 조만간 중랑천에 나가 한두 시간씩 걸으며 뱃속 지방도 태우고, 소설도 한 편 써서 올해 안에 발표할 생각이다. 그야말로 일석이조다.

어느 날 저녁에 노원구에 있는 중랑천 산책로를 걸으며 혼자 중얼거리는 40대 중반의 남성과 마주친다면 미친 사람이라고 생각하지는 마시길…. 그는 집필 중이다.

"악에게 최고의 먹잇감은
자신보다 작은 악이다."

괴이한 미스터리 범죄 편
엄길윤·황세연·조동신·한이·전건우

소극적인 미스터리 애호가가
커뮤니티를 즐기는 법
-고수들의 커뮤니티 '하우미스터리 howmystery'

김소망(나비클럽 마케터)

고백한다. 마케터로서 미스터리 커뮤니티 몇 군데를 즐겨찾기 해놓고 줄곧 눈팅을 해왔지만 그 문화를 깊숙이 즐기진 못했다.

대부분의 커뮤니티는 누구나 들락날락하며 편하게 눈팅할 수 있도록 오픈되어 있는 한편, 미스터리 마니아들의 전문가 못지않은 지식과 하루에 수십 개씩 업로드되는 글들, 회원들 사이의 무시 못할 친밀감이라는 성벽을 내세워 영영 커뮤니티와 가까워지지 못하게 만들기도 한다. 그 모습에 주눅이 든 탓일까, 개인 SNS를 제외하면 대부분의 웹상에서 나는 관찰자였다. 그러니 '미스터리 커뮤니티' 코너에 글을 써보는 게 어떻겠냐는 제안을 받았을 때 "제가요? 괜찮을까요?" 갸웃거릴 수밖에. 하지만 그렇다고 내가 커뮤니티를 즐기지 않은 것도 아니란 점에 생각이 미쳤다. 관찰자에겐 관찰자로서의 즐거움이 있는 것이다.

이 글은 내가 하우미스터리(이하 '하우미')라는 가장 오래된 미스터리 커뮤니티에서 '최선을 다해 소극적으로 즐겨본 커뮤니티 탐방기'라 할 수 있다.

네이버 밴드, 다음 카페 등 포털사이트를 이용해 운영되는 대다수의 커뮤니티와 달리 하우미는 개인 홈페이지에서 운영되고 있다. 홈페이지 하단의 'copyright 1999'를 보라. 여러 변화를 거쳤겠지만 장장 세기 말부터 20년 넘게 운영된 곳이다. 가장 오래된 공지 몇 개를 읽어보니 이곳은 churi.wo.to와 나우누리 추리문학 동회회, 싸이월드 '화요추리 클럽'의 자료를 토대로 만들어진 곳이라고 한다. 나우누리와 싸이월드라는 단어에서 커뮤니티의 역사와 전통이 느껴진다. 공지는 다음의 문장으로 이어진다.

"개인 사이트보다는 아카이브의 성격을 갖추기 위해 노력했고 많은 분이 추리소설에 대한 다양한 의견을 남겨주셨으면 좋겠습니다."

하우미의 성격은 이 글이 업로드된 2003년 10월부터 현재까지 유효해 보인다. 아직 초심자 딱지를 떼지 못한 나 같은 미스터리 독자 눈에도 커뮤니티에 쌓여 있는 데이터의 양이 방대해 보였다. 양은 게시물의 개수만을 말하지 않는다. 《계간 미스터리》 편집장인 한이 작가는 이런 말을 했다. "하우미는 그야말로 고수들이 밀집한 미스터리 커뮤니티"라고.

대부분의 커뮤니티가 책 추천과 서평, '이 책 읽을 만한지?' 식의 가벼운 질문을 올리고 답하는 공간으로 사용되는데, 하우미에 올라오는 글은 결이 살짝 다르다. 한 권 한 권의 책을 이야기하기도 하지만 미스터리 문학이라는 바다를 이야기한다. 자유게시판에는 '2021 MWA 에드거상 롱리스트(미국추리작가협회상 후보)', 플로차트를 이용한 '존 르카레 독서 흐름도' 등 전문성이 느껴지는 글이 수두룩하다. 외국 추리소설가 인터뷰 글만 모여 있는 '연재 및 번역' 카테고리는 하우미 유저가 직접 번역해서 정리한 글들이라 더 의미 있다. 하우미의 대다수 글은 단단한 독서 내공을 바탕으로 공들여 만들거나 찾은 자료들이다.

늘 느끼는 거지만 인터넷에는 왜 이렇게 성실한 사람이 많을까. 다른 곳에 올라온 전문자료를 단순히 공유하는 것만으로도 충분할 수 있는데 자발적으로 자료들을 만들고 아카이빙하는 분들이라니. 하우미에는 좋아요, 멋져요 버튼 기능이 있지도 않을뿐더러 '대단하십니다', '저도 읽을 만큼 읽었다고 생각했는데 아직 멀었네요' 부류의 자신감 차오르게 만드는 댓글이 달리는 곳도 아니다. 글을 올릴 뿐 그 이후의 일('좋아요'가 몇 개나 달렸을까, 첫 번째 댓글은 몇 분 뒤에 달릴까 고민하는 것)에 신경 쓰지 않는 커뮤니터(이런 말이 있다면)들의 세상처럼 보인다고 할까.

여느 미스터리 커뮤니티처럼 하우미 유저들도 꽤 다양한 면모를 보인다. 한 달간 하우미 이곳저곳을 구경하며 발견한 가장 신선했던 유저는 이 글을 쓴 분이다.
'장르문학과 함께하는 음식이야기 (2) – 소시스 미뉴이.'
조회 수가 2712회인 이 글은 수제 소시지로 보이는 음식 사진으로 시작해 음식이 등장하는 책과 작가에 대한 소개로 전개된다. '음식이 주요 소재로 등장하는 미스터리 소설을 소개하는 서평인가 보다' 생각하기 무섭게, 갑자기 "그럼 레시피를 찾아볼까요?"라는 문장이 튀어나온다. 군이 레시피까지 찾아보셨다니 커뮤니티 열성 회원의 기본 자질은 역시 덕질과 성실함이다.
이분의 다른 글 중에는 '추리소설 리뷰 1,000편 분석'도 있다.
"개인적으로 작성하던 추리소설 리뷰가 천 편을 돌파해서 기념 및 개인적인 자료 정리차, 여태 읽었던 추리소설 리뷰 1,000편에 대한 간략한 데이터를 정리하여 공개합니다."
이분이 말하는 '간략한 데이터'는 본인의 개인 블로그에 업로드되어 있고 하우미에는 깔끔하게 URL만 적혀 있다. 블로그로 건너가니 단순히 천 개의 리뷰를 한데 모은 글이 아니었다. 미스터리의 세부 장르별 리뷰 개수부터 작가별 평균 별점 순위, 별점 다섯 개를 준 책의 서평만 따로 모은 구성 등 미스터리 장르 애호가가 자신의 역사를 아카이빙한 흔적이었다. 하우미에 올린 최신 글이 올해 2월 초의 글인데 그동안 이분에게 무슨 일이 생긴 건 아닌지 자못 궁금하다. 혹 다른 커뮤니티로 옮긴 건 아닌지, 그곳은 어디인지. mae로 시작하는 ID를 쓰는 선생님, 저는 덕분에 절대 미각 식탐정의 원조가 등장한다는《요리장이 너무 많다》와 인간 사회의 뿌리 깊은 공포를 유머러스하게 묘사했다는 단편소설집《특별요리》가 너무나도 읽고 싶어졌습니다.

하우미가 커뮤니티 초보자에게 만만찮은 곳이라는 건 인정한다. 하지만 하우미에 글을 올리고 싶은데 무반응이 무서워 망설이던 독자가 있다면 안심해도 좋다. 이곳은 운영자가 말했듯 아카이브 사이트에 가깝다. 내가 올린 글의 가치가 타인의 '좋아요'와 댓글의 개수에 달려 있지 않다는 뜻이다. 자신을 믿고 쓰고 싶은 글을 쓰시라. 하우미는 하루에도 수십 수백 개의 글이 올라오는 곳은 아니지만 그렇기 때문에 한 번 업로드된 글이 생각보다 오랜 시간 다른 사람들의 눈에 띌 수 있다는 장점이 있다.

누군가에겐 하우미가 한없이 조용하고 커뮤니티의 기능을 잃어가는 공간처럼 느껴질 수 있겠지만 글쎄, 때로는 너무 많은 글과 소통이 사람을 피곤하게 만들기도 하는 법이니까. 커뮤니티 초심자인 나로선 하우미의 고요함이 도리어 편하다. 게다가 내공 있는 분들의 글을 읽는 즐거움은 쾌락에 가깝다. 미스터리 독자들이 끊이지 않는 한 앞으로도 계속 새로운 고수들이 탄생할 텐데 하우미도 최소 20년은 더 너끈히 운영되지 않을까.

하우미스터리 운영자(아이디 decca)와의 Q&A

1. 하우미 소개와 더불어 하우미를 어떻게 운영하고 있는지 설명해주세요.

하우미는 1999년에 개인 홈페이지로 시작했습니다. 올해로 23년 됐죠. 보다 접근성이 좋은 곳을 만들고 싶어서 하우미를 만들었고 서너 차례 업데이트를 거쳐서 지금의 사이트로 자리 잡았습니다. 한창 분위기가 좋았을 때는 서너 명의 운영자가 있었고, 새로운 글과 회원들이 끊이지 않았지만 사실 지금은 매우 적막한 사이트입니다. 꾸준히 찾아주시는 회원 분들과 제가 신간 정보를 올리며 소소하게 놀고 있는 곳이죠.

2. 추리 커뮤니티 중에서 고수가 가장 많은 커뮤니티라고 하는데, 어떻게 생각하시나요?

아무래도 운영한 세월이 있는 만큼 '고수'라기보다 오랫동안 미스터리 장르를 좋아해주시는 분이 많습니다. 업계 종사자 분도 많죠. 그분들은 미스터리 장르가 암흑기였던 시절에도 헌책방을 찾아다니며 결코 미스터리 장르를 포기하지 않았던 분들입니다.

특히 원서 능력자 분이 많은데요. '국내 미발간' 카테고리에서 고수들을 찾아보실 수 있을 겁니다. 또 고전을 좋아하시는 분들과 서브 장르를 폭넓게 아우르는 분들도 많이 있습니다. 작년에는 잠깐 쉬었지만 하우미에서는 매년 연말 '올해의 미스터리'를 선정하는 이벤트를 하는데요. 선정되는 작품들의 폭을 보면 매번 놀랍습니다. 한 서브 장르에 치우쳐 있지 않아요. 그런 곳은 우리나라에 하우미뿐이죠.

아이러니하지만 하우미에 글이 적은 이유가 부담감 때문이라는 말을 많이 들었어요. 워낙 대단한 분이 많으니 뭔가 시답잖은 얘기를 하기 조심스러운 분위기가 형성돼 있다고 할까요. 사실 별 신경 안 쓰셔도 되는데 어느새 하우미 특유의 분위기가 돼버렸습니다. 뭐, 저도 글을 올릴 때는 지적당하지 않기 위해서 최대한 확인하기는 합니다만.

3. 에드워드 D. 호크의 《샘 호손 박사의 불가능 사건집》을 출간하셨다고 들었습니다. 어떤 책인가요?

국내에 많이 소개되지는 않았지만 에드워드 D. 호크는 세계에서 미스터리 단편을 가장 잘 쓰는 작가입니다. 정교한 물리적·심리적 트릭을 구성 속에 녹이고, 단서를 공정하게 독자에게 제시하며, 경쾌한 반전을 선사하는 현대 퍼즐 미스터리의 대가로 알려져 있습니다. 900편이 넘는 단편을 썼고, 엘러리 퀸이 편집장이었던 《EQMM》(엘러리 퀸 미스터리 매거진)에 35년 연속 작품이 실리기도 했습니다. '샘 호손'은 그가 창조해낸 스무 명이 넘는 캐릭터 중 한 명으로 불가능 범죄 전문가이자

의사입니다. 샘 호손이 등장하는 단편은 총 70여 편에 달하는데요. 이번에 출간한 《샘 호손 박사의 불가능 사건집》이 그 첫 번째 단편집입니다. 이 책은 미스터리를 사랑하는 분들에게 좋은 선물이 될 겁니다. 수수께끼가 있고 해결이 있으니까요.

4. 즐겨 찾는 미스터리 커뮤니티가 있으신가요? 운영자가 생각하는 좋은 추리 커뮤니티란 어떤 곳인지도 궁금합니다.

요새는 디시인사이드의 추갤(추리소설 갤러리)을 즐겨 찾습니다. 일본 미스터리 위주이긴 하지만 이제 막 미스터리 장르에 흥미를 갖게 된 분이 제법 많아요. 제가 오래전 두근두근해하며 느꼈던 감정들을 현재 느끼는 분들을 보는 건 정말 즐거운 일입니다.

제가 생각하는 좋은 추리 커뮤니티란 계속 새로운 사람들이 유입될 수 있도록 동기와 가이드를 제공하는 곳입니다. 어느 곳이나 오래되면 고인 공간이 될 수밖에 없는데요. 커뮤니티 운영자들은 그 점을 항상 경계해야 한다고 생각합니다. 그 관점에서 보니 하우미는 실패로군요.

5. 추리 마니아로서 추리 커뮤니티의 가장 큰 매력은 어디에 있다고 생각하시나요?

요샛말로 하면 본진이죠. 마음 둘 곳. 하우미를 처음 만들 때만 해도 개인 홈페이지를 비롯해 동호회 등 커뮤니티가 많았어요. 지금은 거의 다 사라졌죠. 삶에서 좋아하는 것들을 함께 나눌 공간이 있다는 건 정말 소중한 일입니다. 그래서 하우미도 죽을 때까지 계속 운영하려 합니다. 언젠가 잊지 않고 찾아주시겠죠.

"아무것도 없는 공간에 깃들다.
이승에서의 그는 행불자다."

괴이한 미스터리 초자연 편
허설·반대인·사마란·김선민·홍성호

신간 리뷰
《계간 미스터리》편집위원들의 한줄평

《다감 선생님은 아이들이 싫다》
공민철 지음 | 아프로스미디어

조동신　다감 선생님은 아이들은 싫어도 수수께끼 풀이는 좋은가 보다.
한새마　신파나 휴머니즘이 아니라서 좋다. 상처를 직면하고 인정함에 어느새 힐링된다.
박상민　명탐정 다감 선생님이 파헤치는 잔혹동화, 길벗초등학교에 평화가 깃들기를.
한이　다정은 죽고, 다감은 사건을 해결한다.

《그리고, 유리코는 혼자가 되었다》
기도 소타 지음 | 부윤아 옮김 | 해냄

한새마　학교 폭력과 도시 괴담을 섞었더니 유리코가 되었다.

《모든 비밀에는 이름이 있다》
서미애 지음 | 엘릭시르

박상민　'브라보'를 외치게 되는 하영이의 마지막 선택, 다음 이야기가 기다려진다.
한새마　소시오패스 하영의 성장이 나를 두근거리게 한다.

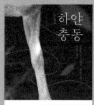

《하얀 충동》

오승호 지음 | 이연승 옮김 | 블루홀식스

한새마　이쯤 되면 사회파가 아닌 그냥 오승호파 미스터리.

《인간의 얼굴은 먹기 힘들다》

시라이 도모유키 지음 | 구수영 옮김 | 내친구의서재

한새마　특수설정 속에 잘 녹여낸 본격.
윤자영　얼굴은 안 먹지만, 기괴한 설정에 이끌린다.

《리바이어던》

보리스 아쿠닌 지음 | 이형숙 옮김 | 아작

조동신　애거사 크리스티 풍 본격 추리소설에 대한 오마주. 등장인물의 교차 시점
　　　　에 따라 서술되는 구성이 훌륭하다.

《서점탐정 유동인》

김재희 지음 | 몽실북스

박상민　나도 모르는 사이에 유동인을 질투하고 있었다.
한새마　한국형 코지 미스터리 여왕의 등극!

《샘 호손 박사의 불가능 사건집》

에드워드 D. 호크 지음 | 김예진 옮김 | GCBooks

조동신　고전풍 퍼즐 미스터리의 진수가 여기 있다.

《마안갑의 살인》

이마무라 마사히로 지음 | 김은모 옮김 | 엘릭시르

한새마　김전일 만화의 팬이라면 취향저격!

《꼭두각시 살인사건》

다니엘 콜 지음 | 유혜인 옮김 | 북플라자

조동신　전작인《봉제인형 살인사건》을 뛰어넘는 규모와 잔혹함, 대서양을 넘나드
　　　　는 스케일.
한새마　아기자기한 제목이 무색하리만치 스펙터클한 블록버스터 스릴러. 아, 이젠
　　　　독보적이다!

《거짓의 봄》

후루타 덴 지음 | 이연승 옮김 | 블루홀식스

한새마　어느새 허를 찌르고 들어오는 팽팽한 심리전. 거기에 유려한 문장은 덤.

《교통사고 전문 삼비 탐정》

윤자영 지음 | 북오션

박상민　박병배와 함께라면 무서울 게 없다!

한이　　이제 한국에도 전문 탐정 하나쯤은 있어야 한다.

《신의 눈물》

하세 세이슈 지음 | 허성재 옮김 | 혜지원

조동신　살인사건이라는 외피 속에 동일본 대지진, 아이누인 할아버지와 손녀의 세
　　　　대 차이, 사라져 가는 전통에 관한 이야기를 감추고 있다.

《노킹 온 록트 도어》

아오사키 유고 지음 | 김은모 옮김 | 엘릭시르

한새마　포테이토칩처럼 맛있는 트릭들.

한이　　패스트푸드처럼 빨리 씹히는 퍼즐 미스터리 본연의 재미.

《지금부터의 내일》

하라 료 지음 | 문승준 옮김 | 비채

한이　　사와자키라면 14년의 기다림도 아깝지 않지만, 《베르세르크》처럼 미완(未
　　　　完)은 싫다. 하라 료 선생, 어지간히 하시오.

트릭의 재구성

황세연

피를 나눈 형제

마흔 살쯤 된 남자가 왕추리의 별장 겸 작업실에 불쑥 찾아왔다.

마스크를 코끝에 걸치고 있는 남자는 분명 처음 보는 사람이었지만 어디서 본 듯한 기시감이 있었다.

"추리소설 쓰시는 왕추리 씨죠?"

"예, 그렇습니다만…?"

"주근녀 씨 아시죠?"

"주근녀라면…."

주근녀는 왕추리의 어머니였다.

왕추리의 부모는 왕추리가 태어나고 얼마 지나지 않아 이혼했다. 왕추리는 아버지와 할머니의 손에서 컸다. 어머니는 몇 년 뒤 재혼했다. 이후 왕추리는 어머니 소식을 듣지 못했다.

"제가 주근녀 씨 아들입니다, 형님!"

남자가 왕추리의 손을 덥석 잡으며 눈물을 글썽였다.

왕추리를 찾아온 남자의 이름은 이부동. 어머니가 재혼해 낳은 아들이었다.

존재하는지도 몰랐던 이부동생이 찾아와 친한 척을 하자 왕추리는 귀찮은 일이 생겼을 때처럼 얼굴을 찡그렸다.

"한 달 전에 어머니께서 돌아가셨습니다. 이제 저의 유일한 핏줄은 형님뿐입니다. 말씀드릴 일도 있고, 비록 이부형제지만 형님을 한번 만나보고 싶어 이렇게 찾아왔습니다. 어머니는 제가 지금 살고 있는 집을 형님에게 유산으로 남겼습니다. 곧 형님 앞으로 명의가 이전될 것입니다."

"그럼 너는 어디서 살고?"

"저는 곧 해외로 나가 그동안 모아놓은 돈으로 여행이나 하며 지낼 생각이니 제 걱정은 안 하셔도 됩니다."

둘은 서먹한 분위기를 해소하고자 인근 술집으로 갔다.

이부동은 술잔을 입에 대기만 하고 마시지 않았다.

"술 못 마시나?"

"아뇨. 어머니를 닮아서 그런지 알코올 분해 효소가 많은 편인데, 술만 마시면 개가 돼서요. 술 마시고 사고 친 뒤 늘 후회하곤 해서 안 마시려고 합니다. 이틀 전에도 큰 사고를 쳐서….”

그렇게 말하고 난 이부동은 그동안 살아온 이야기를 했다.

“…그렇게 살다가 다시 사업을 시작해 돈을 좀 벌었습니다. 그런데 코로나가 유행하면서 인건비도 건지기 어려워 좀 쉬기로 하고 사업을 접었습니다. 아직 결혼을 못해서 독신입니다. 의지하며 살던 어머니까지 돌아가시고 나니 유일한 혈육인 형님을 한번 뵙고 싶었습니다.”

이부동이 이야기를 끝내자 왕추리가 살아온 이야기를 했다.

“…그런 경험을 하고 나니 추리소설을 쓰면 리얼하게 쓸 수 있을 것 같더라고. 그래서 연쇄 살인범이 주인공인 추리소설을 한 편 썼는데 운 좋게도 대박이 났어. 그 뒤 이렇게 고향으로 돌아와 소설을 쓰며 지내고 있지. 나도 혈육이라고는 너밖에 없다.”

“이렇게 형님을 만났으니 앞으로 자주 뵈었으면 좋겠지만, 한동안은 뵙기 어려울 것 같아요. 한 몇 년 외국에 나가 있으려고요. 언제일지는 몰라도 귀국하게 되면 그때 다시 찾아뵙겠습니다.”

“지금 어디 살고 있나?”

“장평면 지천리에 살고 있습니다.”

“지천리! 넘어지면 배꼽 닿는 곳에 살고 있었는데 모르고 지내왔군.”

왕추리는 이부동이 돌아간 뒤 그의 뒷조사를 해보았다.

이부동은 정이 많은 사람이었지만 술만 마시면 정말 개가 되었다. 늘 술이 문제였다. 술에 취하면 아무나 잡고 시비를 걸기도 했고 여자에게 폭력을 행사하기도 했다. 또 음주운전도 일삼았다. 아직 큰 사고를 안 낸 게 다행이었다.

'핏줄은 못 속인다더니, 술 마시고 사고 치는 건 나랑 똑같군. 하지만 나는 큰 사고를 쳐도 후회해본 적이 없는데 이부동은 늘 후회하고 반성하며 사는 소심한 성격인가 보군. 무슨 일을 저지르고 후회하며 술을 끊었다고 하는 걸 보니 최근에 큰 사고를 치긴 친 모양이군. 나 같은 범죄자는, 아니 추리소설가는 범죄 냄새를 기가 막히게 맡을 수 있지.'

이부동이 어머니의 명의로 된 집을 자신의 명의로 바꿔주겠다는 것을 보면 마음이 착한 인간인 것 같았다. 시골집이어서 비싸지는 않겠지만, 자신이라면 이부형제에게 부모님 재산을 조금이라도 물려주는 일은 절대 없을 것 같았다.

어쨌든 술을 마시면 사고를 쳐대는 이부동생 이부동은 잠재적인 시한폭탄과 같았다.

이부동이 이 세상에 살아 있는 한 왕추리는 두 다리 뻗고 잠을 잘 수 없을 것 같았다. 아무래도 죽여야 할 것 같았다.

'그래. 내가 살려면 녀석을 죽일 수밖에 없어.'

왕추리가 이부동을 죽이기로 작정한 것은 며칠 전에 본 소름 끼치는 기사가 그 시작이었다.

1985년 한국에서 태어난 뒤 곧장 미국으로 입양된 서른여섯 살의 몰리 시너트는 자신의 유전질환을 파악해볼 의도로 근래 미국에서 유행하고 있는 자가 유전자 검사를 해보았다.

자가 유전자 검사 방법은 간단하다. 마이헤리티지 같은 민간 유전자 검사업체에서 파는 DNA 검사 키트를 마트나 인터넷 쇼핑몰에서 사서 안에 든 작은 통에 침을 뱉어 유전자 검사업체로 보내면 된다.

유전자 검사업체는 고객이 보내준 타액으로 유전자를 검사한 뒤 앞으로 걸릴 수 있는 질병을 예측하거나 조상의 혈통을 분석해 고객에게 통보한다. 또 고객이 자신의 유전자 검사 결과를 'GED매치'에 등록하면 그 고객의 유전자와 이미 등록되어 있는 다른 고객들의 유전자를 대조해 유사한 유전자를 가진 사람을 연결해준다. 유전자의 유사 정도로 잃어버린 가족을 찾거나 먼 친척을 찾을 수도 있다.

자신의 유전자 검사 결과를 살펴본 서른여섯 살의 몰리 시너트는 깜짝 놀라지 않을 수 없었다.

'당신과 DNA가 49.96퍼센트 일치하는 열한 살 소녀가 존재함.'

유전자가 50퍼센트 일치한다는 것은 딸이라는 의미였다.

하지만 몰리 시너트는 아이를 낳은 적이 없었다. 유전자가 50퍼센트 일치하는 소녀에게 연락해 알아보니 소녀의 어머니 역시 1985년 한국에서 미국으로 입양된 여성이었다. 몰리 시너트의 일란성 쌍둥이였던 것이다.

유전자 검사를 통해 자신의 쌍둥이가 존재한다는 걸 알게 된 몰리 시너트와 에밀리 부시넬은 서른여섯 번째 생일에 첫 상봉을 하고 감격의 눈물을 흘렸다.

이 뉴스를 본 왕추리는 감동이 아닌 공포를 느꼈다.

이런 사례가 더 있는지 찾아봤다.

많았다.

앤디 나빌이라는 미국 남성은 이복형제가 서른 명이나 된다는 유전자 검사 결과를 받아보고 어이가 없었다. 아버지가 바람을 피웠어도 한둘이지 이복형제가 서른 명이라니? 그런데 알아보니 그를 비롯한 서른 명이 한 남자의 정자 기증으로 태어난 것이었다.

조금 더 검색하자 더욱 소름 끼치는 사례들이 있었다.

2016년에는 중국에서 28년간 장기 미제로 남아 있던 연쇄 살인 사건의 범인이 가족의 유전자 때문에 붙잡혔다.

중국 간쑤성 공안당국은 1988년부터 2002년까지 14년간 바이인시 일대에서 열한 명의 부녀자를 성폭행한 뒤 살해한 혐의로 가오청융(52세)을 검거했다.

중국판 화성 연쇄 살인 사건이라고 할 수 있는 이 범죄의 희생자들은 성폭행당한 뒤 흉기에 수십 차례 찔려 살해되었고 시신이 절단되기도 했다. 피해자 중에는 여덟 살 소녀도 있었다.

간쑤성 공안당국은 사건이 일어난 직후부터 사건 현장에 남아 있던 발자국, 지문, 정액, DNA 샘플 등의 증거를 모아왔고 전 경찰력을 동원해 수사를 벌였으나 용의자를 특정하지 못했다.

가오청융이 용의선상에 오르게 된 것은 2016년에 실시한 대대적인 유전자 검사 때문이었다. 당국이 바이인시에 사는 남성 거주자들의 유전자 검사를 하던 중 사건 현장의 증거와 유사한 유전자를 발견했다. 그 유전자의 주인은 범인인 가오청융의 가족이었다.

가오청융은 두 아들을 둔 유부남으로 첫 살인 이후 28년 대부분을 바이인시에서 살아왔으나 주소가 바이인시에서 120킬로미터 떨어진 란저우시 위중현으로 등록돼 있어 DNA 검사를 피할 수 있었다. 하지만 그의 가족이 유전자 검사를 받게 되자 DNA-Y 염색체 대조를 통해 그를 사건 용의자로 특정한 수사당국은 이후 지문 대조와 DNA 추가 검사를 통해 그를 범인으로 체포했다.

2018년, 네덜란드에서도 비슷한 사례가 있었다.

1998년 8월, 여름 캠프에 갔던 니키 베르스타펜이라는 열한 살 소년이 텐트에서 사라졌는데 다음 날 숲 속에서 시체로 발견됐다. 이 사건은 20년 동안 단서조차 발견되지 않아 장기 미제 사건으로 남아 있었다.

사건을 해결할 수 있었던 것은 용의자의 가족까지 DNA를 검사해 비교할 수 있도록 법이 새로 개정됐기 때문이었다. 경찰은 남동부 림부르크의 범행 현장에서 많은 양의 DNA를 모았고, 부근에 사는 1만 4천 명의 남성들을 상대로 DNA 검사를 한 결과 한 사람의 DNA가 범행 현장에서 수집한 DNA와 유사한 것으로 나왔다. 그 DNA를 단서로 그 사람의 친척 중 한 사람을 범인으로 단정하고 추적해 스페인 바르셀로나에 살고 있던 범인 조스 브레치(55세)를 검거해 네덜란드로 송환했다.

2018년 12월, 미국에서는 혈육의 유전자를 이용해 범인을 체포한 더욱 소름 끼치는 사례가 있었다.

1970년대 미국 캘리포니아주에서 60여 건의 강간과 살인 사건이 발생했다. 범인은 사건 현장에 DNA를 남겼지만, 그동안 수사기관이 수집해온 범죄 데이터베이스에는 일치하는 DNA가 없었다.

이 사건을 추적하던 경찰은 민간 유전자 검사업체에 캘리포니아 살인마의 유전자를 등록해 유사 유전자를 가진 사람들을 추려낸 뒤 그들의 친인척을 추적했으며, 마침내 범인 조지프 드앤절로를 42년 만에 검거했다.

이렇듯, 이제 범죄자 본인의 유전자뿐만 아니라 피를 나눈 친척의 유전자를 이용해서도 범인을 잡을 수 있는 시대가 도래했다.

왕추리가 이부형제인 이부동을 만난 뒤 술만 마시면 사고를 쳐대는 그를 죽이기로 한 이유가 바로 이 때문이었다. 이런, 유사 DNA를 가지고 범인을 검거하는 기술은 앞으로 시간이 지날수록 더 발전할 것이다.

왕추리가 살인을 저지른 것은 10년 전쯤 여름이었다.

연고가 없는 부산의 어느 가게에서 술을 마시던 왕추리는 자신을 무시하던 술집 여종업원을 폭행한 뒤 강간했고, 이를 말리던 여주인과 여종업원을 모두 살해했다. 뒤처리를 잘하고 현장을 벗어나 지금까지 잡히지 않았지만, 경찰은 피해자의 몸속에서 왕추리의 DNA를 확보해 DNA관리시스템(DIMS)의 데이터베이스에 보관하고 있었다.

이후 왕추리는 유전자 검사를 받을 일이 없도록 조심하며 살아왔다.

그런데 만약 이부형제 이부동이 음주운전을 하다가 사고를 내거나 어떤 범죄를 저질러 교도소에 가게 된다면 유전자 검사를 받게 될 테고 그럼 혈족의 유전자 검사 때문에 검거된 외국의 범죄자들처럼 왕추리도 체포될 수밖에 없었다.

또 이부동이 여행하다가 어떤 사고로 갑자기 죽어도 신원 확인이나 유족을 찾기 위해 유전자 검사를 받게 될 수도 있었다.

설령 이부동이 교도소에 가거나 죽지 않아도, 한국도 미국처럼 법이 개정되어 민간업체가 검사할 수 있는 유전자 검사 항목이 대폭 늘고 일반인들도 유전자를 검사하는 게 유행한다면 이부동도 언제든 재미 삼아 유전자 검사를 받을 수 있었다.

앞으로 언제 어디서 이부동이 유전자 검사를 받게 될지 모르기에 왕추리는 미래의 위험을 사전에 제거하는 차원에서 이부동을 이 세상에서 영원히 사라지게 할 수밖에 없었다.

앞으로는 과거에 강간이나 살인 같은 중대 범죄를 저지른 자가 체포되지 않으려면 가족은 물론 피가 조금이라도 섞인 친척들까지 모두 찾아내 세상에서 완전히 제거해야 할지도 몰랐다.

왕추리는 제거할 혈육이 단 한 명뿐인 게 다행이라면 다행이었다.

그런데 이부동을 어떻게 세상에서 완전히 사라지게 하지?

이부동이 유전자 검사를 영원히 받지 않게 하려면 이부동의 시체가 영원히 발견되지 않게 처리해야 했다. 몇십 년 뒤에라도 시체가 발견된다면 경찰은 신원 파악을 위해서 유전자 검사부터 할 것이다.

살인자에게 가장 어려운 것이 바로 시체를 완벽하게 없애는 일이었다. 누군가 살인을 했어도 시체만 발견되지 않으면 완전범죄가 된다. 시체가 없으면 애초에 살인 사건 수사를 시작하지도 않았고, 설령 경찰이 사건을 수사해서 재판에 넘기더라도 시체 없이 정황만으로 살인 판결을 내리는 판사는 거의 없었다.

하지만 시체를 완벽하게 없애는 것은 그만큼 힘든 일이다. 땅속 깊이 묻거나 바다 깊이 가라앉혀도 시체가 세상에 존재하는 한 언제 어떻게 사람들에게 발견될지 모른다. 심지어 살을 불에 태우고 뼈를 가루 내 없앤다고 해도 범죄에 연루되어 실종되었다 싶으면 경찰은 실종자가 살던 집이나 사무실에서 실종자의 머리카락 등을 확보해 그 유전자를 데이터베이스에 등록할 수도 있었다.

왕추리는 궁리 끝에 결국 이부동을 자살로 위장해 처리하기로 했다. 자살이 확실하고 죽은 자의 신원이 확실하다면 경찰이 죽은 자의 유전자를 검사할 일은 없었다. 불필요한 일이었다.

날이 어두워지자 왕추리는 열 손가락의 지문에 순간접착제를 얇게 펴 발랐다.

왕추리는 미리 사다놓은 맥주와 소주를 자전거에 싣고 마스크를 쓴 채 이부동의 집으로 갔다.

"형님, 무슨 일로 연락도 없이 갑자기…?"

이부동은 당황한 눈치였다.

"자전거 타고 운동 나왔다가 어떻게 사나 궁금해서 들렀어."

"들어오시죠."

왕추리는 술병을 들고 들어가 집 안을 둘러봤다.

작은 방을 살펴보려는데 이부동이 급히 들어가 컴퓨터 모니터를 껐다.

"야동이라도 보고 있었나?"

"하하. 아, 아닙니다."

"나랑 술이나 한잔하세."

왕추리가 식탁 위에 소주와 맥주병을 내려놓자 이부동이 안주를 내왔다.

"저는 며칠 전부터 술을 안 마시고 있습니다."

"건강 때문에 끊은 게 아니라면 오늘까지만 마시고 끊어. 피를 나눈 형제가 40년 만에 만났는데 축하주 한 잔씩은 해야지."

왕추리는 맥주잔에 맥주와 소주를 섞어 폭탄주를 만들었다.

"자, 한잔하자고."

이부동은 술을 안 마시려고 하다가 결국 한 잔 마셨다. 그런데 술이 한 잔 들어가자 참지 못하고 연거푸 마셔댔다. 알코올 중독자 같았다.

"아 참. 자네 중국에서 좀 살았다고 했지? 소설 쓰는 데 필요해서 그러는데 이것 좀 번역해줘."

왕추리는 주머니에서 출력한 종이를 꺼내 이부동에게 건넸다. 중국어로 된 유서였다.

이부동이 종이와 볼펜을 가져와 중국어를 한국어로 번역했다. 번역이 끝나자 이부동이 확인이라도 하듯 읽었다.

"피치 못할 사정으로 먼저 세상을 떠납니다. 그동안 미안했고 고마웠습니다….."

유서를 읽는 이부동의 표정이 마치 유서를 남기고 자살하려는 사람처럼 차갑게 굳었다.

'혹시 내가 자신을 죽이러 왔다는 걸 눈치챈 건 아니겠지?'

"자, 다 되었습니다. 여기…."

이부동이 유서를 왕추리에게 내밀었다.

그 순간 왕추리가 자신의 턱을 움켜쥐었다.

"아아, 아파!"

"왜 그러십니까?"

"이가 갑자기 너무 아파서…. 밤새 이럴 것 같은데, 혹시 진통제 가지고 있는 거 없나?"

"없는데, 사올까요?"

"그래 주면 고맙겠네. 그런데 혹시 음주운전 하려는 건 아니겠지?"

"괜찮습니다. 시골이라 단속도 안 합니다."

"아, 약국 가는 김에 수면제도 좀 사다 줘. 요즘 통 잠을 못 자서 고생이야."

"수면제는 제가 가지고 있는 게 좀 있는데 몇 알 드릴까요?"

"아니, 난 그 뭐냐? 그게 잘 들던데…. 이걸로 좀 사다줘."

왕추리는 이부동에게 수면제 이름을 알려줬다.

"부탁하는 김에, 박스 테이프도 한두 개 사다줘. 내일 택배를 포장할 일이 있어서. 여기 돈 있네."

"아닙니다, 형님! 돈은 무슨⋯."

이부동이 차를 타고 떠났다.

이부동이 없는 사이 왕추리는 미리 준비해간 수면제를 이부동의 술잔에 탔다. 이부동에게 사오라고 심부름시킨 것과 같은 수면제였다.

한 시간쯤 지나서 이부동이 수면제와 진통제, 박스 테이프를 들고 돌아왔다.

"고마워. 그 사이 통증이 가라앉았어. 약은 나중에 먹어도 될 것 같아. 자, 건배 한 번 하세. 원샷!"

이부동은 수면제가 든 폭탄주를 단숨에 마셨다.

폭탄주를 몇 잔 더 마시고 난 이부동이 꾸벅꾸벅 졸기 시작했다.

"무척 피곤한 모양인데 방에 들어가서 자."

"아, 아닙니다. 잠시 누워 있으면 될 겁니다."

소파에 벌렁 드러누운 이부동이 곧 코를 골기 시작했다.

왕추리는 식탁 위에 이부동의 잔만 남겨놓은 채 고무장갑을 끼고 자신의 술잔을 깨끗이 설거지해 찬장에 넣었다. 지문이 남지 않도록 손가락에 순간접착제를 바르고 왔지만, 혹시 몰라 술병을 깨끗이 닦은 뒤 깊이 잠든 이부동의 지문을 찍어놓았다.

박스 테이프를 풀어 곳곳에 이부동의 지문을 찍은 뒤 그 테이프로 출입문의 문틈을 꼼꼼히 붙였다.

창문을 통해 쥐새끼 한 마리 드나들지 못하도록 모든 창문을 단단히 걸어 잠갔다.

이제 이부동의 집은 완전한 밀실이었다.

이부동의 지문이 찍혀 있는 가위로 부엌의 가스 밸브를 잘랐다. 프로판 가스가 지독한 냄새를 풍기며 새어나오기 시작했다.

왕추리는 자신이 출력해간 중국어 유서를 챙겨 주머니에 넣고 이부동의 지문이 찍힌 자필 유서는 식탁 위에 잘 펼쳐놓았다. 또 이부동이 약국에서 사온 수면제 중 이부동이 먹은 것만큼을 제외하고 나머지를 이부동의 지문을 찍어 유서 위에 올려놓았다.

왕추리는 현관에 서서 집 안을 잠시 살펴본 뒤 이상이 없자 박스 테이프가 붙어 있는 출입문을 확 밀어서 테이프를 찢고 밖으로 나갔다. 문을 닫자 자동으로 잠겼다.

다음 날 아침.

이부동의 집 앞을 지나가던 이웃 주민이 프로판 가스 냄새를 맡고 이부동의 집 뒤에 있는 가스통을 잠근 뒤 112에 신고했다.

잠시 뒤 급히 출동한 경찰과 이웃 주민들이 이부동의 집 현관문 잠금장치를 부수고 집 안으로 들어갔다.

이부동은 이미 사망한 상태였다. 가스 중독사였다. 식탁 위에 스스로 쓴 유서와 죽기 전에 먹은 수면제가 놓여 있었다.

최순석 형사는 한 시간쯤 지나서 현장에 도착했다. 며칠 전에 몇 킬로미터 떨어진 강가에서 살해된 것으로 보이는 여성의 시신이 발견되어 수사하느라 정신이 없었다.

경찰과 이웃 주민들은 최순석 형사에게 자신들이 잠겨 있는 이부동의 집 출입문을 부수고 들어갔다고 진술했다. 그들은 이부동이 자살하기 위해 가스가 밖으로 새나가지 못하도록 현관문 틈에 테이프를 붙였는데 자신들이 문의 잠금장치를 부수고 들어갈 때 테이프가 찢어져 훼손된 것 같다고 증언했다.

살펴볼 것도 없이 자살 사건 같았다. 이부동은 어젯밤 인근 약국에서 수면제를 샀고 동네 슈퍼에서 박스 테이프도 샀다.

현장을 살펴보던 최순석 형사가 이부동의 컴퓨터 키보드를 건드리자 절전모드에 있던 컴퓨터가 다시 켜지는 소리가 났다. 모니터를 켜자 화면이 떴다. 한글 워드에 반 장 분량의 글이 쓰여 있었다.

모니터의 글을 읽어본 최순석 형사는 이부동의 유전자를 검사해 데이터베이스에 등록할 필요성을 강하게 느꼈다.

문제: 이부동은 왕추리가 방문했을 때 컴퓨터로 무슨 글을 쓰고 있었던 것일까?
  (이야기의 복선에서 힌트를 얻어 다양한 상상을 해보자.)

답과 설명: 나비클럽 홈페이지(www.nabiclub.net)의 〈계간 미스터리〉 카테고리에서 확인할 수 있습니다.

황세연
스포츠서울 신춘문예에 당선되며 소설을 쓰기 시작했다. 소설 몇 권을 출간한 뒤 출판사에 취직해 편집자로 일하다가 회사 합병으로 잘린 뒤 다시 열심히 소설을 쓰고 있다. 한국추리문학상 신예상, 한국추리문학상 황금펜상, 교보문고 스토리 공모전 대상, 한국추리문학상 대상 등을 수상했다. 근래, 장편 추리소설 《내가 죽인 남자가 돌아왔다》, 《삼각파도 속으로》 등을 출간했다. 최근 《내가 죽인 남자가 돌아왔다》가 대만에서 번역 출간되었다.

"활영시에는
다른 시간대로 가는 엘리베이터가 존재한다."

괴이한 미스터리 괴담편
전혜진·김영민·김재희·윤자영·문화류씨

이태연

아! 솔직히 너무 재밌었다. 이후로 한국 추리소설을 일일 일독하고 있다. 이토록 다양한 작가적 장르와 취향의 향연이라니…. 벌써 내 취향의 작가 리스트가 한 줄 두 줄 늘어나고 있다. 미야베 미유키와 히가시노 게이고에서 끝났던 나의 추리소설 읽기 취미는 이렇게 《계간 미스터리》를 통해 다시 부활했고 한국의 추리소설 작가들과 작품에 무한한 감탄을 하고 있는 중이다. 올바른 길잡이가 되어주신 것에 감사하다. 이것이 바로 플랫폼의 진정한 역할이 아닌가!

아유헨느

확실히 한국 작가가 쓴 한국 소설이라 우리 시대를 반영하기도 하고 처벌이나 법 같은 부분도 익숙하고 등장인물 이름도 한 번에 기억되는 듯 몰입감이 좋았다. 단편소설도 이렇게 재미있게 읽을 수 있는데 그동안 왜 읽을 생각을 안 했던 것일까! 책의 서론 부분에 한국 추리소설이 외국보다 못하다는 선입견을 거두어주었으면 하는 내용이 나온다. 반성했다. 우리나라는 외국과 달리 사설 탐정도 없다 보니 이런 문학이 당연히 발전하지 않았을 거라고 막연하게 생각했다. 이제는 수많은 한국의 추리 문학들을 마주하고 제대로 관심을 가져보고 싶다는 생각이 들었다.

눈마음

흔히 만날 수 없었던 추리소설가들의 인터뷰가 가장 흥미로웠다. 직접 몸으로 느끼는 그들에게 추리소설과 추리소설가에 대한 이야기를 들을 수 있었다. 역시 가장 민감한 것은 꿈과 돈의 관계였다. 아직 경제적으로 선업 작가는 힘들지만, 그들은 자신의 선택을 후회하지 않았다. 다행이다. 덕분에 독자들에게 다양한 기회가 오기에 감사할 뿐이다.

2021 봄호 독자 리뷰

한재연

표지부터 새롭고 인상적이었습니다. 제게 추리소설은 영미 작가 또는 일본 작가들의 영역이었습니다. 그런데 이번 호에서 한국 추리작가들의 생생한 목소리를 들을 수 있는 지면을 만나 무척 반가웠습니다. 앞으로 한국 추리소설에 더 큰 관심이 생길 듯합니다.

mo_book_story

그동안 한번쯤은 궁금했던 점들에 대한 작가들의 진솔한 답변과 인터뷰, 그리고 현실 소설계에 대한 이야기들이 풍부하게 담겨 있어 한 번에 읽기보다는 손에 잡히기 가까운 곳에 두고 틈틈이 읽어 내려가니 독서에 대한 만족도가 높았다.

나름 추리소설 마니아라고 이야기하고 다녔지만 '트릭의 재구성' 코너의 〈예지몽 살인〉의 답을 못 맞히는 걸 보니, 앞으로 어디 가서 추리소설 좀 읽었다고 말하지 못할 것 같다. 나는 그 장소의 특정 진흙 같은 게 안 묻어 있어서 범인이라고 생각했는데….

한 달에 커피 한 잔 안 마시고 석 달을 모아 계절마다 《계간 미스터리》한 권 구입해서 읽으면 되겠다.

인스타그램 @nabiclub을 팔로우하고,
#계간미스터리 해시태그와 함께 《계간 미스터리》 리뷰를 남겨주세요.
선정되신 리뷰어분들께 감사의 마음으로 신간 《계간 미스터리》를 보내드립니다.